Palabras que tú entenderás

Novela

Xavier Bosch
Palabras que tú entenderás

Traducción de Olga García Arrabal

DESTINO

PEFC Certificado

Este libro procede de bosques gestionados de forma sostenible

PEFC

PEFC/14-38-00305

www.pefc.es

Título original: *Paraules que tu entendràs*

Ediciones Destino, un sello editorial de Editorial Planeta, S. A.
Avda. Diagonal, 662-664, 08034 Barcelona (España)
www.edestino.es
www.planetadelibros.com

La traducción de esta obra ha contado con una ayuda del Institut Ramon Llull:

institut ramon llull
Lengua y cultura catalanas

Adaptación de la cubierta: Booket / Área Editorial Grupo Planeta
Fotografía de la cubierta: © Simon Watson / Trunk Archive
Primera edición en Colección Booket: marzo de 2025

Depósito legal: B. 3.660-2025
ISBN: 978-84-233-6705-4
Impresión y encuadernación: QP Print
Printed in Spain - Impreso en España

Biografía

Xavier Bosch (Barcelona, 1967) empezó su carrera literaria escribiendo cuentos. Más tarde daría el salto a la novela con la trilogía compuesta por *Se sabrá todo* (Booket, 2011), que recibió el Premio Sant Jordi 2009, *Hombres de honor* (Destino, 2012) y *Euforia* (Destino, 2017), historias que tienen como protagonista al periodista investigador Dani Santana. En el año 2015 ganó el Premio Ramon Llull con *Alguien como tú* (Planeta), un éxito sin precedentes, con más de 65.000 ejemplares vendidos y traducido a siete idiomas. *Nosotros dos* (Planeta, 2017), *Palabras que tú entenderás* (Destino, 2019) y *La mujer de su vida* (Destino, 2021) fueron número uno en ventas en catalán. Periodista de larga trayectoria, ha sido el creador de exitosos formatos audiovisuales.

@xavierbosch

Para Aran.
Tú vive como quieras

No puedes volver atrás y cambiar el principio, pero puedes comenzar donde estás y cambiar el final.

C. S. Lewis

Prólogo

Un año.

De enero a diciembre, como unidad de tiempo.

La duración exacta de una revolución de la Tierra alrededor del Sol.

Según nuestras coordenadas —latitud 41° 23' 19", longitud 2° 09' 32"—, vamos de frío a frío hasta reencontrarnos con la estrella de fuego.

Distraídos por el paso del tiempo, tan tozudo y constante, no reparamos lo suficiente en los escasos fenómenos que apuntan a la eternidad.

La arquitectura es uno de ellos.

Un edificio que pretenda trascender bebe de las civilizaciones pasadas, pero tiene, sobre todo, la determinación de mirar algunas décadas hacia delante.

La arquitectura es, también, la lucha incesante entre el hombre y la naturaleza.

Es el arte que esculpe contra el cielo.

Ocupa el espacio y lo gasta.

Construir una casa, pongamos por caso. Pensarla, dibujarla, colocar una primera piedra sobre la tierra y, después de esta, otra y otra hasta levantarla, es una conversación con su época.

No quiere cambiar el tiempo, sino expresarlo.

Existe siempre un hilo que conecta la arquitectura al momento y al lugar.

Palabra de Siza.

Un arquitecto no expresa su vida íntima en su obra.

No es un escultor, ni un pintor.

Se interesa, eso sí, por la relación de los humanos con las cosas.

Detrás de los planos, las secciones, las memorias y los cálculos, la arquitectura es, al fin y al cabo, un vehículo de historias, un escenario para el teatro del día a día.

Y, de repente, cuando todo encaja, el azar te desordena la vida.

Queremos que nos cuenten historias.
Una y otra vez. Con todos los detalles.
Siempre con las mismas palabras.
Como los cuentos que reclamábamos cuando éramos niños.

Mara Lincoln

I

Un *brownie* con dos cucharillas

En Temple Bar hay que caminar con cuidado para no resbalar. Los adoquines húmedos son una trampa. Si aun así te aventuras, el gentío a la puerta de los pubs en hora punta, más que una trampa, es un engorro. Mara, con el calzado cómodo de un día de trabajo, esquivaba a jóvenes, artistas y oficinistas con corbata que, terminada la jornada del jueves, charlaban animadamente en la acera con una pinta en la mano. Mara tenía prisa por llegar al The Morgan. Iba mirando los números de los portales hasta llegar al 10 de Fleet Street, un hotel de diseño en un barrio histórico, el contraste de moda.

Nunca había estado en el The Morgan. Su hotel era otro, al norte de la ciudad, al otro lado del Liffey. Las ciudades atravesadas por un río eran su debilidad. La serenidad del Sena, la irreverencia del Tíber, la majestuosidad del Rin, la discreción del Salzach, la autoestima del Arno bajo el puente, los secretos del Potomac en cada meandro a su paso por Washington... En todos esos lugares había estado docenas de veces, y se había dado cuenta ahora, mientras caminaba con prisa por la pasarela de madera a la orilla del río. Le pareció que el Liffey llegaba agotado a Dublín, sin oponer resistencia, dispuesto a una muerte plácida en el mar de Irlanda.

Sus clientes —dos matrimonios que ya habían cumplido los sesenta— habían elegido un cinco estrellas más allá del río, un hotel de una gran cadena con más nombre, pero con menos encanto. Cuando Mara se aseguró de que estaban sentados a la mesa y de que no les iba a faltar de nada les dijo hasta mañana si Dios quiere, os recogeré a las diez y haremos la ruta de James Joyce. Luego se lavó la cara y las manos y salió corriendo hacia su cita nocturna con la excitación de los encuentros prohibidos.

No se detuvo en la recepción del The Morgan. Pasó de largo el mostrador y entró como hay que entrar en los hoteles, con seguridad. El ascensor la estaba esperando con la puerta abierta, y pulsó el botón de la cuarta planta. En el contraste entre lo nuevo y lo viejo, el ascensor había caído del lado antiguo del edificio. Aprovechó la lentitud del trayecto para mirar el móvil y asegurarse, con un vistazo al WhatsApp, del número de habitación que había recibido hacía unas horas. La espera se le había hecho larga.

Él le abrió la puerta. Marcello acababa de llegar y solo había tenido tiempo de quitarse el abrigo y tirarlo encima de la maleta del vestidor. Aún llevaba puesto el fular y no pudo ocultar la ilusión de tener a Mara delante.

—Ha pasado mucho tiempo.

—No tanto... Desde Praga.

—Pues me ha parecido media vida.

No recordaba que Marcello tuviese los ojos tan

pequeños al sonreír. Lo agarró por los flecos de la bufanda de cuadros, que le caían sobre el pecho, se puso de puntillas y le dio un beso breve.

—¿Todo bien, Mara?

—¿Acaso no te lo parece?

Dio una vuelta, alegre, para que él la pudiera repasar de arriba abajo. Los ojos de Marcello desaparecieron por completo y volvió a darle un beso en los labios, decidido. Mara le quitó la bufanda y cerró la puerta de la 408, que había permanecido abierta porque ninguno de los dos había pensado en cerrarla. Era una habitación individual que daba a un patio interior triste a más no poder.

—No tengo vistas, pero sí minibar. —Los nervios disponían por encima de la emoción—. ¿Qué quieres?

Mara se desabrochó los botones de la chaqueta roja, la dejó sobre la silla y se quedó con un jersey de rombos por encima del ombligo y unos vaqueros gastados. Con el frío que hace en la calle y lo bien que se está dentro en estos países.

—Espera un momento, hombre... —Lo cogió de las manos. Heladas—. Tenía ganas de verte, ¿sabes? Pero me daba no sé qué...

—Llegué a pensar que no volveríamos a vernos.

—¿Por qué?

—No era por falta de ganas. —Marcello le pasó el índice por la imperceptible marca de la nariz—. Me acordaba de esta cicatriz...

—Solo era cuestión de coincidir. Ha costado mucho que mi ruta se ajustara a la tuya. —Le dio otro beso suave, no podía evitarlo—. Creo que en Viena estuvimos a punto, pero por unas horas no... Me parece que yo me iba una mañana y tú llegabas por la tarde.

—¿Puedo decirte una cosa? —A Marcello, en ese momento, le importaba un bledo si las agendas habrían podido casar y no lo hicieron—. Tienes los ojos más oscuros y más bonitos que he visto nunca, Mara Lincoln.

—Vaya, cómo me gusta estar en Dublín.

Marcello le rodeó la estrecha cintura y subió los brazos hacia los hombros para acercarse del todo a ella. Una vez abrazados, Mara buscó sus labios. Primero un contacto suave. Enseguida le recorrió el contorno con besos cortos. Le puso una mano en la cara mientras le mordía el labio inferior con ternura; le gustaba jugar con su barba. Poco a poco se encontraron las lenguas. Al principio se escrutaron con sutileza, luego se entregaron a la pasión. Estuvieron así un rato, de pie, con la luz amarilla del vestidor sobre sus cabezas.

—¿Qué puedo ofrecerte?

—No sé. Estoy reventada de todo el día... —Se sentó a los pies de la cama y se quitó el jersey de rombos, que se había comprado en una tienda de O'Connell Street—. Supongo que aquí todo tiene alcohol.

—No me ha dado tiempo a mirarlo. Hemos llegado este mediodía desde Galway y aún no...

—Un poco de agua de las viejas... Así la llaman aquí, ¿no?

Marcello deslizó la puerta corredera del armario, abrió la nevera de palmo y medio y sacó dos botellitas.

—¿Ginebra, así, sola?

—*Why not?* ¿Tú no te atreves?

—Veo que también hay tónica, por si prefieres que... —Marcello, aún en cuclillas, se volvió para mirarla—. Me han dicho que en Barcelona todo cristo pide gin-tonics por la noche.

—¿Te soy sincera? No sé cuánto tiempo hace que no salgo. Estoy tan agotada que cuando llego a casa no me apetece nada salir. —Abrió la lata de Schweppes y le dio la vuelta a dos vasos que descansaban del revés—. ¿Te vas a quedar mucho tiempo?

—¿En Dublín? Dos noches. El sábado por la mañana ya volvemos. —Marcello usó los dientes para abrir una botellita que se le resistía—. Estoy con un grupo de Turín. Un autocar de cuarenta y tres, el chófer y yo. Hoy hemos estado en los acantilados de Moher, que siempre triunfan, hemos cruzado toda la isla y directos a la fábrica de Guinness. Un clásico.

—A mí la cerveza, ni fu ni fa.

—Me he comprado unos posavasos en la tienda. Me conozco el museo al dedillo.

—Y la negra todavía menos. Me resulta tan...

—A mí tampoco. De la Guinness me gusta el logo. Por eso me he comprado los posavasos. —Los sacó de una bolsa—. ¿Te gustan?

A Mara le parecía irresistiblemente guapo cuando se reía. Era un piamontés de facciones rudas. Poseía una señora nariz, llevaba barba de tres días y tenía un cabello tumultuoso que le otorgaba un aire a profesor ayudante de una universidad polaca. De filosofía, quizá. Marcello, sin embargo, era guía turístico. Puede que profundizara menos en las preguntas, pero sabía muchas respuestas. Y cuando no las sabía, le echaba imaginación. Por su profesión, le pegaba ser un poco jeta, parlanchín y muy espabilado. Y, por encima de todo, a Mara le parecía que tenía un cuerpo fuerte para arrimarse a él y no soltarlo. En Praga, cuando se conocieron, no le preguntó la edad. Ahora que lo miraba con detenimiento, moviéndose por la habitación con el gin-tonic en la mano y una camisa beis por encima del cinturón, le echaba unos cuarenta y pocos. Suponía que era un poco más joven que ella. Mejor para mí, pensó.

—¡Por los viajes! —Marcello se sentó a su lado y levantó el vaso para brindar—. Por que no se acaben nunca.

—Por las aventuras... —Mara bebió un sorbo mirándolo a los ojos y sonrió con malicia—. Las de Keep Exploring, quiero decir.

—Un gin-tonic sin hielo no vale nada... —Hizo una mueca—. ¿Cómo va la empresa?

Mara no quería hablar de negocios. Le quitó el vaso de las manos y lo dejó encima de la mesilla de noche, a su lado. Las bocas volvieron a encontrarse y, por la ley de la gravedad, no tardaron en tumbarse en la cama. Él le fue desabrochando la blusa corchete a corchete, y a cada palmo de Mara que descubría la iba llenando de besos. Despacio, recorrió su cuello. Y la nuca. Y, sin prisa, llegó a la oreja. Allí se recreó hasta que Mara sintió la necesidad de reconquistar su boca. Cerró los ojos, para notar todos los sabores, para desconectar del mundo y para entregarse a los besos franceses, de lengua curiosa. Era un juego divertido y, por el ansia de Mara, parecía no tener nunca suficiente. Marcello, un paso más allá de la excitación, se separó de ella ligeramente, tomó aire y continuó besándola en la mejilla, en la barbilla, en aquel cuello de embriagador aroma a flores de agua. Su barba dura rascaba sobre la piel brillante de Mara. Cuando hundió la cara entre sus pechos, aún no había tenido tiempo de quitarse el sujetador. Con la mano, él intentó desabrocharle el botón de los vaqueros. Un botón duro, obstinado. Con decisión no fue suficiente, y le hizo falta ayuda.

—¿Te apetece enjabonarme? —Mara, bajito, cuando notó los dedos sobre el encaje que la cremallera iba revelando.

Se desnudaron rápido, sin mirarse, con delicadeza para no pillar al otro en un gesto incómodo, con la educación implícita de los amantes primerizos. Desnudos uno frente al otro, junto al espejo de la puerta corredera, no pudieron esperar a abrazarse. Aquel calor del cuerpo a cuerpo les encendió el deseo.

El plato de ducha del The Morgan era pequeño, pero la mampara de cristal cerraba bien, el vapor se escapaba por arriba y el agua salía como le gustaba a Mara, en un chorro generoso y disperso.

—Toma.

Vertió el jabón en la mano mojada del guía italiano, dispuesto a encontrar nuevas rutas y a recorrer las que ya conocía de la primera ocasión. Unos meses antes se habían topado, espalda con espalda, en el cementerio de Josefov, y acabaron en la habitación de Mara en el Marriott de Praga, haciendo el amor dale que dale, traviesos como una fantasía para clarinete de Schumann.

—Este gel no es de chocolate. —Se olió las manos, procurando que no se le escurriese el jabón.

—¿Te acuerdas?

Mara se volvió. Se puso de cara a la pared, con las palmas sobre las baldosas negras a la altura de la cara, y abrió las piernas como una «A» sin traba para no ver a Marcello. Quería que la sorprendiese.

Le enjabonó la espalda. Luego, unos hombros redondos que eran —lo sabía bien— uno de sus motivos de orgullo. No tardó en darle un masaje que fue subiendo hacia las cervicales. Con Mara relajada, le pidió que inclinase la cabeza hacia atrás para sujetarle el cráneo con las dos manos y, con los pulgares como morteros, presionarle el occipital con tanta fuerza como pudo para que descubriese un nuevo punto de dolor y gozo. Ella ya no estaba allí. El agua le resbalaba por la cara y se sentía, de repente, bajo una cascada salvaje.

Sin dejar que se volviese, Marcello se aclaró las manos en agua tibia y, con tacto, le deslizó los cuatro dedos mojados entre las piernas. Poco a poco, el filósofo polaco que no era polaco ni filósofo pero que en aquel arrebato le daba igual de dónde ni quién fuese, la tocaba con manos expertas, como si le fuera la vida en cada caricia. Cuando se concentraba en la obra de arte de aquellos dedos sensibles, el ardor que sentía por todo el cuerpo la dejaba sin aire.

Mara Lincoln, a tres meses de cumplir los cuarenta y ocho, alcanzó el placer infinito antes de lo que pensaba.

El agua fría de la ducha y el silencio en la cama volvieron a ponerlo todo en su sitio. Él fue el primero en quebrar la tregua.

—¿Duermes con el reloj puesto?

—¿Te molesta? —le respondió mirando la esfera grande, que marcaba las doce y diez del día siguiente—. Este no me lo quito nunca.

Marcello le agarró la muñeca, le desabrochó la correa de acero y se lo quitó.

—Ahora ya no te hace falta, Mara. Esta noche...

—Esta noche ¿qué?

—El tiempo lo controlas tú.

—Pero...

No le había dado tiempo a decir nada cuando él ya se había puesto el Omega en la muñeca izquierda.

—Me queda bien, ¿no?

—Calla.

Debería haber admitido que sí, que le quedaba bien, su reloj en una muñeca forzuda y de pelo negro... Pero le había dicho que ahora el tiempo lo controlaba ella, y le hizo caso. Marcello, tumbado con la nuca apoyada en la almohada, se dejó hacer. Mara apartó la funda nórdica hasta el suelo y se montó encima de él. Lo lamió simétricamente, con dulzura. Primero el cuello. Después de los pezones, llegó adonde quería. Se entretuvo en recorrer, letra a letra, un tatuaje con el nombre de Matilda en una costilla, no muy lejos del corazón. Según le contó en Praga, era un homenaje a su madre. Aunque no fuera verdad, poco le importaba. Era el primer tatuaje que tocaba, y, con la yema de los dedos, buscaba los contornos del dibujo. Mara siguió jugando con su cuerpo. «Quieto —le dijo mientras lo besuqueaba—. Sobre todo no te muevas.» Cuando lo tuvo a punto, se puso a horcajadas sobre él y dejó que con tres movimientos suaves, sin sacudida alguna, un cuerpo se fundiera con el otro. Era un deslizar perfecto, largo y sin obstáculos. Ella conducía al ritmo que le convenía, en un compás constante. Él estaba en el séptimo cielo. Cuando le parecía que Marcello gemía demasiado fuerte, se detenía unos instantes y luego volvía a empezar. Antes de que el éxtasis le llegase a uno antes que al otro, Mara intercambió los papeles y se tumbó sobre el colchón.

—¿Ya me puedo mover?

—No seas bobo.

Marcello se puso encima y, de repente, Mara descubrió que le gustaba hacer el amor en italiano y que le dijesen cositas mientras le mordisqueaban el lóbulo con dientes de lobo. Supieron cómo hacer que la diversión se prolongase todavía un rato.

En la ruta hacia el paraíso, Mara aún hizo que él se parara un momento, para alargarlo más.

Antes de dormirse, decidió aclarar una cosa.

—¿Ves esto tan pequeño? —Movió la cabeza hacia delante para que le mirase la nariz—. No es una cicatriz. Es una marca que me quedó como recuerdo de la varicela. Que lo sepas.

—¿Qué clase de recuerdo?

—No lo sé. De una infancia mal curada —dijo falsamente dramática.

—¿Y qué pasa si la toco? ¿Da buena suerte?

—Si la tocas significa que no volverás a verme.

Rieron y charlaron sobre Dublín y el *Ulises* hasta que los venció el sueño.

Se levantaron antes de las ocho y desayunaron en el Catherine's, un bar de aroma alsaciano a tres manzanas de Fleet Street. Un *ristretto*, una infusión de *rooibos* y un *brownie* con dos cucharillas. Marcello le devolvió el reloj y se dijeron adiós a tres días de Navidad. Él debía regresar a Turín en autocar. Ella pasó la mañana describiendo el James Joyce Centre a su grupito de ricos y, acto seguido, voló a Barcelona. No quedaron en nada. No dijeron que se querían. No habría sido verdad.

2

Los cinco sobres preparados

El servicio de habitaciones les había dejado la ropa planchada en el armario, dentro de una bolsa de plástico, con acabados de tintorería. La joven con cofia blanca no aceptó propina y cerró la puerta de la 316 sin hacer ruido.

—¿Puedo decir algo? —Interpretó el silencio como un «adelante»—. ¿No es muy pronto para arreglarnos?

—Aquí cenan pronto. Van con el horario europeo —dijo ella antes de echar un vistazo al reloj que había dejado sobre el travertino del lavabo. Con el pulgar, quitó dos gotas de agua—. Son las siete y media, vamos bien.

—No acabo de entenderlo. Si se sientan a la mesa a las nueve, ¿qué hacen hasta las campanadas? ¿Es que vamos a pasarnos tres horas comiendo? Insisto en que es demasiado pronto. Seguro que Biosca todavía está en el jacuzzi.

—¿El de fuera?

—Es la gracia de este hotel.

—Uno de los encantos —remarcó ella.

Xavi pensó que sí, que ya iba siendo hora. Después de semanas de refunfuñar, de la pereza que le daba este viaje, de la cantidad de trabajo que tenía con el proyecto de Avakian, de la inquietud que le provocaba dejar a los chicos solos en casa por primera vez en Nochevieja, y ya que estaba en los Alpes y no podía escaparse, era el momento de decir cinco palabras amables.

—Este sitio es una maravilla, Mara.

—¿Hablas del hotel o de...? —Señaló con la mano plana el paisaje oscuro tras la ventana.

Xavi volvió a poner la maleta sobre la cama para abrirla. Cuando la había cerrado, ni cinco minutos antes, estaba convencido de haberla vaciado entera.

—Hablo de todo esto. ¿Cómo es que nunca me habías traído?

Mara se estaba perfilando los ojos pegada al espejo de aumento. Hablaba con la puerta del baño abierta. No soportaba que el vapor de la ducha le empañara los espejos y el alma.

—Dos horas en avión hasta Ginebra y dos horas en coche hasta aquí arriba... Si te lo llego a insinuar, me habrías dicho que nanay. ¿Sí o no, Xavi?

—Reconozco que este año has escogido muy bien. —Volvió a cerrar la maleta y la dejó en el suelo—. Mañana, con la luz del día, todo esto nevado debe de ser espectacular. Luego, ya veremos cómo cenamos...

—Me aseguraron que todas las habitaciones eran distintas. Ya echaremos un vistazo a las suyas, a ver si es verdad.

—Están encantados.

—¿Tú también lo has notado al salir de la furgoneta?

Él hablaba de manera maquinal, a lo suyo. Cada vez tenía menos fe en encontrar lo que andaba buscando.

—¿Sabes lo que me molesta de estos sitios? Puede que sea lo único que me sobra de la habitación...

—No empieces, que te conozco. —Ella asomó la cabeza por la puerta con la toalla con iniciales bordadas sujeta por debajo de las axilas—. Dime en qué momento tu agenda te habría permitido tres días para venir aquí, si no llega a ser ahora, con esta excusa.

—Tienes razón. Puede que sí.

—Y esquiar tampoco es que te vuelva loco...

De reojo vio a su marido deambulando por la habitación, con la resignación de quien nunca encuentra nada o de quien tiene la seguridad de que se lo ha dejado en casa y ya no tiene remedio.

—¿Se puede saber qué buscas, Xavi?

—Nada... Los zapatos de cordones. —Cuánto cuesta admitir las imperfecciones a la pareja que hace veinte años que las conoce todas—. Supongo que mañana tendremos que ir.

—¿Dónde?

—A esquiar.

—Te las he guardado en el armario. Con todos los zapatos... —Santa paciencia—. Los zapatos, en el armario. Como siempre, amor mío.

—Ah... —Xavi sonrió, aliviado—. Por un momento he pensado... Creía que me las había dejado en Barcelona.

—De nada. —La ironía matrimonial, imposible de reprimir.

—¿Te imaginas bajar a la cena de Nochevieja con descansos?

Mara prefirió dejarlo así. Le preocupaba no haber acertado con el pintalabios. Ella buscaba más un color fresa, como los pendientes que había decidido ponerse, y en cambio le quedaban unos morros de helado de naranja sanguina que no sabía si quedaban bien para la cena de Nochevieja.

—Si nos levantamos y nos apetece, iremos a esquiar. No hay planes.

—Eso está bien, que no haya planes, al menos un día al año. Aunque sea el primero.

—Tendrías que ver cómo baja Joana las pistas negras. Parece profesional.

Xavi se sentó en un lado de la cama con el calzador en la mano. El nombre del hotel estaba por todas partes.

—Crans Montana. Es que hasta el nombre suena bien. Es uno de esos sitios que has oído docenas de veces, Crans Montana, y no acabas de ubicar si está en Suiza, Austria o Estados Unidos. —Se puso los zapatos con la ayuda de la cuña de hierro—. Dicen que desde nuestra terraza se ven treinta picos de cuatro mil metros. Es imposible. Mañana los contaré.

Mara Lincoln colgó la toalla y, pintada con discreción, salió con el cargador en una mano y el teléfono móvil en la otra. Comprobó si tenía algún wasap y lo enchufó en la mesilla de noche.

—Esto del *roaming* es una maravilla. Ya era hora de no tener que ir escatimando con el teléfono...

—A los que viajáis tanto, eso os tiene que haber cambiado la vida.

Con los ojos puestos en la pantalla, ni lo oyó.

—Veintiún mensajes. Feliz 2018. Feliz Año Nuevo... La gente se lo curra. Luego responderé a los míos...

—Quizá deberíamos llamar a Sergi y a Carla. A medianoche se colapsa todo.

Mara cortó la etiqueta y se abrochó el sujetador nuevo de coral suave.

—¿Te gusta?

—Mucho.

—¿En serio crees que Darín y Biosca estarán aún en el jacuzzi?

—No lo sé. —Primero se ató el zapato derecho, por la fuerza de la costumbre—. Lo he llamado jacuzzi, pero no es un jacuzzi. Es una piscina exterior rodeada de nieve y con el agua a treinta y cuatro grados.

—Tiene que ser la hostia.

—Mañana, cuando volvamos de esquiar, seguro que me baño. Quiero saber qué sensación causa. Y, con suerte, le cuelo una a Avakian en su casa.

—Sobre todo, abrígate al salir... Que a partir de los cincuenta un resfriado puede ser fatal.

Mara le tocó la barbilla recién afeitada. Xavi amagó con tirarle un cojín con un estampado de Navidad. Los Alpes los habían recibido bajo cero. De camino al Mont Blanc, Le Crans Hotel & Spa era un cinco estrellas con la mejor panorámica sobre los Alpes bearneses y el valle del Ródano. A novecientos sesenta y siete kilómetros de casa, tres parejas de amigos se disponían a pasar la Nochevieja.

Darín había dejado a Biosca en la piscina de agua caliente en un entorno congelado y había regresado a la habitación. Tenía que terminar el trabajo. De la mochila del ordenador portátil sacó cinco cartas. Las metió en cinco sobres y los lamió pensando en el efecto que causarían cuando sus amigos de viaje los encontrasen, los abriesen y leyesen el contenido. Darín vivía para escribir. Durante un montón de años se había ganado la vida redactando noticias de agencia. El quién, el qué, el cuándo, el dónde y nada más. Al porqué había ocurrido un hecho concreto no solía llegar. Las causas necesitan más tiempo, y prefería dejar la reflexión para los periódicos del día siguiente. Las notas de agencia tienen prisa. Salen volando hacia las redacciones y, en su trayecto entre ordenador y ordenador, cruzan los dedos para que el tuit de un tipo cualquiera no haya difundido antes la información. Abducido por la realidad y después de su segundo divorcio, Darín aprovechó un verano recluido en un apartamento en Palamós para aventurarse en la ficción. Después de tantos años en la olla a presión de la realidad, necesitaba una válvula de escape para la imaginación, y escribió un libro de cuentos. Se vendió poco. Rematadamente poco. Aunque le pareció una obra maestra, a pesar de que el día de la presentación vio entusiasmo en los rostros de los amigos y familiares que llenaron a rebosar la sala de actos de la FNAC, e incluso habiendo recurrido a todos sus contactos para que hablasen de sus trece relatos, cuando al cabo de un año recibió la liquidación de los derechos de autor, Darín se dio de bruces con la realidad. Había vendido unos pocos cientos de ejemplares. Primero pensó que no había sabido interpretar la enrevesada hoja —muchos números, poca letra y diminuta— que le había enviado la editorial. Se necesitaba una lupa, buena fe y mucha paciencia para intentar entender alguna de aquellas referencias y cifras en rojo. Después, tuvo la certeza de que solo había vendido setecientos veinte libros. Casi tenía que dar las gracias a la editorial por no tener que pagarles nada. Sin decírselo a nadie, dio por terminado su paso por la literatura y volvió a la realidad.

Darín, todavía con el albornoz del hotel, salió de la 320 y se dirigió a la recepción.

—¿Podría indicarme, por favor, cuál es nuestra mesa para cenar?

—Usted es el señor...

—Somos los amigos de Mara Lincoln.

—Sígame —le dijo un joven servicial que hablaba cinco idiomas, a juzgar por las banderitas que llevaba en el pecho, justo debajo de su nombre. Thomas.

Atravesaron un vestíbulo, dos salas, un comedor de madera blanca engalanado para esa noche. Al fondo, Thomas abrió dos puertas macizas y dijo, en un castellano de academia:

—Si le parece bien, este es el saloncito que les hemos preparado. Aquí estarán solos, nadie los molestará, y nos hemos tomado la libertad de encender la chimenea para que a la hora de cenar disfruten de la calidez necesaria para entrar en el año nuevo. Si puedo ayudarle en algo más...

Darín necesitaba quedarse solo. Mientras se

aproximaba al fuego, dio las gracias, dijo que todo estaba perfecto y que quería estudiar la disposición de los asientos alrededor de la mesa redonda, sin aristas, que les habían preparado. Thomas comprendió que era el momento de regresar a la recepción.

La llama que bailaba sobre tres troncos generosos permitía descomponer los colores. Darín habría apostado a que mandaba el azul. El contorno violeta tenía un punto de amarillo y distinguía, también, dos clases de rojo: uno claro y otro más rabioso. Contemplar el fuego tiene algo hipnótico. Cuando se aseguró de que Thomas había cerrado las dos enormes puertas, Darín se volvió y dio la espalda a la chimenea y a la llama orgullosa. El crepitar anárquico de la leña era el único ruido que se oía en aquel comedor privado que les habían arreglado con tan buen gusto. Les habían puesto la mesa con una mantelería blanca de lino y seis manteles individuales rojos que daban el toque de Fin de Año. Encima, los cubiertos de plata —tres tenedores y tres cuchillos para cada uno— brillaban como joyas de museo. Las copas, de cristal de Bohemia, estaban alineadas con una simetría estudiada. A Darín, de repente, le molestaban las servilletas. Había pensado que estarían encima de los platos y, en cambio, las habían enrollado como banderas de Siena y las habían colocado en medio de la cristalería. La porcelana de los platos quedaba al descubierto y, si ponía las cartas encima, se verían enseguida y se perdería el efecto sorpresa. Darín, con los cinco sobres en el bolsillo del albornoz de rizo, actuaba con el desasosiego de las cosas secretas.

Con esas ganas de terminar de cuando cometes la primera gamberrada y rezas a todos los dioses para que no te pillen.

Albert Casanovas, a quien todo el mundo, en todas partes, en el trabajo y en casa, llamaba Darín desde hacía veinte años, tenía los cinco sobres preparados. Decidió esconderlos debajo de cada uno de los platos. Uno para Mara Lincoln. Uno para Xavi Vera. Uno para Andreu Fonseca. Y uno para Joana Bascuñana. El de Biosca, en el último momento, decidió guardárselo.

Xavi se había puesto corbata y enseguida se la quitó. Pensó que Darín no llevaría porque nunca se la ponía, ni para el funeral de su padre. En cambio, estaba convencido de que Andreu —el abogado que no se la quitaba ni para dormir— sí que llevaría una chillona, festiva. Cuando ya se había retocado el nudo, decidió desempatar a favor de su amigo del gimnasio e ir solo con americana y una camisa de cuello con botones, para que no se levantasen las solapas. A Mara solo le quedaba ponerse los zapatos de salón negros a juego con la falda con cuerpo, abullonada, por debajo de la rodilla. La dependienta tenía razón: el mikado enseñoreaba la seda, la hacía más rígida y convertía aquella falda con bolsillos en una pieza más sofisticada. Arriba, bastaba la caída de una blusa camisera de color marfil limpio para resultar elegante. No sabía, sin embargo, si arremangarse con dos vueltas o subir las mangas hasta el codo.

—¿No parezco una ficha de dominó, así, tan blanca y negra?

—No, no...

—¿La doble blanca?

Xavi la miró con detenimiento.

—Que no, Mara. Estás muy guapa. —Se crujió los dedos y comprendió que era el momento de remachar lo dicho con un matiz—. Eres muy guapa.

Delante del espejo, Mara decidió desabrocharse otro botón. Un poco de escote, un poco de piel. El sujetador nuevo reivindicaba insinuarse un tanto.

—Al final no me has dicho antes qué es lo que no te gusta de esta habitación, señor arquitecto.

—No es de la habitación. El hotel está bien resuelto. La decoración y el resto de las cosas son de primera, sin estridencias. Los detalles. Está bien pensado. Todo tiene su aquel...

—Pero...

—En estos sitios de montaña, aunque sean de lujo, te meten por todas partes estas cabezas colgadas de animales. —Tocó los cuernos del reno que presidía la habitación—. Ya sabes que no soporto tener aquí a una bestia decapitada, ni toda esta cornamenta...

—Es fatal, desde luego. —Mara se rio—. Me parece que a nadie le gustan los cuernos. ¿Quieres que pida que la quiten?

3

La vida es corta, ten una aventura

La madera, en la chimenea, huele a poema. En realidad, el fuego espía las conversaciones. Con el segundo plato, la llama se había elevado todavía más. Los leños ardían con euforia, como si supiesen que era la última lumbre del año. A Joana, que era quien tenía la brasa más cerca, le iba bien notar el calorcito en la espalda. Se había vestido con un mono gris, un *jumpsuit* de líneas depuradas, sin mangas. Por encima, bien colocada, lucía una estola de visón, heredada de una tía que había muerto sin hijos. A Mara le había parecido que iba muy elegante. A Biosca, en cambio, le molestó aquella piel de animal. No dijo nada, pero Joana lo detectó de inmediato y optó por quitársela antes de sentarse a la mesa. Y así, de pronto, le entraba frío. Los *tortellini in brodo* del primer plato habían recibido la aprobación de todos. Los seis amigos agradecieron que aquel caldo caliente les caldease la lengua y la conversación. Nada de política, había propuesto Andreu, acostumbrado a vivir entre normas, mientras daba vueltas al molinillo para hacerse, de aperitivo, un abanico de *tête de moine*. Y nada de hijos, añadió Biosca.

Nada de hijos, sí, estuvo de acuerdo Darín, porque no habría sabido qué decir.

—¿Habéis mirado fuera? Está cayendo una nevada de narices.

—Lo ha organizado también Mara. Es fantástico viajar con alguien que piensa en todo.

—A ti no se te escapa nada.

Sacudió la cabeza para decir que no era para tanto.

—Incluso viaja con una pinza de tender para unir las dos cortinas, por si acaso no ajustan bien. Vaya a ser que entre demasiada luz al amanecer.

—En realidad yo solo me he encargado de tres cositas.

—No te quites méritos, mujer.

—Me aseguré de que estuviésemos solos en este comedor. Escogí el menú, que espero que os guste... Por cierto, me acordé de avisar de que Biosca no come carne, por eso los *tortellini* eran de calabacín.

—¿No eran de ternera? —Xavi, extrañado—. Pues yo diría que sí eran...

—De calabacín, amor mío.

—Pero...

—¿A que estaban buenos? Pues ya está.

Joana los interrumpió.

—¿Y la tercera cosa, Mara?

—Que la mesa fuese redonda. No soporto las cabeceras de mesa; me parece ver a mi padre ahí sentado, dando órdenes.

—Es una mesa magnífica. Muy democrática. Todos somos iguales ante la vajilla de porcelana.

Tan solo media hora antes, Darín había tenido clara la disposición de espacios. A medida que las parejas habían ido entrando en la sala, acicaladas y perfumadas para la cena, se afanó en dar instrucciones como si le fuese la vida en ello. Hombre-mujer, y cada mujer rodeada de los dos hombres que no eran su pareja. La triangulación perfecta. Geometría social. La única manera de que todo el mundo fuera a parar delante del plato con el sobre que le correspondía. Cuando se sentaron, Andreu —el único encorbatado del grupo— fue el primero en darse cuenta de que bajo su plato había una sorpresa. Y en el de Joana. Y en los de Mara y...

—Esto tiene que ser cosa vuestra —dijo Xavi, mirando a Darín y a Biosca.

—¿El qué? —Primero se hizo el despistado—. Ah, nada, un pequeño detalle de fin de año.

—Quedamos en que no nos haríamos regalos. —Mara, con un sobre blanco en las manos, le reprochó que se hubiese saltado las normas.

—No es nada. De verdad que no...

—A lo mejor es un número de la lotería de Reyes. —Andreu puso el sobre a contraluz.

Joana fue a rasgarlo con la punta del cuchillo más afilado. Darín saltó.

—¡No, no! Hasta el momento de los quesos aquí no se abre nada.

—Hombre, los *fromages* ya están aquí. —Andreu, dejando bien liso el *tête de moine*.

—Sí, hombre —protestó Xavi—. ¿Nos lo das ahora y tenemos que esperar dos horas?

—Pero ¿qué es? Venga, Darín, una pista. —Mara, impaciente.

—Ya lo verás. Primero cenemos tranquilos y luego si eso...

—Seguro que ha escrito algo, para variar. Necesita ser el centro de atención. ¿Es que no conocéis a vuestro amigo? —Biosca, al ver que ella no tenía sobre y que Darín había llevado el asunto en secreto, no sabía qué cara poner. No sabía si pasar por cómplice o por señuelo.

—Hombre, mira que dejar a tu mujer sin regalo... —Andreu, burlón—. Darín, chaval, vaya manera de empezar el año...

Fue precisamente entonces cuando una camarera vestida de postal entró con la olla de los *tortellini in brodo* y la dejó sobre la mesa, con un cucharón de anticuario, para que se sirviesen ellos, a su gusto. La olla, con dos asas en forma de pájaro, era de la misma vajilla que los platos hondos. Xavi se crujió los dedos, se levantó y se puso la servilleta en el hombro, como un camarero de fonda.

—Le encanta servir. —Mara—. Fuera de casa es así de servicial.

—¿Cómo puedes decir eso? —Joana salió en su defensa.

—Si no fuera por ti, Joana... Esto es una socia, sí, señor. —Xavi extrajo de la olla un cucharón humeante—. ¿Quién quiere más caldo que pasta?

No era la primera vez que trabajaban juntos. No obstante, nunca habían tenido un proyecto entre manos tan ilusionante como el de Avakian. Una mañana de sábado del mes de mayo, Xavi Vera la llamó por si podía pasarse por su taller, le contó la idea con cuatro garabatos, le dijo cuento contigo y Joana Bascuñana, a pesar de que tenía una avalancha de trabajo que no sabía cómo se iba a quitar de encima, le dijo que sí sin pensarlo. Sin preguntarle detalles ni honorarios.

Se conocían del Thau, el colegio de las niñas de la zona alta de Barcelona, en el barrio de los atascos matinales. Carla, la hija pequeña de Xavi y Mara, había ido toda la vida al mismo curso que las gemelas de Joana y Andreu. Puede que las niñas no hubiesen sido nunca las mejores amigas, por decirlo según sus términos. Incluso hubo años en que Carla pasaba de Anna y Sònia. O al revés: había cursos en que las gemelas ni siquiera formaban parte del grupo de juegos de Carla durante el recreo. Pero los padres se habían caído bien desde el principio. Siempre hay unos padres con los que hablas más que con otros. Empiezas conversando de pie en el aparcamiento, continúas charlando a la salida de las reuniones escolares y acabas pasando la Nochevieja, los cuatro juntos sin niños ni niñas, en un lugar que no sabes ni situar en el mapa. Siempre hay unos con los que, no sabes por qué, te llevas mejor que con el resto. Y aunque les encuentres algún defectillo, como a todo el mundo, acabas fingiendo que no te das cuenta, pasas por alto los tics, te haces el sordo ante frases innecesarias, y un día quedas con ellos para comer con la excusa de que así las niñas podrán jugar un rato. Al cabo de unas semanas ya te vas con ellos a buscar setas, de fin de semana, y duermes en unos bungalós de madera con un colchón demasiado fino.

Y llega un momento, sin que seas consciente de ello, en que los padres comparten una amistad a las duras y a las maduras, que va mucho más allá de la que nunca han tenido sus hijos. Con Carla, Anna y Sònia cumplidos los diecisiete, llamando a la puerta de la universidad, el vínculo entre las dos familias ya había superado los muros de la escuela.

La camarera de postal —vestido rojo sobre blusa blanca y un lacito negro al cuello— entró con la bandeja de los segundos platos. Fue el momento en que Biosca alzaba la copa de tinto, un Château Giscours de 2013.

—Os propongo un brindis.

Aguardó a que Andreu se sirviese el burdeos y que todos levantasen la copa. Formuló un deseo mirándolos a los ojos, uno por uno, en el sentido de las agujas del reloj.

—Aceptemos lo que tenemos, olvidemos lo que pasó y tengamos fe en lo que vendrá.

—Muy bonito.

—Sí, señora.

—¿Lo has sacado de alguna misión de las tuyas?

—No, no... —Exhibió la mirada rebelde—. Lo pone en la vela del baño de la habitación, y he pensado que quedaría bien.

Rieron y bebieron. Cuando soltó la copa, Biosca los sorprendió de nuevo.

—Mejor así, aunque sea de envoltorio de bombón, que si digo, por ejemplo... —Levantó la mano como si sostuviera la copa—. Por el sexo a los cincuenta, el mejor momento, sin duda.

—Mujer, no... —protestó Joana—, que yo tengo cuarenta y tres, ¡aún no puedo saber lo que se siente!

—¿Estáis seguros de que el mejor es a los cincuenta? —preguntó Xavi.

—Es que yo tampoco los he cumplido. Me voy acercando, pero aún me faltan dos años —reivindicó Mara.

—Eres la más vieja, cariño. —Darín, con todo el tacto que pudo—. Y no sé qué vas diciendo, si yo tampoco los he cumplido...

—Pues solo le llevo trece a Joana. Tampoco es para tanto —protestó Biosca.

Las camareras, vestidas como gemelas con trajes regionales, iban a lo suyo. Sirvieron una trucha sin espinas que aún olía a río. Aquel pescado señorial, de banquete, llegaba acompañado de un *rösti* de patatas con cebolla y un bol de ensalada para cada uno. Xavi fue el único que se atrevió a decir que con una sopita y un trozo de pescado quizá necesitasen un resopón para poder llegar al año nuevo. Mara le dijo y qué querías, y él lo tuvo clarísimo. Ya que veníamos a Suiza, esperaba comer una *fondue* como Dios manda. Si no puede ser de carne, porque Biosca ni la prueba, como mínimo mojar el pan en el queso. Y Mara, a quien le divertía que delante de sus amigos Xavi siempre se las arreglara para montar una escena de matrimonio amortizado, lo chinchó preguntándole entonces qué opinas de lo del sexo a los cincuenta.

—La verdad, ¿a qué viene eso ahora...?

—No huyas, no...

—¿El sexo a los cincuenta? —Xavi, escurridizo,

tuvo que pensárselo. Acostumbrado a las preguntas de siempre, de repente una nueva y tan personal delante de todo el mundo, consideró que era mejor no improvisar—. Pues qué queréis que os diga... Me lo he pasado bien en cada momento de la vida, creo.

—Y que dure, chaval.

—¡Cállate, Darín!

—Cada época ha tenido su aquel. —Sopesó la respuesta, mientras, de fondo, crepitaba la leña como si quisiera dar su opinión—. Es verdad que las primeras veces tenían un halo de descubrimiento mágico. No sé a partir de cuántas veces te acostumbras a hacer el amor. Es decir... ¿Cuántas veces tienes que follar para que todo eso que te parece excepcional y tan divertido y tan placentero pase a ser normal? Es verdad que las primeras diez, veinte, o da igual las veces que sean porque eres joven y no lo vas contando todo, existe una emoción por cada nueva experiencia, por cada postura que descubres, por cada lugar donde lo haces que tiene un punto de aventura y de riesgo... Y casi que de agradecimiento a la vida. Todo son placeres nuevos y puede que cada vez fuera diferente. Oye, yo qué sé...

—Joder con el arquitecto, vaya tesis doctoral.

—¡No le interrumpas! —Mara—. Por un día que se embala...

—Con los años, constato una cosa. No la critico, solo la describo. Puede que ahora, para ser sincero, y no creo que sea yo el único al que le pasa de esta mesa, cada vez que haces el amor se parece mucho a la última vez que lo hiciste.

—Se le llama rutina.

—No sé si es rutina. —Advirtió el rictus incrédulo de Mara—. Más bien es que no hay sorpresas, para entendernos.

—Mal asunto, Xavi —sentenció Biosca.

—Vida en pareja.

—Se le llama rutina —taladró Darín.

—Eh, que conste que me lo paso muy bien —decidió aclarar Xavi, que aún no sabía cómo se había metido en aquel berenjenal.

El abogado, oportuno, acudió a socorrerlo.

—También te marca mucho, cuando eres joven, descubrir que el escenario donde lo haces determina el... Cómo lo diría... El polvo, vaya. —Ante la risa de los comensales, Andreu Fonseca necesitó argumentar su razonamiento con términos menos técnicos—. Quiero decir que no era lo mismo echar un quiqui en el coche que en la playa, o que en el sofá de casa, con tus padres durmiendo en el piso de arriba.

—Naturalmente —saltó su mujer—. Y tampoco es lo mismo hacerlo en tu cama que en la cama de tus padres, que eso sí que era la pera.

En cuanto lo hubo dicho, Joana sintió vergüenza. No quería que los demás se la imaginasen abierta de piernas, con veinte años menos, en la cama de sus padres en Matadepera. Por un momento le vino a la memoria el cabecero de madera de aquella cama donde, años después, le cerraría los párpados a su padre. La marquetería de nogal, trabajadísima, dejaba un espacio donde había una reproducción de una virgen pintada en tonos azules. En una ocasión, Ferran, de los Ladislau, tapó la figura con los calzoncillos para que no los viese jadear. No lo hizo tanto por la virgen como por él mismo. No le gustaba que nadie lo observase mientras... Y menos aún una virgen.

—Perdonad que me meta... —Biosca decidió poner el foco en el tema—. En el sexo, lo único que cuenta, a los quince o a los cincuenta, es una cosa. Con quién lo haces. El resto es palabrería. Pero tienes que escoger bien con quién te vas a la cama. Que sepa de qué va y que en esos diez minutos furtivos o en dos horas de siesta esté por lo que tiene que estar. Por mi cuerpo, por el suyo y por el fin del mundo. No existe nada más.

—Por eso está conmigo. —Darín se apresuró a colgarse unas medallas que sabía que no le correspondían.

—Por eso tenemos una relación abierta —remachó Biosca sin inmutarse.

—Este pescado está delicioso, ¿no os parece?

Nadie prestó atención a Joana. Puede que ni la oyeran. El primero en reaccionar fue Andreu, que tenía a Biosca a su izquierda.

—¿Qué quieres decir? —Se aclaró la garganta como cuando estaba delante de los magistrados de la sala penal—. Me refiero a que si no te importaría desarrollar un poco más el concepto «relación abierta».

—Oye, no es necesario.

—Tú cállate, Darín, que la noche se está poniendo interesante. —Mara, sentada a su lado, le cogió la mano.

A pesar de la mesa redonda, de repente toda la atención concurrió en un punto: Biosca.

—Una relación abierta significa eso, precisamente, una pareja sin barreras. ¿A vosotros no os parece aburrida la fidelidad? ¿Por qué creéis que tienen tanto éxito esas páginas de contactos y aplicaciones de móvil para quedar, verse y follar? Pues, oye, cuánto mejor no tener que hacerlo a escondidas, sin ponerlo todo en peligro. No pasa nada.

—Mujer...

—No creo en la monogamia. —Biosca no quería que la interrumpieran—. Es, no sé cómo decirlo... Es una moda que impuso la religión, arraigó y hemos acabado creyéndonosla. Pero el mundo y la ciencia no van por ahí, os lo aseguro. Si a Darín, de vez en cuando, le apetece un *coulant* de chocolate, que se lo coma.

—Y un buen tiramisú para ti, claro que sí. —Xavi los hizo reír a todos.

Pasó un ángel. En la mesa, a más de uno se le torció el gesto.

—No lo digo por vosotros dos, pero las parejas abiertas, a la larga, mal rollo seguro. Insisto, no hablo por Biosca y Darín. —Mara pensó en ejemplos—. Unos conocidos que tenemos, que también alardeaban de ser una pareja moderna y abierta, ya están separados.

—¿Ah, sí? ¿Qué conocidos? —Xavi, cayéndose del guindo—. No me lo habías dicho...

—El problema, en eso te doy la razón, es si te enamoras del otro. Si empiezas a ver que te gusta más el *coulant* que la magdalena reseca que tienes en casa...

—Perdona, amor mío... Un respeto.

Darín se puso la servilleta en la cabeza como la

cofia del traje regional de las camareras. Biosca lo tuvo claro.

—El amor para siempre no existe.

—¿Eso quién lo dice? —saltó Mara.

—Biosca lo pensaba hasta que me conoció a mí...

—¡Por supuesto que puede ser para siempre! —saltó Joana—. Mara tiene razón. En realidad, todo el mundo quiere un gran amor. Y si es largo, mejor. Eso es así.

—Claro que es así. —Darín había devuelto la servilleta al regazo—. Yo creía en el amor para siempre hasta que me han llamado magdalena.

—¡Y reseca! —remató Mara.

Se rieron de lo lindo, y Andreu comprendió que era el momento de intervenir.

Decidió tirar de un cabo que había quedado suelto. Les contó que en el despacho había tenido el caso de un cliente, que no llevaba él, que había sufrido un chantaje a causa de sus infidelidades.

—El verano de 2015, un grupo de *hackers* publicó en internet la lista de más de treinta y siete millones de clientes de Ashley Madison. Colgaron los datos personales de hombres y mujeres que pertenecían a esta red social de relaciones voluntarias. La gente pagaba una cantidad a Ashley Madison y, a través de un buscador, ellos ponían en contacto a personas que vivían cerca y que solían estar casadas. El lema no engañaba a nadie: «La vida es corta, ten una aventura». Nuestro cliente, por el mismo precio, tuvo más de una. El escándalo creció en cascada. En la lista salían nombres de hombres y mujeres infieles de veintiséis países y de cincuenta mil ciudades, el responsable de la web tuvo que dimitir, y el problema no terminó ahí. Al contrario. Entre treinta y siete millones de nombres, nadie se molestaba en comprobar quién aparecía, porque era buscar una aguja en un pajar. Otro grupo de *hackers*, sin embargo, sí decidió hacer negocio con la lista. Se aprovecharon de que los nombres, los apellidos, las direcciones de correo electrónico y las cuentas bancarias de millones de adúlteros de todo el mundo habían quedado al descubierto para hacer un negocio redondo a través de la extorsión. A unos les pedían quinientos euros, a otros dos mil. Dependía del lugar y las posibilidades financieras de cada uno. A nuestro cliente, que era director de un periódico de Barcelona, le pidieron más. Me acuerdo como si fuese ahora mismo de la mañana de verano en que The Impact Team publicó la lista. Todos los medios hablaban de Ashley Madison. En una emisora de radio, el director del periódico dio su opinión sobre el escándalo y dijo que todo el mundo tiene derecho a su intimidad y a su sexualidad. Diez días después lo teníamos sentado en el despacho contándonos el caso, subiéndose por las paredes y maldiciendo a Ashley Madison, a los *hackers* y a la puta que los parió a todos. Le pedían seis mil euros por no compartir sus actividades extramatrimoniales. Si no pagaba, enviarían la información a su mujer y a la redacción del periódico. Nos aprovechamos de su poder para hablar, discretamente, con los expertos en delitos telemáticos de la Unidad Central Operativa de la Policía. Lo estudiaron y contestaron que no podían hacer nada porque los piratas operaban desde el extranjero.

—Y ¿qué hizo?

—Pagar. El tío pagó.

—¿Y se puede saber de qué periódico era director?

—Se dice el pecado pero no el pecador.

—En cualquier caso, venís a mi tesis. —Biosca, reforzada por esa historia—. Si hay treinta y siete millones de personas que buscan la infidelidad a través de la red, ¿cuántas habrá que se tiren al vecino, al masajista, al amigo del marido o a su yerno?

—Hostia, Biosca, ahora te has pasado...

—Hagamos, aquí y ahora, un pacto de Nochevieja. Al yerno no nos lo tiraremos nunca.

Les habían puesto delante, en la mesa, una degustación de quesos. Una bandeja por cada dos. Oveja, cabra y vaca, todos suizos. De más suave a más fuerte. Les habían sugerido que se los comiesen de izquierda a derecha.

—¿Qué tal si empezamos a abrir algún sobre? —propuso Mara, probando un Appenzeller de vaca madurado durante seis meses.

—Darín, ¿nos lo vas a contar ahora o no?

Se levantó, para darse importancia.

—Todo parte de una pregunta. ¿Qué vale más, una imagen o mil palabras? Decidí coger este tema y, con mil palabras justas, ni más ni menos, he intentado hablar de vosotros, a ver si lo consigo.

—Vaya. ¿Un retrato personalizado? Es un ejercicio de locos.

Darín cortó un trozo de brie y volvió a sentarse.

—Pudiendo hacer una foto, ¿verdad, Biosca?, qué ganas de escribir tanto —dijo Xavi, que fue el primero en romper el sobre y sacar el retrato—. A ver qué dices de mí, cabronazo.

Ahora que hace siete años que tengo la desgracia de conocerlo, puedo afirmar que Xavi es un hombre de líneas rectas. Nos conocimos en el Metropolitan y todavía nos vemos allí, sin falta, dos mañanas por semana. Después de meses y meses —puede que casi todo un curso— intercambiando el buenos días de cortesía mientras uno iba hacia el remo y otro hacia la elíptica con la toalla al cuello, o de encontrarnos tomando un trago de agua del surtidor de la máquina, una mañana le dije que, cuando le apeteciera, si surgía la ocasión, me gustaría que me contase qué le parecía el aeropuerto de Barcelona. En un principio me miró con la desconfianza de los famosos, pero al cabo de una semana desayunamos juntos en el mismo club Iradier y me describió las virtudes de la luz en el espacio y los defectos de la larga pasarela que, tanto al salir como al llegar, obliga a arrastrar la maleta durante demasiado tiempo por la terminal. Quedamos un mes después para repetir el zumo de naranja, el mini de ibérico y la charla después de nuestra sesión de tortura matinal. En aquella segunda conversación ocurrió algo que empezaba a pensar que nunca ocurriría. Se interesó por mi trabajo. Aquella mañana, que se alargó con alguna cerveza, llegamos a la conclusión de que si un arquitecto es un visionario que debe crear y predecir el futuro, un periodista de agencia como yo básicamente tiene que hacer una cosa: contar el presente. Uno tiene que tener imaginación y el otro debe retener. Fue un buen punto de partida para ir repitiendo los desayunos mes a mes, y hasta hoy.

Nunca le dije nada, pero de Xavi, en la sala del gimnasio, me sorprendía el método. Cada lunes, pesas. Primero los brazos; luego las piernas con las máquinas. Cada miércoles, un circuito de cardiovascular muy estudiado y una tabla de abdominales —doscientas, como poco, que son un huevo de abdominales— antes de cerrar la sesión con los estiramientos en las espalderas. Mucha disciplina, poca improvisación. Los límites siempre acotados, como requiere su profesión. Lo que él llama sacrificio, yo lo llamaría aburrimiento. Sin embargo, no se me pasó por alto un detalle: el reloj en la derecha, que me pareció propio de un artista.

Xavi tiene una voz egregia, grave y con presencia, que encaja con su porte alto y robusto. De lunes a viernes se afeita la barba cada día. Para tener cincuenta, le envidio esa piel que todavía no duda. Él no es de potingues. En cambio, tal vez pagaría por tener mi pelo. Allí donde le queda alguno, justo encima de la nuca y de las orejas, se pasa la máquina cada dos por tres para que nunca despunte una cana que denote dejadez. Esa cabeza reluciente expone, bien a la vista, una mirada franca. Parece arisco, pero es, por lo que dicen Mara y Carla, un hombre tierno que quiere y se deja querer. Francamente, para aquellos que no somos de la familia, cuesta creerlo. Xavi es un hombre recalcitrantemente recluido en su trabajo. Posee la virtud de ilusionarse y obsesionarse por cualquier cosa, sin límites. Se exige al máximo y tiene la necesidad de controlar cada detalle del proceso, que es la maldita obsesión de los perfeccionistas. Alguna vez le he dicho que si aprendiera a delegar viviría mejor. El año pasado lo invité a cenar una noche en casa porque me habían traído una lata de beluga imperial —no me preguntéis quién— y le dije ven, que te voy a preparar una cosa que nunca has probado. Él, que es un puntual enfermizo, llegó tarde aquella noche y preocupado, porque en el despacho habían tenido un problema con un render. Se lavó las manos, no lo dejé entrar en la cocina, no dejé que me ayudara, lo obligué a que se sentara a la mesa y, después de un silencio rotundo, me planté allí con unos huevos fritos con caviar de toma pan y moja. Se los comió y mojamos pan, sí, pero si se los hubiese hecho con chorizo se los habría zampado igual, porque durante toda la noche tuvo la cabeza en otra parte. Es decir, en el trabajo. Puede que por eso, porque ni mis huevos fritos con caviar consiguen apartarlo de su objetivo, Xavi está donde está, entre los cuatro o cinco grandes nombres del país. Tampoco es casual que firme toda su obra como Xavi Vera Martín, por la íntima necesidad de tener siempre presente tanto a su padre como a su madre, que ya hace demasiados años que no están. Un buen homenaje. En alguna ocasión le he dicho que me habría gustado conocerlos y certificar si es verdad lo que él dice a menudo, que tiene la abnegación de los Vera y la mano izquierda de los Martín. Cuesta tanto creerlo como entender por qué Mara escogió a un hombre tan cuadriculado.

Tengo que confesar, después de estos años de amistad, que cada seiscientos kilómetros de mi vida tengo a Xavi muy presente. No hay día que no eche gasolina en una estación de servicio Trepsol que no piense en él. Con tres cubiertas de colores, yuxtapuestas, simples, con un aire japonés, ha sabido dar una imagen corporativa muy definida a las gasolineras. Yo diría que ha hecho más por la marca el diseño del espacio que el propio logotipo de la empresa. Tú ves un Miró y dices esto es un Miró. Ves la Pedrera y dices eso es de Gaudí. Y vas conduciendo por cualquier carretera de la Península, te paras para llenar el depósito de diésel en una estación Trepsol y la gente no dice esto es un Xavi Vera, porque la gente no sabe el nombre de los arquitectos de las gasolineras, pero reivindico, vaya que sí, que si una obra civil tiene encanto y personalidad, también se debería conocer. Encanto y personalidad, mira por dónde, los dos conceptos que elijo para definir a uno de esos amigos que haces ya de adulto y que te sorprendes por las ganas que siempre tienes de verlo. Y por la admiración que te despierta.

Cuando acabó de leerlo se crujió los dedos, miró a Darín y le hizo el mejor elogio.

—Me reconozco en el retrato. Más real que caricatura. Te lo agradezco.

—¿Seguro que son mil palabras? —Mara lo atornilló—. Si no he contado mal, yo diría que te faltan cinco.

Se echaron a reír.

—Una cosa sí se me ha olvidado —admitió Darín—, y es esa puta manía de crujirte los dedos. ¿Nunca te han dicho que acelera la degeneración de tendones y articulaciones? ¿De dónde te crees que viene la artrosis?

—Yo le he dicho mil veces que no lo haga... —Mara, aprovechando el momento—. Me pone negra. Y Sergi, el niño, lo ha copiado de su padre y no para. Es un vicio.

—Mejor ese que otro. —Xavi, en defensa propia.

—Mientras sea ese el vicio, no pasa nada. —Darín, siempre dispuesto a meter baza.

—Ahora me toca a mí.

Mara abrió el sobre americano, sacó la carta y la desdobló. El vino, la noche y la media dioptría hicieron que las letras le pareciesen hormigas apretujadas en una manifestación. Despacio, y con una ceja arqueada, fue leyendo con determinación el retrato que le había dedicado Darín.

Si yo fuese mujer y me llamase Mara Lincoln, también me sentiría elegido para hacer cosas importantes en la vida. Pero me llamo Albert Casanovas —o sea, de lo más normal— y algunas veces, cuando me levanto, me hago dos preguntas: ¿qué le vio Mara a Xavi para casarse con él? Y segunda: ¿por qué no la conocí yo antes? Que nadie de los presentes se ofenda, pero desde siempre me habría gustado que mi mujer esquiase fuera de pistas. Me parece que no puede haber una sensación de libertad más absoluta. La naturaleza y tú. Deslizarte por una nieve que todavía nadie ha pisado, respirar hondo y, con el frío en la cara, sentirte vivo. Mara no para. Para ser tan de ciudad, me abruma su capacidad de hacer surf en verano, de montar a caballo en invierno, de estar en contacto con el paisaje y de convertir la vida en juego. Me cuentan que un día se plantó, arrancó la tele de la habitación y de la cocina, las regaló y decidió que no quería aburrirse nunca más. De Mara envidio tanta vitalidad y, sobre todo, esa capacidad, tan estadounidense, de cambiar de vida, no mirar atrás y tirar *p'alante* a pesar de haber pasado por lo que pasó. Actuar, hacer, ejecutar, pensar poco en el pasado y no revolcarse en el fango, cuando lo hay, que siempre hay en todas las casas. Mara no hace nada maquinalmente. Todo sigue una lógica, que a veces cuesta entender, pero que es la suya, personal e intransferible. Si la gente ya no compra escaleras de piscina de acero inoxidable, se cierra la empresa y a otra cosa, mariposa. Si la crisis hace estragos, si ya nadie construye piscinas y si quien aún tiene cuatro duros para hacerse una prefiere poner la escalera de obra, es el momento de comprarse un ordenador, imaginarse un negocio nuevo e ir a por todas. Hay que reconocer que el negocio que se ha inventado para entretener a los ricos es original. En el momento en que todo el mundo se compra los billetes de avión desde casa, cuando todos reservan los hoteles por internet y las agencias de viajes están bajando la persiana como las tiendas de discos, Mara va y se inventa la sopa de ajo. Viajes insólitos, exclusivos, carísimos, personalizados... Y resulta que tienen público. Debo admitir, en esta confesión de fin de año, que si en el momento de montar la empresa me hubiese preguntado si quería invertir, habría puesto cara de es que ahora mismo no tengo un céntimo, y le habría dicho que no, gracias, para no pillarme los dedos. En cambio ahora, si nos hubiésemos hecho socios y fuésemos a medias en el negocio, tal vez ya no haría falta que me dedicase nunca más al oficio del quién, el qué, el cuándo y el dónde. Son demasiados años redactando noticias y, también, para qué negarlo, de vez en cuando me apetecería acompañar a tres señoras millonarias a hacer yoga en un prado de Vietnam. ¿Tiene usted dinero y ya ha viajado por todo el mundo? Espere, porque en Keep Exploring le llevaremos a dormir a un palacio de hielo en Quebec. ¿Le gusta la música sinfónica y ya ha escuchado a todas las grandes orquestas en los mejores auditorios del planeta? Mara Lincoln le acompañará en un crucero por el Báltico con la orquesta Filarmónica de Viena. Un concierto en tierra, tres en el barco y, además, conozca Tallin, San Petersburgo, Helsinki y Estocolmo, yo se las enseño. ¿Y eso cuánto cuesta? Un riñón. Pero no importa, tiene usted dos, aún le quedaría uno, y la gente va y se apunta. Viajes de lujo hechos a medida, ¿quién habría dicho que algo así sería rentable? Pues, contra el pronóstico de todo el mundo, Mara Lincoln.

Para escribir este perfil he estado pensando por qué una chica de Barcelona, con un padre de Nebraska y una madre de Berga, una piscis del mes de marzo, tiene esa facilidad innata para meterse a la gente en el bolsillo. Y he llegado a la conclusión de que, como decimos hoy en las redacciones, en una expresión que a veces me repatea el estómago, la respuesta es multifactorial.

Mara posee una belleza natural, poco adornada. Tiene bastante con unos vaqueros y una camiseta para lucir su figura atlética, deportiva. Aunque no se maquille, o lo haga solo en ocasiones muy escogidas...

—Como hoy —apostilló ella.

... sus ojos oscuros, tan grandes, son hospitalarios. Todos nos sentimos bien cuando los miramos. El pelo, negrísimo y corto, está tan revuelto que a veces dudo si decirle que se le ha olvidado peinarse. Pero, al parecer, es un estilo propio. Todo está más pensado de lo que parece. Ese ir y venir de mechones y flequillo se rige por un criterio que algún día podremos llegar a vislumbrar.

La voz de Mara es como la seda, que resbala, es fresca y tiene buena caída. Cuando habla, su timbre refleja la luz en diferentes ángulos y le otorga esa sensación especial de brillantez. Además, tiene una risa ruidosa, pero limpia y en absoluto ofensiva. Una risa que contagia a todo el mundo, salvo al bobo de su marido, que quizá la tiene ya muy oída y que, a estas alturas del perfil, estoy convencido de que anda ya con la mosca detrás de la oreja con tanto halago. Así pues, tan solo un dato más. Mara nació en el 69. Y con eso no quiero decir nada. Al contrario, y perdonad la procacidad, con eso está todo dicho.

En la mesa no quedaba ya ni una pizca de queso. Los troncos se habían convertido en rescoldos y, en Crans Montana, continuaba cayendo una nieve espesa. Solo faltaba una hora para el año nuevo.

4
Un trozo de Japón en casa

Mara notó que le vibraba el móvil en el bolsillo de la falda y, sin ponerlo encima de la mesa, miró quién le escribía.

—Hoy es un no parar —disimuló mientras leía un mensaje en italiano de buenos augurios para el año nuevo. Con un doble gesto de dedo que tenía bien entrenado, borró el comentario de la pantalla de su iPhone sin inmutarse—. ¿Habéis hablado ya con las niñas?

Joana dijo que sí, que se había quitado un peso de encima. Antes de bajar a cenar las líneas estaban colapsadas, pero, finalmente, gracias a la perseverancia de Andreu, habían logrado ponerse en contacto con ellas. Desde la habitación habían hecho un *facetime* con las niñas, se habían visto las caras, se habían enseñado lo arreglados que iban, se habían reído, se habían dicho que se querían —del modo en que se dice en las ocasiones especiales, no por compromiso— y que ya hablarían mañana, antes de comer, porque es una noche que cuesta mucho conseguir línea y no dejes para mañana lo que puedas hacer hoy y esas cosas que se suelen decir, empachados de rituales. Xavi también se había asegurado de que Sergi y Carla estaban bien. «Vuestra madre y yo confiamos en vosotros.» Lo soltó así, en medio de la conversación, sin más. Quería que la frase constase en toda su literalidad. No estaba acostumbrado a usar palabras que se pudieran confundir con sentimientos. Pero aquella noche decidió hacer el esfuerzo porque, en la primera Nochevieja que los chicos pasaban sin sus padres, percibió que era necesario entregarles la bandera de la libertad. Era una manera de decirles: ahora sois responsables, pero, al mismo tiempo, no nos falléis. Era una tela con dos caras que era preciso ondear acompasadamente. Además, por teléfono y a mil kilómetros de casa, le resultaba más fácil decir ese tipo de cosas a sus hijos. Aun así, respiró hondo cuando supo que tanto el niño como la niña podrían ir y volver a pie de sus respectivas fiestas. Si no os subís a ningún coche ni a ninguna moto, mejor.

—¿Cuántas noches pasas en casa al año? —preguntó Darín a Mara, que todavía dudaba si debería haber contestado el mensaje aséptico de Marcello antes de enviarlo a la papelera.

—Pocas —respondió Xavi por ella. Cuando se sintió amonestado por la mirada capciosa de Mara, decidió matizarlo—. No me quejo, mujer. Solo lo constataba.

—Nunca las he contado. Ahora, con los niños ya mayores, vuelvo a viajar más. Yo diría que más que nunca. ¿Cuántos días? No lo sé. ¿Cuántas serán? Estaré fuera unas cien noches al año, quizá.

—Fijaos en que lo cuenta por noches, no por días —la pinchó Xavi.

—¿Cuál es el viaje más extraño o más extravagante que has hecho este 2017?

Mara se lo pensó. La pregunta de Andreu la obligaba a reflexionar. En esa última temporada los había habido de todo tipo. En poco tiempo había pisado cuatro continentes, veintidós países y, tal vez, unas sesenta ciudades distintas. Había regresado a la primavera en tres ocasiones. Había atravesado tantos husos horarios que viajaba con un reloj en cada muñeca. En la izquierda, uno digital con la hora de siempre, la de casa. En la del brazo derecho, un Omega antiguo de su padre con cadena inoxidable que se había hecho estrechar. Según el país, movía las agujas para saber siempre por qué momento del día pasaban cuando estaba en Buenos Aires, Johannesburgo o Reikiavik. Y era, también, una manera de llevar con ella a míster Lincoln. Lo había conocido poco y ese era, piel con piel, un modo de sentir el latido de su pulso. De tanto volar de un sitio para otro, Mara se había acostumbrado a dormir con almohadas de todo tipo. Constataba que, por los hoteles del mundo con muchas estrellas, se habían puesto de moda las almohadas cuadradas, grandes, a las que les sobraba colchón por ambos lados. Pero, para no esquivar la pregunta y responder sobre el viaje más extravagante, quizá se quedase —si de lo que se trataba era de extravagancia— con la ruta de James Bond. Dos matrimonios de Manresa, que habían hecho dinero a espuertas con una empresa de derribos, habían contactado con Keep Exploring para montar un viaje especial para los cuarenta años de casados de ambas parejas. Mara los escuchó y les propuso un montón de opciones fuera de catálogo. Dormir en mitad del bosque en el Arctic Treehouse, en el norte de Rovaniemi, uno de los enclaves de frío más selectos. Contemplar el cielo más espléndido que se haya visto nunca desde Atacama. Caminar por las ciento cincuenta cuevas del Parque Nacional de Phong Nha-Ke Bang y entrar —no todo el mundo puede hacerlo— en la cueva más grande del mundo en Hang Son Doong. Nada les convencía. Ni siquiera un crucero de partidas de bridge por el Bósforo. Supo que una de las mujeres era aficionada y pensó que... Pero tampoco. O demasiado lejos, o demasiado concreto, o demasiado lo que fuese. No sabían qué querían y Mara no les ofrecía nada que los satisficiera. Cuando ya parecía que perdería a los clientes, que irían a parar a una agencia de viajes convencional y acabarían conformándose con la enésima escapada a París, un comentario de pasada de uno de los maridos sobre Sean Connery y los anhelos de independencia de Escocia hizo que se le encendiera una lucecita y que a aquellos jubilados de oro les pareciese una idea genial. Darían la vuelta al mundo, de este a oeste, en cinco escenarios de las películas de James Bond. Eso sí que les hizo ilusión. Palabra mágica para vender viajes, idea básica para la vida. Comenzaron por Estambul. La primera parada fue en la Cisterna Basílica de *Desde Rusia con amor*, y al día siguiente visitaron la Torre Maiden de *El mundo nunca es suficiente*. Durmieron en el Grandhotel Pupp, en Karlovy Vary, donde el agente 007 juega una arriesgada partida de póquer en *Casino Royale*. En Grecia, llegaron al monasterio abandonado de

Solo para sus ojos, donde recordaban que James Bond trepaba, pasándolas canutas, por una pared vertical de piedra. Hicieron unos hoyos en Buckinghamshire, el mismo campo donde Bond juega contra *Goldfinger*. Y, para éxtasis de todos ellos, finalizaron el viaje en Río de Janeiro, paseando en el teleférico de la montaña del Pan de Azúcar de *Moonraker*. Justo donde intentan asesinar al espía británico más famoso de todos los tiempos se hicieron la mejor foto del viaje. Los dos matrimonios de Manresa le pidieron a Mara que también posara con ellos. Una foto con la guía siempre es una señal de que la excursión les ha gustado.

—Me parece que todas esas las he visto. Necesito que haya un poco de acción para dormirme —confesó Andreu—. ¿A vosotros no os pasa con las películas?

—Yo me sobo incluso con las de acción.

—Es que vamos muy cansados... —Mara se estaba limpiando los dedos después de probar un bombón de un licor que no supo identificar.

Y entonces se inició una discusión sobre quién era el mejor James Bond de todos. Biosca, testaruda, argumentó que como Roger Moore no había habido ningún otro, y se puso tan firme que, tres minutos después, nadie se atrevió a llevarle la contraria.

—¿A mí cuándo me toca abrir el sobre? —Joana le guiñó un ojo a Darín para cambiar de tema.

En la mesa les habían dejado chocolates en ocho texturas diferentes. Trufas, *macarons* del Café Sprüngli, unos pralinés de Saint Gallen, bombones de licor de Interlaken, unos bastoncitos de chocolate blanco rebozados en pistacho, una especie de Toblerone hecho en casa, una bolita de helado para cada uno y unos *coulants* minúsculos que les habían recomendado comer de un solo bocado. Era la manera —dulce— de llegar a la medianoche. La despedida afrodisíaca del año, insinuó Xavi en el momento de morder una trufa que estaba a la temperatura justa. Un perfeccionista como él agradecía que no estuviera ni dura ni blanda. Solo Mara sabía cómo serían las campanadas —en caso de que las hubiera— y con qué liturgia entrarían en el nuevo año.

—Venga, voy a abrirlo. Ya está bien de esperar. —Joana extrajo los dos folios del sobre. Fingió los nervios de quien desdobla el papel de las notas de fin de curso—. Veamos... Qué miedo. A ver qué dices de mí, Darín...

> Joana es una mujer con estilo. Muchas amigas deben de envidiarle la nariz recta, el saber estar y la prestancia para no ser el centro del mundo, cuando lo tiene todo para serlo.
>
> A simple vista, quizá no es lo que parece. Para empezar, te impactan unas gafas de sol enormes, unos pendientes grandes, un cinturón llamativo, un reloj que baila y unos tacones altos que la hacen aún más esbelta. Todo es grande a su alrededor. Sin embargo, enseguida te das cuenta de que solo se permite la fantasía en los accesorios. Ella, en cambio, es una mujer que mira hacia el interior, una persona de paz y yoga. Una mujer que planifica, organiza y mueve las piezas con mano izquierda, sin que se note mucho. Consigue más cosas con una sonrisa que con dos gritos, que, aparte de sus hijas en la adolescencia, puede que nadie más haya oído.

La timidez rezuma en unas facciones dulces, la piel rosada y unos ojos azules rasgados, muy franceses. Solo las pestañas, largas y peinadas con pincel, parece que quieran llamar la atención. Joana acostumbra a hablar bajito. Tanto que a veces te pide que le pases la sal y parece que te esté susurrando un secreto. Resulta tan sexi... Será por ese hablar bajito, por el fraseo obvio de Matadepera o por su voz turquesa, pero yo la contrataría para hacer publicidad en la radio para una cuña de un centro médico. De urología, pongamos por caso. Con cuarenta y tres cumplidos —que celebró hace quince días, según me ha dicho un pajarito—, ya no le quedan muchos años para llevar ese pelo tan liso hasta el corazón. Las melenas acostumbran a caducar a los cincuenta. La de Joana es, eso sí, una cabellera natural, de un rubio trigueño que combina los castaños con los tonos más brillantes. La gracia está en las puntas, con mechones que van en todas direcciones. La reina de las tijeras de podar lleva, como no podía ser de otra manera, unas cejas finas y recortadas a conciencia. No hay más por un sitio que por el otro, y me parece de una clase distinguida que las cejas sean del mismo color del trigo justo antes de cosecharlo. Es decir, me gusta que no sean más oscuras que el pelo. Nunca he entendido a las mujeres rubias con las cejas negras. Son personas que llevan la contradicción escrita en la cara. Con los años y después de alguna discusión, he comprendido que, en cualquier caso, es un problema más mío que suyo. Si ellas se pusieran a describir mis imperfecciones, el inventario duraría un rato.

—Largo. —Biosca no se pudo resistir.

Por lo que he podido observar en Joana, tampoco existen estridencias en el vestir. Es una mujer alta y delgada a la que todo le queda de revista. Colores neutros. Le recuerdo pocos estampados, por no decir ninguno. Aunque reconozco que yo no me fijo mucho en esas cosas. Sí que percibo, a la legua, que lleva ropa buena, ropa cara, con tendencia al patronaje nórdico, ropa que huele bien incluso cuando vamos de barbacoa.

Toda esta prudencia tan bien llevada contrasta, quién lo iba a decir, con una pasión oculta, que poca gente conoce. Joana colecciona tazas de té. Me cuentan que guarda tantas en la cocina de su casa que ya no tiene suficientes días al año para utilizarlas todas. En cada viaje se compra una. Como poco, una. Pero si está en un hotel en Noruega y es la taza con la que le han servido el desayuno en la habitación, no os quepa duda de que esa taza, decorada con unas flores y un asa delicada aparecerá en su maleta sin miramientos. Si está paseando por Londres y se detiene para merendar en Fortnum & Mason y la taza le convence, ya encontrará el modo de llevarse la porcelana inglesa, aunque haya cámaras de seguridad. Supongo que el día que nos marchemos de este hotel fantástico que nos ha encontrado Mara en Crans Montana, notarán que ha desaparecido alguna taza. A Joana le da igual. Si alguna vez la pillan, ella sabe que siempre tendrá a un abogado en casa que la defienda.

Espero de todo corazón, y llegados a este punto de nuestra amistad, que Joana haya perdonado mi metedura de pata. La primera vez que cenamos juntos, con Joana y Andreu, en un festín de gambas en casa de Mara y Xavi, le pregunté a qué se dedicaba. Me dio una explicación pormenorizada de su trabajo, de la carrera que había estudiado en Bordeaux —ella lo decía así, en francés—, de su colaboración en el taller de Xavi Vera Martín y, tal vez porque yo estaba distraído, de pie, con el aperitivo, tal vez porque tenía miedo de que nos cayésemos a la piscina, tal vez porque no lo entendí bien, por lo que fuera, la cuestión es que al terminar le dije: «O sea, que eres jardinera». Mi ofensa se notó en un rostro que echaba humo. Al llegar a casa, entré en Google para ver exactamente qué era una paisajista, y quería morirme. Está bien vender torrecitas y esquejes de buganvillas, pero ahora sé, y lo sabré por los siglos de los siglos, que Joana posee conocimientos de arquitectura, de ingeniería, de ecología, de biología, de urbanismo... Su trabajo es ciencia y creación. Es inspiración y concepto y todo al mismo tiempo. Una paisajista. Entregadle un jardín de malas hierbas y os pondrá un trozo de Japón en casa. Dadle diez palmos cuadrados y os montará un Versalles.

—Vaya, y eso que dices que no te conoce mucho —saltó Andreu, actuando de marido de Joana cuando intuyó que la carta había generado algunas suspicacias.

—Ahora les diremos a las camareras que escondan todas las tazas del desayuno de mañana. —Xavi, que se había caído del nido, sí que levantó una.

—¿Quién te ha dicho lo de las tazas? Yo no las robo. Eso son *fake news*.

—Soy periodista. Tengo derecho a no revelar la fuente.

—Sí, con esa excusa nos coláis cada bola...

A ratos parecía no estar presente, pero Biosca cazó las miradas cruzadas antes que nadie y decidió intervenir.

—Me parece que estas cartas tienen su punto de mala leche. Hasta me alegro de que a mí no me haya tocado.

—No es verdad. Están muy bien. Son unos buenos retratos —transigió Mara mientras se servía un dedo de vino—. Ahora he cerrado los ojos mientras leía y, oye, me parecía estar viendo a Joana. Tal cual. Las facciones dulces, la voz bajita... Es igualita a ti, mujer.

Darín, curioso por naturaleza, periodista a tiempo completo, preguntó por ese proyecto que Xavi Vera y Joana Bascuñana llevaban a medias. No sabía nada, había oído campanas durante la cena y no podía consentir que algo pasase inadvertido a sus ojos de gato.

No existe una gran obra sin un gran cliente, comenzó a explicar Xavi Vera Martín. En esta ocasión le había llegado el encargo con el que todo arquitecto sueña. El regalo le había caído del cielo a la edad perfecta. Después de veinticinco años dibujando obras pequeñas, gasolineras, alguna biblioteca rural, una promoción de vivienda pública y demasiadas casas para los amigos, se sentía preparado para que le llegara un proyecto de los que ilusionan. El gran proyecto. Bruno Llobet, el único profesor con el que una vez terminada la carrera había mantenido cierto contacto, lo invitó a almorzar en un salón privado del Windsor de la calle Córcega, un restaurante en la planta baja de un edificio señorial del Ensanche. Ya en la mesa, para romper el hielo, sin saber por qué lo había convocado, Xavi contó alguna anécdota universitaria que a Llobet, rozando los ochenta, le hizo gracia recordar, porque tenía una memoria infinita para los planos, pero mucho más limitada para la anécdota. Llobet se había convertido en una eminencia. Doctor *honoris causa* de no sé cuántas universidades, era una de las cinco vacas sagradas de la arquitectura contemporánea europea. Y esa fama, en el país de Gaudí, significaba un prestigio internacional ganado a pulso durante décadas, dibujo a dibujo, obra a obra, barrio a barrio. Ahora, ya con las manos grises, el pelo tan blanco como la barba y un hablar más pausado, sí que se acordaba de que a Xavi Vera le había puesto una de las pocas matrículas de honor que concedió en los años —una docena— que fue profesor. Él no hubiese dejado la facultad, habría seguido enseñando a los futuros arquitectos, pero corrió la voz de que se había acostado con una chica de tercero y lo invitaron a marcharse. Después, ya fuera desde lejos, ya desde más cerca, se interesó por seguir la trayectoria de su alumno más brillante. Sabía qué hacía en cada momento y, pese a que Llobet poseía un lápiz privilegiado que lo mismo reordenaba el centro de una nueva ciudad cerca de Shanghái que dibujaba un puerto deportivo en California, siempre encontraba un momento para verse con su discípulo si este lo llamaba y le contaba que tenía una duda. En cuatro o cinco ocasiones de vértigo, Xavi Vera, en una encrucijada, había acudido a ver a su mentor para saber qué solución aplicaría él a un problema determinado. Llobet pidió por los dos. Unos guisantes que se defendían ellos solos y un morro de bacalao confitado. Al llegar el momento del postre, cuando Xavi ya empezaba a pensar que el almuerzo no tenía ningún orden del día concreto, el profesor Llobet centró la propuesta.

—Un pez gordo me ha hecho un encargo importante. Yo ya no puedo hacerlo, en el taller estamos a tope, yo ya soy viejo y me gustaría mucho que lo hicieses tú.

—Caramba...

—Alto. No digas nada. Le he dicho a mi cliente que eres el mejor arquitecto del momento, le he enseñado cositas tuyas y le he asegurado que le harás una casa espectacular que superará todas sus expectativas.

—Qué honor...

—No he terminado. —Le puso la mano encima de la suya para que guardara silencio—. Lo quiere todo en dos años, proyecto y construcción. Por tanto, hay que hacerlo muy bien y a toda leche. Ya conoces mi lema: mucho, rápido y bien. Bien no, muy bien. Quiere una casa moderna, que perdure, que salga en las revistas de arquitectura cuando tú y yo estemos muertos. Puedes lucirte. Es la obra de tu vida. Son diez hectáreas en el Ampurdán. Quiere una casa de ochocientos metros cuadrados. Y una propina de doscientos para los invitados. Te cabe todo, y de sobra, y unos jardines que para qué. Si la casa le gusta, no te preocupes por el presupuesto. En total, no debería llegar a los seis millones. ¿De dónde ha sacado la pasta este hombre? No lo sé. Y tú tampoco quieras saberlo.

—Esto sí que es un regalo, maestro. ¡No puedo decir que no, por supuesto!

—De hecho, ya le dije que habías dicho que sí. Ahora no puedes echarte atrás.

Xavi, desconcertado y comprometido de repente, dispuesto a aparcarlo todo para centrarse en ello, tuvo una pregunta más.

—¿Cómo se llama el empresario?

Llobet sacó su móvil, se puso las gafas de apartar espinas y deslizó el dedo por sus contactos.

—Avakian. Frank Avakian. O Michael, no lo sé. Te envío el enlace. Te llamará él. Es de Estados Unidos, pero habla sin problema una especie de mexicano. Os entenderéis.

—Te haré quedar bien.

—Eso espero.

—Me hace mucha ilusión —dijo, esforzándose por mantener la calma.

—Son dos años a partir de hoy, más te vale correr.

La eminencia permitió que Xavi, ante tanta insistencia, pagase la comida. Pensó en que al día siguiente llamaría a Joana para convencerla de hacerse cargo del paisaje de todo el proyecto. Tampoco pensaba permitirle decir que no. Actuaría con la misma firmeza de hechos consumados que el viejo profesor. Una vez en la puerta de cristal del restaurante, a pie de calle, le pidió un consejo al maestro. Bruno Llobet lo tenía claro.

—A un cliente no le des lo que pide; dale lo que sueña.

5
Hacía horas que ya había anochecido

Frank Avakian se puso las mallas, un jersey polar y las zapatillas blandas que le iban mejor para pedalear. Llenó el bidoncito térmico con agua fría y lo encajó en el tubular. Con las rutinas de siempre —no se llega tan alto en este mundo si no tienes unos hábitos marcados—, preparó el pulsómetro con las coordenadas de la excursión. Era el último modelo del reloj Garmin, que, durante la ruta, le iría marcando todo lo que necesitaba saber. Le avisaba del camino, de la frecuencia cardíaca y del ritmo de pedaleo. Incluso recibía los mensajes en la misma pantalla. Solo los contestaba si era estrictamente necesario. La última tarde de diciembre, no obstante, ya no trabajaba ni cristo. Ni allí ni en ninguna parte.

Para cerrar el año, el empresario tenía por costumbre hacer una escapada en bicicleta, sin nadie que lo acompañara. Quería ir solo expresamente. Era el momento íntimo que se reservaba solo para él. Era el instante en que nadie reparaba, con los pies en los pedales, en su cojera. Cada 31 de diciembre, almorzaba pronto, comía ligero, y salía de la urbanización con campo de golf donde vivía, en Boca Ratón, para ir hasta Palm Beach a ver el cielo enorme, anaranjado, del crepúsculo sobre la costa de Florida.

Según el reloj, eran cincuenta kilómetros en llano y en línea recta. Y si lo decía el reloj, eran cincuenta kilómetros en llano y en línea recta, en dirección norte. Después de contemplar cómo se ponía el último sol del año, tomaba dos tragos de agua, se subía de nuevo a la bici y volviendo, que es gerundio. Siempre en dirección sur. Aunque hubiese perdido el reloj inteligente, habría sabido deshacer el camino. El hombre de las rutinas lo conocía bien, lo hacía todos los años.

Cuando llegaba a casa, ya estaba muy oscuro.

Aquella noche de san Silvestre, cuando Frank Avakian regresó exhausto a la urbanización de su finca en la avenida Le Rivage, hacía ya horas que dos personas habían aprovechado su ausencia para entrar a través del jardín, amansar a los dos pastores alemanes que los habían recibido con ladridos y, vestidos de negro de arriba abajo, abrir la puerta de casa con una llave maestra que jamás les había fallado en ningún sitio. Desactivaron el código de la alarma con el tiempo justo para que no sonara y, sabiendo que estaban solos, pudieron trabajar con tranquilidad. Un helicóptero, a una distancia muy prudente, seguía el pedaleo constante de Avakian por la ruta de la costa de Florida. Discreción profesional. Únicamente si hubiese habido un cambio de planes, los habrían avisado de inmediato.

Los dos hombres de negro no perdieron el tiempo en mirar los cuadros que llenaban las paredes de una mansión de dos plantas, de estilo español, que

Avakian había comprado en 2009, en una subasta, por poco más de cinco millones de dólares. Pasaron de largo de un mural de Diego Rivera, de una tela de Yves Klein que arrastraba el azul desde el techo hasta el rodapié, y de un Juan Genovés que era el último cuadro de grandes dimensiones del que se había enamorado el propietario de la casa, un auténtico coleccionista de pintura contemporánea. Con los guantes puestos, intentaban tocar solamente lo imprescindible. Habían entrado a poner, más que a quitar. No tenían que llevarse nada, no tenían que desordenar nada que pudiese hacer que Avakian sospechara que le habían colocado un sofisticado sistema de espionaje para grabar reuniones, conversaciones y llamadas desde cualquier ángulo de la casa. En una investigación criminal, la prueba puede aparecer en el instante más inesperado. Es cuestión de paciencia. El policía es el pescador que echa la caña y que, por más que tarden en morder el anzuelo, no se desespera. Al contrario: el investigador sabe que, cuanto más rato pasa, más cerca está el pez de picar.

Para entrar en casa de Avakian no les hacía falta ninguna orden judicial. Al FBI le bastaban tres indicios y cuatro sospechas, más o menos fundadas, del Departamento de Justicia de Estados Unidos, para poner el foco sobre el personaje.

6

El eco lejano de la música de los dioses

Un abeto hace Navidad. Un árbol adornado destila nostalgia. En el hotel de Crans Montana quizá se les había ido la mano. Habían colocado uno en cada rincón, todos con bolas de cristal y guirnaldas blancas, decorados con el buen gusto de los cinco estrellas cuando llegan las fiestas. En recepción estaba el abeto más imponente, con lucecitas que se encendían al ritmo de la música y que eran el reclamo para los más pequeños. En los pasillos, en la biblioteca y en la sala de jugar a cartas, con el tapete verde siempre a punto para una partida, también había un árbol natural para evocar que eran días de celebración y buenas caras. En el comedor que Mara les había conseguido para cenar ellos solos, había un abeto diferente. Había pedido que lo adornasen solo con velas y manzanas de verdad. Era como lo había visto siempre en casa, cuando su madre preparaba el árbol para ella y sus hermanas. Era tal y como lo había ideado san Bonifacio cuando cortó un árbol con un hacha y colgó en él las manzanas de la tentación y las velas de la luz de Jesucristo en el mundo. En casa de los Lincoln nunca habían sido creyentes, pero, con la desaparición de su padre, su madre se aferró a lo que pudo. Le pareció que la religión y la fidelidad a las tradiciones ponían sordina a su aflicción.

—Se acerca la hora, chicos.

—¿Seguro que no tenemos que preparar nada para las campanadas, Mara?

—Todo controlado. Si tenéis el champán a punto, no nos va a faltar nada.

—Son menos cuarto y yo lo veo todo muy parado...

—No os preocupéis, coño. —Mara miró la hora del reloj de la mano derecha. Marcaba la misma, clavada, que el de la izquierda.

Andreu Fonseca no quería terminar el año sin saber qué decía de él Darín, que los había retratado con tanto detalle.

—Con la venia. —De nuevo, se aclaró la garganta como solía hacer ante el tribunal antes de tomar la palabra. Los nervios le secaban la boca.

> A Andreu no lo conozco mucho. Por suerte nunca he tenido que recurrir a un abogado penalista. Y que dure. Pero si alguna vez necesitase uno, por haber atropellado al perro de una familia rica o porque me he cargado a la vecina que tiene la manía de pasar el aspirador todos los domingos a las siete y media de la mañana, contrataría sus servicios. No solo porque me gusta la colección de esculturas que tiene en su despacho de la Diagonal, sino porque, por su gesto, siempre parece tener la razón de su parte. Todo en él rezuma verdad. La voz clara, la dicción bien encajada para convencer a jurados y a jueces. El pelo limpio y la barba, bien recortada, expresan credibilidad. El

traje hecho a medida manifiesta convencimiento. Los puños de las camisas blancas, que se atreven a asomar dos centímetros calculados por debajo de las mangas de la americana, son de una simetría que denota autenticidad y control. Había un hotelero de Barcelona, que ya murió, que era conocido porque llevaba una corbata de un color distinto cada día de la semana. Si la corbata de Paco Ráfales era verde, sabías que era martes. El caso de Andreu Fonseca es al revés. Su corbata es siempre del mismo color, de un azul marino tirando a negro, y, así, es imposible acertar en qué día de la semana estamos. Los viernes sabemos que es viernes porque, si los juicios y los clientes se lo permiten, por la tarde sale un poco antes para llegar pronto a Alella, quitarse la americana de hombre riguroso y poder ir a jugar a pádel. Puede que no sea el mejor de la pista, pero, por lo que me han dicho, es un toro. Andreu va a por todas, se lanza al suelo para salvar una bola, salta para llegar a lugares imposibles, si es preciso rebota de hombros contra el cristal con toda su fuerza y, durante unos segundos, tiembla toda la estructura con una magnitud cuatro en la escala de Richter.

En cambio, en una fiesta, o en una cena, doy fe de que es un hombre discreto. Él está allí, bien situado, sentado con la espalda recta y las manos sobre la mesa. Es tan pulcro y educado que hasta da rabia. Nunca una descortesía, siempre con el gracias en la boca incluso cuando no es necesario. Si entre nosotros hubiese más confianza, diría que es como un pasmarote. Solo de vez en cuando, quizá cuando las noches se alargan, el abogado se aparta ligeramente del manual del saber estar que ha memorizado como los centenares de volúmenes de derecho y coge de la mano a Joana o la rodea con el brazo por detrás del hombro o, incluso, llega a darle un beso, que, después de dieciocho años de casados, aún tiene su mérito hacer según qué cosas en público. (Te aviso, Andreu, de que si Joana fuese mi mujer la abrazaría más a menudo.) Estos gestos que lo humanizan son, sin embargo, la excepción que confirma la regla de su comportamiento encorsetado. En una reunión con amigos, le gusta pasar inadvertido. Él no te mira, te escruta con la mirada escondida bajo sus inseparables gafas de leer sentencias. Son unas progresivas de montura ancha, de concha negra, a juego con las cejas pobladas, que se camuflan para no llamar tanto la atención. Andreu escucha más que habla. Calla, observa y ríe los chistes de los demás. Y, cuando conviene, tan solo en caso de estricta necesidad, suelta dos frases tan bien argumentadas que cierra el tema y ya nadie se atreve a rebatirlo. Cómo envidio esa capacidad para expresar una idea con dos palabras y matar *tres pájaros* de un tiro. Envidio, todavía más, que conste en acta, señoría, los zapatos relucientes que lleva, como si los acabase de sacar de la caja. Para mí que estrena unos nuevos cada día.

Un día, cuando Xavi y Mara me lo presentaron como otro padre del Thau, pensé qué pereza lo de tener hijos y estar obligado a aguantar a los padres y las madres de los amigos de tus hijos. Está bien que las niñas se traten y que jueguen en el patio, y que se hagan amigas, pero qué necesidad hay de que sus padres, fuera del colegio, también tengan que verse y caerse bien a la fuerza. Que los niños se entiendan y que los padres también se caigan bien entre ellos es, estadísticamente, muy difícil que ocurra. Como que te toque el Gordo, vamos. Pero supongo que cuando tienes hijos te ves obligado a pasar por el aro y a hacer ese tipo de cosas por ellos y a tomártelo todo con sentido del humor. No es ese el motivo por el cual nunca he querido tener niños, pero es verdad que, cuando he visto la situación, he agradecido que las mujeres que me han aguantado, temporadas más cortas o más largas, nunca me hayan venido con la cantinela de tener hijos. Pero vuelvo a aquel día. La tarde en que Xavi me presentó a Andreu Fonseca como un amigo suyo, pensé que podría llevarme bien con él. ¿Por qué? Puede que ni el mismo Andreu lo recuerde, pero ocurrió un hecho que, como periodista, me gustó presenciar por su manera de reaccionar. Un sábado por la noche estábamos en un bar del Tibidabo, bebiendo mientras veíamos cómo la ciudad, a nuestros pies, se iba apagando. En la barra había un tipo maleducado que ya había perdido la cuenta de los cubatas que se había tomado, que se acercó a Mara y se pegó a ella hasta más no poder. Xavi, que estaba de espaldas, no pudo ver el brinco que dio su mujer. Andreu sí que se dio cuenta. Se levantó del taburete y, aunque aquel hombre le sacaba más de un palmo, se acercó a él, le dijo algo al oído y, como quien no quiere la cosa, le quitó el vaso de la mano y, con parsimonia y echándole un par de huevos, se lo fue tirando poco a poco por la cabeza. Cuando le cayeron encima los cubitos, Xavi reparó en la escena. Estaba perplejo. Mara le preguntó a Andreu qué demonios le había dicho. Y su respuesta, sin inmutarse, fue: «Secreto profesional».

Andreu, satisfecho, guardó su retrato en el sobre. Xavi fue el primero en provocarlo.

—¿Estás seguro de que no queda demasiado largo? Yo creo que con quinientas palabras habría sido suficiente. Me parece que le metes mucha literatura. Supongo que cuando escribes noticias no puedes añadir tantas florituras, y aquí te quieres lucir...

—Darín, chico, no le hagas ni caso. Yo te felicito. Eso de que Andreu escucha más que habla no es solo una gran verdad, sino una gran virtud. De las pocas que tiene.

—Nos has retratado la mar de bien a todos.

—A todos, no —saltó Biosca.

—Jamás habría dicho que nos tenías tan fichados. Ahora hasta nos das miedo, con esa mirada tuya de...

—De Darín. Puedes decirlo —remató él mismo.

Albert Casanovas no se había hecho ningún autorretrato. Había sabido retener la modestia, ejercicio siempre difícil. Más aún en un periodista o alguien que vive de las letras. Los demás, cuando lo miraban, en Crans Montana o en el trabajo, en familia o en el gimnasio, veían a un hombre que no se podía decir que fuera bajo, pero tampoco alto. Tenía la cabeza más bien cuadrada, con una frente tan ancha que parecía un frontón y una buena mata de pelo que, más allá de la raya a la derecha, iba a su aire. Daba la sensación de que solo se afeitaba la barba, de un vello que brotaba de manera desigual, el día menos oportuno. Cuando creía que empezaba a tener cierta consistencia y regularidad, se despedía de ella y dejaba al descubierto, en mitad del mentón, un hoyuelo bien colocado. En su cara, sin embargo, los ojos mandaban muy por encima de cualquier otra cosa. Eran rasgados, casi achinados, y de un verde tan claro, casi transparente, que daba cosa sostenerle la mirada. Albert se parecía a Darín antes que Darín fuera conocido. De pronto, cuando aquí se estrenó *El hijo de la novia*, alguien comenzó a decir te pareces al actor argentino ese del alzhéimer. La película tuvo mucho éxito. En Barcelona y en toda Europa fue un fenómeno que sorprendió a los productores y a los exhibidores. La gente, a medida que descubría a Ricardo Darín en la pantalla y después se encontraba con Albert, fuera donde fuese, no importaba en qué situación, siempre le solía salir con la misma pregunta: ¿nunca te han dicho que te pareces a Darín? Eres su doble, tío. ¿Seguro que no sois hermanos? ¿Estás seguro de que tu padre nunca ha estado en Argentina? Sois clavados. Y así, poco a poco, pero tan rápido que merecería una tesis doctoral en sociología antes del *boom* de las redes sociales, Albert fue desapareciendo. Su nombre se desvaneció, perdió del todo el Casanovas y, sin darse cuenta, en un abrir y cerrar de ojos pasó a ser Darín para todo el mundo. A veces, cuando lo llamaban Albert, ni se giraba. Solo cuando escuchaba Darín se daba por aludido. Incluso sus últimas parejas lo habían llamado siempre así. Ciertamente, eran dos gotas de agua. Y él, no podía negarlo, en alguna ocasión se había aprovechado de ello para iniciar alguna conversación con alguien a quien le había apetecido conocer.

Alguien llamó a la puerta de madera del pequeño comedor del hotel. Despacio, sin esperar que les diesen permiso, entraron dos hombres disfrazados bajo dos máscaras. Una era *El grito* de Munch; el otro iba de Michael Jackson en su etapa más descolorida. Portaban un bastón de madera en una mano y, por encima de todo, llamaba la atención un cencerro gigante que llevaban colgado al cuello. La campana de vaca, de chapa de cobre, era tan grande que empezaba sobre el pecho y llegaba hasta más abajo de la cintura. Darín, ante una situación tan extraña y un instrumento tan descomunal, fue el primero al que se le escapó la risa. Y todos lo siguieron.

—¿Esta es la sorpresa, Mara?

—Esto es mucho mejor que la Puerta del Sol.

—¡Anda ya!

—Si parecen dos atracadores... —Andreu se volvió porque le sabía mal que *El grito* y Jackson lo viesen mearse de risa.

Los dos personajes se colocaron en posición, golpearon con el bastón en el suelo y, primero uno y luego el otro, dieron un paso adelante, como dos zombis en horas bajas, si se me permite la redundancia. A cada paso y con un entrenado gesto de cadera, el badajo repicaba dentro del cencerro de quien se movía.

Seis pasos cada uno.

Doce campanadas.

—*Willkommen zweitausendachtsehn!*

Lo dijeron ambos al unísono, con un fraseo profesional. No hacía falta conocer su lengua para entender qué les habían deseado. Una vez terminado el *Trychelzüg*, afuera comenzó un majestuoso castillo de fuegos artificiales. Era el mejor anuncio de la sincronización suiza. Los seis amigos se pusieron de pie, brindaron, siguieron partiéndose de risa, se repartieron besos y corrieron a mirar por la ventana. El algodón de una nevada constante combinado con el estruendo de los fuegos que iluminaban las crestas abruptas de los Alpes les presentaba, solo para ellos, un espectáculo mágico. Nunca visto.

—Y con luna llena, Mara... Lo tenías todo calculado.

—La superluna. Ahora en todas partes la llaman superluna.

—A los que la llaman superluna tendrían que amputarles tres dedos de cada mano.

La salida de tono de Biosca rompió el clima. Cuando se volvieron, los zombis ya se habían largado.

De una a dos de la madrugada jugaron junto a la chimenea. Nadie había pensado en traer el Trivial de casa, en el hotel solo tenían uno en alemán y, a falta de quesitos, Joana recuperó un juego de la adolescencia. No hacían falta cartas. Solo grandes dosis de sinceridad. Ese era el pacto del *confessions game*, una práctica de grupo que había aprendido en Canterbury. Sus padres la enviaron allí dos veranos para que aprendiera inglés y, a la hora de la verdad, había vuelto con un vocabulario básico, un amigo portugués —de Viana do Castelo— y un montón de entretenimientos para pasar el rato. Después, ya de mayor, cuando había jugado a las confesiones con sus amigas, había notado que el suflé de la verdad subía y bajaba con mucho más interés. Con más trecho de vida recorrido, el vértigo de las respuestas convertía las preguntas en un juicio íntimo. Y, de noche, en una experiencia picante.

—Si nos conociésemos ahora, ¿nos gustaríamos?

Los seis votaron que sí, después de pensarlo un rato y de debatirlo poco.

—¿Estás donde querrías estar en la vida?

Tres síes y tres noes.

—¿Quieres que Cataluña sea un Estado independiente?

—Hemos quedado en que nada de política —saltó Andreu.

—Pero si estas fiestas la gente no hablaba más que del resultado de las elecciones...

—Todo ha quedado como estaba, más o menos.

—Nada es nada, ¿de acuerdo?

Con las preguntas abiertas llegaron las confesiones que quemaban.

—¿Cuál ha sido la mejor noche de tu vida?

Ganó Biosca: viendo el parto de una leona, en la sabana centroafricana. Por no estropear el *momentum* —ella lo llamó así, *momentum*, para darles a entender la magia especial del momento— no sacó ni una sola foto.

—¿A cuál de tus amigos envidias más?

—Envidia sana, se entiende.

De los que estaban allí ganó Mara. Y más aún cuando les contó cuál sería su siguiente aventura. Una ruta, con cuatro clientes americanos, para llevarlos a conocer a los mejores chefs del mundo. Habían contactado con Keep Exploring por internet, le pidieron un viaje de experiencias gastronómicas y Mara les había propuesto una ruta de cinco ágapes en cinco restaurantes *top-level* en diez días de viaje. A Xavi le habría gustado apuntarse, pero, cuando era por trabajo, Mara siempre viajaba sola. Y, aparte de todo, él no podía perder un solo día con el proyecto de la casa de Avakian.

—¿Qué defecto has heredado de tu madre?

—Esa es buena.

Se quedaron todos mudos, pensando. Les obligó a recordar a su madre cuando ellos eran pequeños, y a su madre en relación con su padre o con sus abuelos y, más aún, les vino la imagen de su madre que tenían más presente, ya mayor, con los achaques y las lamentaciones de la persona que, justo cuando está más desvalida, tiene que vivir sola. Solo Joana dijo que quizá ella, como su madre, era de quedarse dentro las cosas, de no decirlas. Más que por no herir, por no molestar. Y que, a la larga, esas cosas que no se dicen acaban por explotarte dentro. Intentaron convencerla de que ella no era así, pero no lo consiguieron.

Mara pensó que había llegado el momento de decir en voz alta lo que nunca había comentado con nadie. Ni con Xavi ni con sus hermanas. Creía que el defecto de su madre —por decirlo en los mismos términos que la pregunta, que le parecían demasiado fuertes— era que estaba orgullosa de no haberle reprochado nunca nada a su padre. Su madre lo vivía como una victoria, y, en realidad, puede que fuera una derrota que Mara no quería perpetuar. Si Anthony Lincoln se había ido de casa de un día para otro, si su padre había abandonado a una esposa y tres niñas demasiado pequeñas, si aquel caradura no había dado señales de vida hasta que ya fue demasiado tarde, si las había dejado con una mano delante y otra detrás y nunca supo arreglarlo, puede que su madre sí tuviera muchas cosas que reprocharle. Y, en cambio, jamás salió de ella una mala palabra hacia el que había sido su marido y, de haber sido por ella, lo habría sido hasta el último de sus días. Mara, le costó reconocerlo sin que se le escapara una lágrima, temía haber heredado esa capacidad de perdonar a bulto. Una cosa era la conmiseración necesaria para salir adelante, otra la empatía con todo el mundo y en cualquier situación, y otra muy distinta era ser la tonta del bote a la que solo le falta poner la otra mejilla cuando alguien te ha jodido.

—¿Os habéis fijado en que los tres hombres aquí presentes no hemos heredado ningún defecto de nuestra madre? —Darín quiso recuperar el tono del juego—. Quizá es que los hombres no tenemos defectos, ni genéticos ni propios.

—Lo que pasa es que sois tan cortos que ni siquiera los sabéis reconocer.

—Venga, ¿a quién le toca?

—A Xavi.

—Muy bien —dijo lo primero que se le ocurrió—: Si fueses más valiente, ¿qué harías con tu vida?

A esta sí que se apuntaron todos. Joana dijo adoptar un hijo, ahora que las niñas ya eran mayores. Darín confesó que iría a trabajar y les diría miradme bien porque no volveréis a verme, y se encerraría en casa a escribir la novela de su vida. Andreu, para no mojarse, dijo que leería el libro de Darín, que eso sí que sería arriesgado. Biosca, enfurruñada, dijo paso de este juego. Xavi, contó, con ilusión, que se apuntaría a una expedición de esas de Richard Branson en que vuelas por el espacio. A la Luna, a Marte, donde fuese... Solo hay ochocientas personas en lista de espera, le dijo su mujer. Solo cuesta medio millón de dólares, ya lo sé, pero estaba jugando... Mara, en cambio, tuvo una ambición más modesta. Si fuese más valiente lo dejaría todo, cogería a Xavi, a Sergi y a Carla y se irían a vivir a Australia para empezar de nuevo en un país diferente, con animales que ni siquiera salen en los libros. Escuchadas las respuestas, todos tuvieron la sensación de que nadie había dicho la verdad. O no del todo. Con la certeza de que es la única manera de resistir, nadie se echó en cara las medias verdades que iban contra el espíritu del juego.

—¿Sobre qué tema discutes más con tu pareja?

Cuando llegó el turno de esta confesión, Biosca se fue a encender un cigarrillo a la sala que el hotel tenía reservada para que a los fumadores no les castañeteasen los dientes a la intemperie. Meter y sacar los platos del lavavajillas fue, para sorpresa de todos, una discusión muy común entre las parejas. Hasta que no habían pensado en ello en voz alta y no habían tenido que compartir las experiencias, ninguno se había percatado de que en torno al lavaplatos hubiese tantos conflictos. Pensaban, sin darle mayor importancia, que se trataba de un mal humor puntual, de unas palabras dichas con el atenuante de las disputas domésticas, que son altercados que no cuentan. Nunca hemos acudido a un funeral en el que la viuda, en el momento de dedicar unas palabras al difunto, le restriegue delante de todo el mundo las veces que habían tenido algún rifirrafe en la cocina por no enjuagar los cubiertos antes de meterlos en el lavavajillas. Y eso que, en principio, la lavadora, la secadora y el lavaplatos se habían inventado para hacerles la vida más cómoda. A las mujeres sobre todo, dijo Darín, aprovechando que Biosca no lo oía. Y cuando estaba a punto de comenzar una discusión sobre el feminismo, el abogado lanzó otra pregunta que, por elevación, los obligó a cambiar de idea.

—Tolerar que tu pareja tenga una aventura, ¿qué creéis que es, cinismo o sabiduría?

—Coño, Andreu, con qué pregunta sales a estas horas...

—Dejemos esta para mañana... —Xavi, que tampoco tenía ganas de devanarse los sesos.

—No, no, me parece que es muy pertinente. —Mara, interesada en la cuestión, desafió a su marido—. ¿Tú qué dirías?

—Si tolerar un lío... ¿Una aventura tuya? ¿O mía? A ver... ¡Tráigame dos wiskies, por favor! —Fingió que llamaba a una camarera invisible—. No lo sé, Mara. No sé qué significa si tolerar es cinismo o sabiduría. Es que el mismo verbo tolerar ya me da urticaria. ¿A vosotros no? La verdad, no sé si se debe tolerar.

—¿Por qué?

—Porque no sé, mujer... Nunca había pensado en ello.

—¿Acaso tienes algo que contarnos, Mara? —lo

interrumpió Darín—. No actúes como aquella amiga mía que estaba celebrando la Nochevieja con su marido, esperó a las campanadas, se tomaron las uvas y, en el momento de brindar, le dijo: «¿Sabes qué, Manu? Año nuevo, vida nueva. No te aguanto más. Me he enamorado de una mujer y me voy a vivir con ella».

—Estás de broma...

—Que no, que no, te lo juro por los goles de Messi.

Biosca regresó al comedor. La sala estaba recalentada, olía a queso y a licores y ya no llegó a sentarse a la mesa.

—Va siendo hora de retirarse, ¿no? —Puso una mano en el hombro de Darín.

—Siéntate, mujer, que ahora me toca a mí y tengo la que será la madre de todas las preguntas de la historia del *confessions game*... Siéntate, anda.

—A ver...

—¿A qué conocido tuyo te tirarías? ¡Zas! Es buena, ¿eh?

—Hostia.

—¿Valen famosos?

—No, no... —Darín lo remarcó—: ¿A qué conocido o amigo tuyo te tirarías? Seguro que todos lo habéis pensado, no me digáis que no...

—Xavi lo tiene clarísimo —saltó Mara—. Tenemos una amiga a la que, siempre que Xavi la ve, le pone ojos de cordero degollado.

—Pero qué dices, Mara. No sé en quién estás pensando.

—¿Lo digo?

En aquel momento, Joana se arrepentía de haber

propuesto ese juego, que, de repente, se había vuelto incómodo.

—Di, di. No tengo nada que esconder...

—Berta Cros.

—¿Berta Cros? —Él, ofendido—. A mí nunca me ha gustado Berta.

—Pero si te has puesto colorado, Xavi.

—Que no, que no. Hostia, Mara, no bromees con eso.

—Oye, que no pasa nada. —Darín, buscando pelea—. Estamos entre amigos.

Xavi fue el primero en tirarle la servilleta a la cara. Mara, Joana y Andreu se sumaron también. Darín, como pudo, atrapó dos al vuelo. Biosca ya no prestaba atención al idiota que la acompañaba. En el instante en que sientes vergüenza de tu pareja es cuando la grieta comienza a agrandarse.

Andreu y Joana fueron los primeros que decidieron retirarse a las habitaciones.

—¿Quién se apunta a esquiar mañana? —A Biosca aún le quedaba energía.

—Ya veremos si alguien tiene ganas... —Mara, reprimiendo un bostezo.

—Quien quiera subir a las pistas, a las nueve y media a desayunar. O a las diez en recepción.

—Buenas noches. —Joana y Andreu, que tenían una idea en mente, respondieron al unísono.

Tenían una costumbre para celebrar el Año Nuevo. Habían comenzado la tradición del íntimo entretenimiento la madrugada del 1 de enero del 2000.

Tantas veces habían oído pregonar que se acabaría el mundo —lo decía la tele, lo contaba la radio y lo repetían en el mercado— que quisieron que la predicción los encontrase haciendo el amor en el momento de las campanadas. Eligieron un hotel al lado de la Ópera de París. El Intercontinental. Joana estaba embarazada —justo acababan de saber que era de gemelas— y se pusieron a ello como pudieron para que la barriga no les estorbase. Si el efecto 2000 no daba al traste con todo, acordaron que, al cabo de un año, celebrarían que estaban vivos y que se querían. Les dio por convertirlo en su liturgia y lo repitieron. Los dos primeros años, con las niñas pequeñas, lo festejaron en casa. Después ya se atrevieron con las incursiones de Nochevieja. Una vez fueron de hotel rural a Espinavessa, y a una fonda en el Delta que les habían recomendado, y quisieron probar el relicario de Vallfogona de Ripollès, una casita convertida en apartamento familiar con chimenea para ellos solos. Anna y Sònia aún no eran lo bastante mayores como para dormir en una habitación, y, con sus hijas a los pies de la cama, los padres se vieron obligados a hacer el amor bajo las sábanas, de una manera prudente y silenciosa. Era como intentar nadar sin hacer ruido. Era como atravesar el río Kwai sin que el enemigo, con la ametralladora a punto para dispararte, pudiese percibir tu respiración. Tal vez por el miedo a ser descubiertos, quizá por la excitación que provoca el riesgo, aquel juego de movimientos suaves convertía el sexo mudo en un mundo de sensaciones nuevas, de fogosidad lenta y de tacto delicado. Después, con palabras pequeñas, Joana confesó que, en su momento, había escuchado el eco lejano de la música de los dioses. Desde entonces siempre buscó aquellas notas en sus orgasmos.

Tanto uno como el otro, en aquel instante de temeridad juvenil, notaban que la complicidad de la pareja crecía exponencialmente. Era más que amor. Sin haberlo leído en ninguna revista de sala de espera, el matrimonio Fonseca-Bascuñana había descubierto que la pareja que se divertía desnuda se respetaba más cuando se vestía.

Con las niñas en Barcelona y ellos dos solos en la habitación 210 del refugio de lujo de Crans Montana, se entregaron a su ritual.

—No te desmaquilles, que estás muy guapa.

Joana y Andreu se dejaron llevar para dar la bienvenida al 2018. Celebraron que estaban vivos y que se querían. *Willkommen*, amor mío. Y ella, muerta de sueño, dijo mañana ni se te ocurra despertarme para ir a esquiar.

7
Un jueves de junio

—Tú y yo... ¿Ahora?

—¿Qué pasa?

—Lo dices de broma...

—Me muero de ganas, venga...

—¿A esta hora?

—Aunque sea un ratito... ¿No te apetece?

—Estás pirado, Xavi.

—Dónde está la Mara que...

—Tengo sueño, ¿vale? —Se desabrochó la camisa—. Ve tú solo.

—Sí, sí, tengo claro que quiero probar la sensación....

—¿No has dicho que te bañarías mañana, después de esquiar?

—Pues ahora me apetece, ya ves. Supongo que puedo cambiar de opinión...

—¿Un Vera? Es raro que cambiéis de parecer, con lo tozuditos que sois todos.

—Así, a oscuras, la primera noche del año, con este frío... ¿Qué quieres que te diga? Quiero saber qué se siente.

—Pues ve.

Ella se había desprendido de falda y bragas al mismo tiempo, con la destreza del sueño. El gesto le salía solamente cuando se moría de ganas de meterse en la cama y apagar la luz. Xavi, ajeno a la escena doméstica, vista cien veces en otras madrugadas, salió a la terraza. En un visto y no visto y después de un estremecimiento de frío, volvió adentro.

—Ahora no hay nadie...

—¿Quién quieres que haya a estas horas?

—El japonés. Se ha pasado toda la tarde a remojo. Estaba mirando si todavía estaba. —Xavi se hizo un lazo con el cordón de bañador y, sentado en la cama, se quitó los calcetines.

—Ve... A lo mejor ahora te encuentras a una japonesa regordeta.

—He leído que el agua está a treinta y cuatro grados.

—No vayas a empezar el año quemándote. —Le hizo gracia antes de decirlo—: Que no se te queden los huevos pasados por agua.

Mara, desde atrás y con las dos rodillas clavadas en el colchón, le pasó una mano por debajo de la barbilla. Una caricia lenta, como si estuviese calibrando el apurado del afeitado. Xavi reclinó el cuerpo hacia atrás para ponerle fácil el beso que ya veía venir.

—Pásalo bien, amor mío.

—Buenas noches. No tardaré.

—Y feliz 2018.

Cuando ya estaba en la puerta con el albornoz del hotel, las zapatillas de rizo y la llave de la 316 en el bolsillo, Mara le dijo una última cosa.

—Suerte tienes de que se me cierran los ojos... Pero mañana hablaremos tú y yo de Berta Cros.

—Pero si has sido tú quien ha sacado el nombre...

—Pero has dicho que te la tirarías.

—Yo no he dicho nada de nada. Venga, duérmete ya.

Y cerró la puerta por fuera para ir a bañarse a la piscina de la ilusión. Con los cincuenta recién estrenados, estaba a punto de probar algo nuevo: bañarse al aire libre, en los Alpes, en pleno invierno, de noche, en una piscina de agua humeante con nieve hasta el mismo borde. Experimentar, un verbo para los curiosos. Acudía con la inquietud de un niño. Una vez dentro, superado el escalofrío inicial, pensó que, en casa de Avakian, ese tipo de jacuzzi tal vez no tendría sentido. Por muy maravilloso que Joana pudiera dejar su jardín, nunca dispondría de aquellas vistas y de las condiciones extremas de la alta montaña. Podía dar fe de que era una sensación diferente a todo lo que había vivido hasta entonces.

Xavi se quedó allí veinte minutos de reloj. Se relajó. Situaba los ojos a ras del agua y se imaginaba una noche de lobos en bosques sin límites. El silencio de la nieve, el cuerpo caliente y una luna para él solo. Ni apareció el japonés ni apareció la japonesa. Ni Berta Cros. Ni Mara Lincoln. En algún momento —bendita inocencia— pensó que Mara se animaría, bajaría y lo sorprendería con un baño íntimo de año nuevo.

En una ocasión hicieron el amor en una piscina. Hacía por lo menos treinta años, cuando aún no conocían la pereza. No había vuelto a acordarse. Fue entonces, al pensar en que le habría gustado que su mujer bajase, dejase el albornoz bordado sobre la nieve y entrase a abrazarse dentro del agua caliente, el momento en que recordó un episodio de cuando la juventud los abrasaba.

Roger Bracons iba a clase con Xavi Vera. Habían hecho juntos toda la carrera y, en cuarto de arquitectura, habían compartido trabajos, proyectos y maquetas. Las horas de pasillos y el bar de la facultad podían unir más, incluso, que dejarse los apuntes cuando alguien faltaba a clase. De vez en cuando, puede que una vez al mes, o diez veces durante el curso, Roger organizaba un partido de fútbol sala y Xavi se apuntaba. Bracons jugaba muy bien. Era un zurdo que, sin saber cómo, las clavaba entre los tres palos. Balón que le llegaba, disparaba un chupinazo y, directo a puerta. A Xavi, por altura, lo pusieron atrás. A cerrar y que no pasase nadie. O la pelota o el jugador, pero los dos a la vez, nanay. Esa era la consigna que trataba de seguir al pie de la letra, pero tampoco se hacía mala sangre si se le escapaba alguno y, de vez en cuando, les marcaban un gol. Sabía que Roger Bracons lo resolvería enseguida en la otra portería y, luego, irían a celebrarlo con una cerveza y un bocadillo al Frankfurt Pedralbes. Una cerveza o las que cayesen.

—Y ¿tú qué haces aquí?

Roger se volvió y bajó del escabel cuando reconoció la voz de Mara.

—¡Eh! ¿Y tú? No te hacía por estos barrios.

Se dieron dos besos y Roger la abrazó más fuerte que cuando marcaba el gol de la victoria. Los compañeros del equipo que aún no se había marchado del local, a rebosar, los miraban desde los taburetes de la barra. Tenían curiosidad por ver cómo actuaba su goleador ante aquella chica que le había entrado con tanta soltura. Era casi tan alta como Roger, y el cuello de cisne color negro todavía la hacía parecer más esbelta. Se había recogido el pelo con un lápiz hasta convertirlo en un moño voluminoso y desordenado.

—Qué maleducado, ¿no nos la presentas? —dijo el portero del Mafias. Era el nombre que le habían puesto al equipo sin que nadie supiera explicar el porqué.

—Tíos, cómo sois... —Agarró a la chica por los hombros y la encaró hacia los tres compañeros que estaban más cerca del humo de la plancha—. Es Mara, mi prima. Mara Lincoln Bracons.

—Hola, qué tal —dijo ella, con la risa de los veinte años, sin una pizca de vergüenza.

—Una de mis primas, vaya...

—Ahora se entiende todo.

—Este es Creus, el portero. Venimos de jugar un partido. Edu, que está en todas las tanganas. Y Xavi, que puede que no sea un Beckenbauer, pero será un buen arquitecto, es el mejor de la promoción.

—No será para tanto...

—Habéis ganado, espero.

—Tu primo es un crack. —Xavi, con la necesidad de ser gentil, u ocurrente, o rápido cuando una chica le gustaba a primera vista. Tenía que demostrar alguna cualidad a las primeras de cambio. No podía evitarlo.

—Los Bracons somos así.

—Perdona, pero se te ha quedado un poco de... Me parece que es kétchup. Aquí... —Xavi se tocó encima del labio, mientras los ojos de todos se clavaban en el rostro de Mara.

—Ven, Mara, que te lo quito con la lengua.

—Oye, Edu, no seas... —El primo salió en defensa de la familia.

Mara se puso seria y se plantó.

—No, no, bocazas... Ven a quitármelo con la lengua, venga, valiente.

Edu se quedó petrificado. La realidad se detuvo en el Frankfurt Pedralbes. Cuando el bravucón se bajó del taburete para acercarse a Mara, Xavi estuvo rápido. Cogió una servilleta de papel del dispensador que había sobre el mostrador y, con un gesto resolutivo, se la acercó a Mara.

—Toma. Mejor con esto.

La prima cogió la servilleta y, sin dejar de mirar fijamente a Edu, desafiándolo, se limpió el labio, el bigote y la barbilla. Una vez ganada la partida, arrugó el papel, lo dejó caer al suelo y se partió de risa. Todos hicieron lo mismo, y alguien, puede que Roger, dijo en voz alta una frase que quedó para la historia familiar: las servilletas de papel van a darnos muchas alegrías en este país, ya lo verás.

Una tarde, por iniciativa de Xavi, quedaron para tomar una Coca-Cola. Se encontraron en un bar al lado de una puerta de Gaudí que no llevaba a ningún sitio, en una de las calles más señoriales de Sarrià. Se les hizo de noche con dos consumiciones en la mesa. Otro día Mara lo invitó al cine a la sesión de las seis. Ella propuso *Dublineses*, él planteó qué tal si compramos entradas para *Good Morning, Vietnam*, y, al final, ni para ti ni para mí. Fueron a ver *Dirty Dancing*. Sentados en un rincón de la última fila, se sintieron Patrick Swayze y Jennifer Grey durante dos horas. Cuando se encendieron las luces, Xavi le cogió la mano, Mara acercó la cara y, con la excitación reprimida, se dieron un beso. Suave, tímido. El primero de muchos. Cuando ya no quedaba nadie en la sala, el acomodador los invitó a marcharse con palabras sutiles que apenas lograron escuchar.

—Chicos, a follar a casa, que entran los de las ocho.

No lo hicieron, ni en casa ni en ninguna parte. Terminaron el curso y, después de los exámenes, Xavi tuvo una idea que, por repentina, pasó a ser una locura.

—¿Me dejas que te enseñe mi curva favorita?

—¿Qué quieres decir?

—Está a menos de dos horas de aquí. Venga, vayamos. Me gustaría enseñarte mi curva. Las mejores vistas del país.

—Pero tenemos que volver a dormir a Barcelona.

—Y si volviésemos mañana, ¿pasaría algo?

Xavi cogió el Ford Fiesta naranja que compartía

con su hermano y pasó a recoger a Mara. Ella se había cortado el pelo, dejaba a la vista la nuca y, de repente, cuando entró en el coche y después de un casto beso, Xavi dijo que parecía mayor.

—¿Te gusta? —preguntó, segura de su nueva imagen.

—Estás muy guapa. Se te ven todavía más esos ojazos.

—Mi madre los llama *ojotes*.

El Ford Fiesta, camino del Ampurdán, no pasó de los ciento treinta kilómetros por hora. Xavi, que hacía un año y medio que tenía el carné, conducía tranquilo. Mara ponía y quitaba casetes y buscaba canciones que ambos pudiesen cantar.

—¿Esta la conoces?

—Yo para la música no...

—Deberías conocerla.

Xavi hizo un esfuerzo.

—¿Es la de nuestra película? —disparó, con cierta vacilación.

—De *Dirty Dancing*, muy bien...

—Para los títulos, seguro que no... *The Time of...* no sé qué.

Se desviaron por la salida de Girona Norte. En cuanto Xavi abrió la ventanilla para tirar las monedas en la cesta del peaje, la pestilencia de una fábrica de papel cercana se coló en el coche durante un buen rato. Era un pedo reconcentrado y tóxico. Xavi se vio en la obligación de aclarar que era por el humo de la fábrica, y Mara, burlona, fingió que no se lo creía. Disipado el hedor, atravesaron Celrà, Flaçà y Corçà. El paisaje abandonaba el gris y ganaba el verde. Cambiaba fábricas por vistas. A lo lejos asomaba el castillo de Púbol, y dijeron que algún día irían a ver la tumba de Dalí. Después de la larguísima calle de la Aigüeta que divide La Bisbal —malditos semáforos fuera de secuencia—, no tardaron en tomar el desvío hacia Torrent y Regencós. Cuando ascendían el macizo de Begur, Xavi apagó el radiocasete y le dijo ahora deberías ir preparándote. Despacio, fueron rodeando el pueblo. A medida que él reducía las marchas, dejaban las construcciones blancas a mano derecha y el castillo que los había estado observando durante toda la ruta. De pronto, después de una nueva subida en segunda, el Ford Fiesta giró noventa grados a la izquierda. Xavi se esmeró en dejar el coche en lo alto de la montaña, con el morro elevado, con prudencia, como si estuviese colgado ante la nada; como un águila que contempla el camino hacia donde está a punto de alzar el vuelo.

—¡Ohhh!

—Sí, es aquí.

Tan solo se veía un mar azul intenso mecido por el viento y, allí abajo, no mucho más allá, en un abismo de vértigo, dos rocas imponentes, ancladas en el agua.

—No hay nada que me guste más que ver las islas Medes desde aquí.

—Parece que no tengamos nada bajo los pies.

—Por eso esta es mi curva. No ves el Mediterráneo hasta que no llegas aquí, y, de sopetón, aparece esto.

—No me esperaba... De hecho, no esperaba nada.

—¿Qué te parece?

—Es magia.

—Hemos tenido suerte con el día...

Estaba contento de que su curva hubiese causado sensación, y de que ni siquiera una ligera bruma ocultase lo sublime de la naturaleza, el mar y el agua.

—Siempre he pensado que sin las Medes no sería lo mismo. Sería agua azul y nada más. Como en muchos otros lugares. En cambio, la perspectiva desde aquí arriba hace que las islas parezcan más cercanas de lo que en realidad están. Se ven, no sé cómo decirlo, ufanas. Orgullosas de sí mismas. ¿No te parece que las Medes están diciendo aquí estamos?

Las contemplaron con miradas encendidas. Entonces aún no sabían que regresarían juntos treinta y tres veces más.

—¿Vienes mucho por aquí?

—Los padres de un amigo mío tienen un apartamento ahí abajo. La cala de Sa Riera está debajo, escondida. Ahora iremos.

—¿A pie?

—No, no... No llegaríamos nunca. Hay una carretera con muchas curvas de herradura, pero enseguida estaremos allí.

Mara le acarició la mano, que descansaba sobre el punto muerto del cambio de marchas.

—La sorpresa tiene una segunda parte...

Xavi, sin quitarse el cinturón de seguridad, se metió la mano en el bolsillo de los vaqueros no sin esfuerzo. Sacó unas llaves.

—¿Son las de tu amigo?

—¿Podemos volver mañana a Barcelona o no? —recurrió a la mirada más seductora que pudo.

Mara respiró hondo. Sabía lo que pasaría en el apartamento de Sa Riera, y se moría de ganas. Sin embargo, tener que contar una mentira en su casa se le hacía una montaña. La ilusión de pasar una noche con Xavi, su primera noche juntos, la primera noche con un chico, ganó al miedo. Por goleada.

—Ayúdame a pensar en alguna excusa, y voy a tener que llamar a mi madre desde algún sitio. ¿Hay teléfono en el piso de tu amigo?

En Sa Riera, un jueves de junio, aún no había mucha gente. Aparcó cerca de la playa y le enseñó el apartamento de tres habitaciones que, antiguamente, había sido un hotelito de veraneantes sin pretensiones.

Xavi quería aprovechar la luz de la tarde para pasear de la mano por la cala y enseñarle senderos que conocía bien. Ascendían y descendían por los cerros, por estrechos caminos de ronda, para ir de la playa del Racó a la playa de la Illa Roja. Quería enseñarle una playa nudista. Era la primera que Xavi había visto en su vida y, en su momento, había tenido algo de El Dorado. Allí contempló por primera vez unos cuerpos al natural que antes solo había visto en las revistas.

—Venía aquí con Francesc a ver cómo rebotaban los pechos de las mujeres cuando salían del agua, a medir mingas, a compararlas con la nuestra... Nos poníamos allí arriba, discretamente, y nos pasábamos horas observando a la gente. A veces hasta veníamos con los prismáticos.

—Pero ¿qué edad teníais?

—No sé... Quince o dieciséis...

—¿Los culos no son todos iguales? Dos cachetes, una raya, un agujero en medio...

—Los culos sí, pero las mingas no. Están las que tienen hecha la fimosis, las hay de oso hormiguero...

—Ay, Xavi, tío...

—¿Qué pasa?

—¿Qué es un oso hormiguero?

—¿Ves a ese de allí? —Señaló con la barbilla a un anciano que todavía tenía los pies en el agua—. Parece la trompa de un oso de esos que sorben hormigas. Como un aspirador, con el glande escondido hacia dentro.

—Vámonos de aquí, venga...

—¿Nos desnudamos y nos bañamos? —la provocó.

—Que no, hombre... ¿Tú lo has hecho alguna vez?

—Es una sensación diferente. Tienes que probarlo algún día.

—No te creo. Volvamos al piso, venga... Xavi, Xavi, Xavi...

Con dos besos fue suficiente para convencerlo.

Al cabo de dos horas, en la cama de los padres de Francesc, con la ventana abierta para notar cómo corría la brisa marina, bajo un techo de revistas de moda recortadas y pegadas en una especie de *collage* estrambótico, Mara ponía el primer preservativo de su vida. A Xavi, según confesó después de hacer el amor, que era cuando le venía el parloteo de la felicidad juvenil, lo habían operado de fimosis el último día de curso de tercero de EGB. Tenía ocho años.

Hacía doce que convivía con aquella forma, de la cual estaba razonablemente satisfecho.

—Huy, sí, una obra de arte —recalcó Mara Lincoln, quien, durante un rato entretenido, la había estado mirando muy de cerca. Es lo que se llama la curiosidad del debutante.

8

Una cámara y unos zapatos cómodos

A veces la noche te permite ver lo que la luz del sol esconde. Se piensa mejor y se dicen cosas profundas, de las que fluyen por la complicidad de un día que se va agotando por minutos. Es la hora de las verdades más sentidas porque mañana empezará con el contador a cero y ya no hay nada que perder. La valentía, si va acompañada de un ligero exceso de alcohol, se confunde con la desinhibición. La madrugada es el área reservada para predicar el amor y para hacerlo. Es el instante de las conversaciones más interesantes, de las que permanecen. Pero también es el momento de las discusiones más inflamadas. ¿Cuántas parejas no se habrán insultado en el instante en que el calendario se mece entre la vigilia y el día siguiente? En la habitación de Darín y Biosca, la tensión aumentó, precisamente, la noche que flotaba entre un año y otro. ¿Por qué? Porque las cosas no son como se dicen, sino cómo se sienten.

—Esto no habrá quien lo limpie. —Biosca, nada más sentarse en la cama, se quitó la blusa—. Se le ha pegado a todo el olor a humo y a queso.

—Estaba todo de cine.

—Nos han atiborrado.

—¿Tú estabas bien?

—¿Yo? —No entendió la pregunta. Se olía el reproche—. Sí, ¿por qué?

—Me parece que has hablado poco.

—El vino blanco me da dolor de cabeza.

—Ya estamos.

—Ya estamos, ¿dónde?

—La migraña, tu comodín. Siempre aparece cuando la necesitas.

—Mira, chico... —Biosca se puso en pie de un salto, por no mandarlo a paseo.

—Pasa, pasa.

Darín dejó que ella entrase primero en el baño. Había preparado la sorpresa y la había dejado apoyada en el espejo. Un último sobre.

—Vaya, el retratito que faltaba...

Solo ponía una cosa: «Biosca».

—¿Retratito? Tampoco hay por qué faltar...

—Tampoco eres Hemingway, guapo.

—Pues a ellos les ha gustado. Me parece a mí. —Se liberó del tono de la ofensa, como si no la hubiese oído—. ¿No te extrañaba que no hubiese uno para ti?

Biosca no respondió. Ajustó la puerta con el pie, para asegurarse los mínimos elementales de intimidad. Se desabrochó los pantalones, se bajó las bragas con prisa y se sentó en el váter. No hacía pipí desde el año pasado.

—Lo leeré mañana —gritó para que Darín la escuchase—. Los juegos estos de tus amigos, de preguntitas y confesiones, me han puesto de mala leche. Cuánta frivolidad.

Él esperó a que Biosca saliese del baño con el sobre en la mano, y se lo arrebató.

—Trae, ya te lo leo yo... —Rasgó el sobre con cuidado para no cargarse nada más esa noche. Notaba que las brasas seguían ardiendo.

—No, no... —Ella volvió a coger el sobre y se quedó plantada delante del vestidor—. Ya lo leo yo, y acabamos con esto.

—Lo había escrito con ilusión, ¿sabes? Ahora ya...

—Ahora ¿qué?

—Ahora nada.

Si la primera impresión es la que cuenta, nunca olvidaré tu boina de piel negra cuando te conocí en París. Cuando entraste en la redacción de la agencia, todos nos quedamos parados. El cabello, de un pelirrojo intenso, te caía más por un lado que por el otro bajo aquella boina que no podía esconder la evidencia: estábamos ante una mujer de una belleza rotunda. Todos conocíamos tus fotos y las editábamos para publicarlas, pero no constaba que alguna vez hubieras puesto los pies en la central de Reuters. Nos gustó conocerte y oírte hablar de la última experiencia en Beirut, con tu voz grave. No hablabas de ti. Las fotos hablaban por ti. «Un conflicto se cuenta cuando el infierno entra por el visor —fue lo primero que nos dijiste, y te escuchábamos con la boca abierta—. Basta un gesto de un protagonista para darte cuenta al instante de que esa fotografía conseguirá más circulando por las portadas de los periódicos del mundo que una cumbre de jefes de Estado y tres tratados de paz juntos.» Era más del hacer que del ser. Creo que empecé a enamorarme en el momento en que mencionaste lo del infierno. Me apeteció probar el calor y el vicio. Pero aquello no sucedió inmediatamente. Debéis saber, queridos amigos, que la relación no empezó ese día. Aquella tarde, en la redacción del bulevar Haussmann, todos dejamos a medias la pieza que estábamos escribiendo y, como si Biosca fuese un imán, nos sentamos en torno a la mesa de reuniones para escucharla. Sophie, que por entonces era su pareja, iba sirviendo fotografías con la armonía del jugador de cartas que hace un solitario y se sorprende con cada tirada. Biosca, que estaba de pie y estiraba el brazo hacia atrás para que el humo del tabaco no fuese a parar a la cara de nadie, decía que es imposible hacer un buen retrato de alguien que no piensa en nada, y nos dejaba pasmados. Luego relataba algunas peripecias sin darse demasiada importancia. Un viaje llevaba a otro; si una foto era buena, la siguiente era aún más estremecedora. Nos contaba que, a veces, sin apartar el ojo de la cámara pasaba de llorar a reír en décimas de segundo. Hablaba y te convencía. Lo decía todo con una frialdad que te transportaba. Era como si le hubiesen prohibido los adjetivos. «Lo único que necesita un fotógrafo es una cámara y un par de zapatos cómodos.» Y tú escuchabas aquello y le preguntabas cómo podía soportar el dolor, cómo lograba retratar la mano de un anciano que pedía ayuda bajo los escombros, un cráneo hecho jirones, en carne viva, una niña que llora ante la nada, que es todo lo que le queda... Y ella, con una dureza que contrastaba con sus facciones, te miraba a los ojos y te congelaba las ganas de sonreír. Respondía que en zonas de miseria, en guerras o en catástrofes tenía que blindarse. Como un cirujano cuando llega a casa el día que se le ha muerto un paciente y les da dos besos a sus hijos y prepara la cena y se sienta en el sillón y ve un capítulo de *Juego de tronos* y se comporta como si no hubiera pasado nada porque es la única manera de sobrevivir. Y ¿en caso de duda?, le pregunté, refiriéndome a esa manía de la ética que de vez en cuando nos asalta a los periodistas de la vieja escuela. Y ella, sin tan siquiera tenerlo que pensar, dijo: en caso de duda, no disparo. Lo tenía claro. En caso de duda, no disparo.

Reconozco que me costó unas cuantas preguntas más que, de entre toda la redacción de Reuters-París, Biosca se fijase en mí. No entraré en detalles acerca de lo que pasó después. Esas fotos están veladas para vosotros, pero sí os revelaré que, al cabo de quince días, un domingo que llovía a mares, estaba llamando a la puerta de mi apartamento con una maleta en cada mano y el agua chorreando por todas partes. Ahora, ya instalados en Barcelona desde hace casi tres años, tenemos la colección de boinas colgadas detrás de la puerta de casa porque, aunque parece que siempre es la misma, debéis saber que tiene cuatro muy parecidas que varían en función del humor. Según cómo se levanta, elige una u otra. La oscilación, para ir al grano, va de estable a muy malo.

Eso sí, no he conocido a nadie que se pinte los labios tan bien como Biosca. Tiene tanta práctica que apenas necesita espejo. Primero marca el contorno con un lápiz y, luego, como un niño que aprende a pintar sin salirse de la raya en un libro finito, colorea el interior. Siempre comienza por el labio de arriba, que dice que es más difícil de perfilar, y acaba por el de abajo, que es más agradecido. Tampoco ha cambiado nunca el color del pintalabios. La conocí siendo fiel al borgoña y con el borgoña se ha quedado. Es tan suyo, y en los ceniceros de casa hay tantas colillas marcadas con las huellas de sus labios, que casi diría que nos hacen compañía. A falta de hijos, tenemos colillas con borgoña.

—Pero... ¡Hasta aquí podríamos llegar! —Biosca dejó caer la carta sobre la cama, se levantó como un cohete y abrió la puerta para mirar hacia la oscuridad. Los copos seguían cayendo, sin rabia.

—Oye, cierra. Menuda rasca. —Albert no supo por dónde le iba a llegar la hostia—. Pero ¿qué te pasa? ¿Ha habido algo que te haya molestado?

—¿A ti qué te parece? —Se volvió de golpe—. Vaya manera de ridiculizarme, chico. Y, sobre todo, gracias. Gracias por tener la compasión de no haberme hecho leer esta caricatura en voz alta delante de todo el mundo. Por lo menos solo la he leído yo... Qué gran favor me has hecho. ¡Gracias!

—Pero...

—Qué manera de cargar las tintas, poner en una carta así el asco que te producen mis colillas manchadas con pintalabios. Ya he tenido bastante. —Dio un paso para salir a tomar el aire y retrocedió de repente, furibunda—. Una pregunta: ¿las colillas sin pintalabios no te dan asco en un cenicero, o solo te pasa si llevan mi rastro?

—No me has...

—Pues si te molesta, te levantas y lo vacías. A ver si yo, delante de tus amigos, también voy a empezar con la lista de agravios y de las cosas que me dan asco de los hombres... ¿Acaso tú eres perfecto, Albert? ¿Quieres que empiece a hablar...?

—Cierra la puerta y entra, por favor.

La mirada de Biosca fue como una patada en el estómago. Después de diez segundos de silencio que parecieron diez minutos, él se acercó para correr la puerta de la terraza.

—Sigue leyendo, mujer. —Le puso las dos manos sobre los hombros.

—Déjame en paz.

Biosca se zafó girando el hombro hacia atrás. En un arrebato, Darín cogió el sobre y el retrato, que se había quedado doblado sobre la funda nórdica, los rompió tres veces y, rendido, dejó caer los pedazos en la papelera que estaba bajo el escritorio. Tal vez sí fuera mejor que no siguiese leyendo. Lo había redactado de buena fe, pero él también sabía, por experiencia profesional, que las noticias no son como se escriben, sino cómo se leen.

Si alguien se hubiese molestado en recomponer los trozos rotos del fondo de la papelera en aquella habitación que se había enfriado extraordinariamente rápido, se habría encontrado el final del perfil de una fotógrafa que llevaba ciento setenta y cuatro sellos de países diferentes en el pasaporte.

> Biosca es fotógrafa, de Girona, y, si las cuentas no me fallan, tiene cincuenta y seis años. Esta combinación de virtudes la convierte en una persona de convicciones triplemente firmes. Y una tozuda, con los años, es una mula de carga que no mueves ni a la de tres. A estas alturas, difícilmente cambiará. Cuando ya has re-

flexionado sobre el bien y el mal, cuando has retratado la realidad y has probado todas las fantasías, cuando lo has debatido todo y a cualquier hora puedes hacer el inventario de los pros y los contras de la vida, solamente te resta mantenerte en tus certezas. Biosca no ha bailado nunca. O eso es lo que dice. ¿Pantalones? Puede que se los ponga una vez al año. Nunca ha probado el queso de oveja porque nota el olor a lana. Nunca ha querido tener hijos, y hasta le molestan los de los demás. Nunca ha tenido un calendario colgado en la pared porque el tiempo no cuenta. Nunca dice nada que no piense. Nunca pasa desapercibida en una conversación. Nunca renuncia a sus argumentos y nunca la veréis levantarse la primera durante una sobremesa. Y, por encima de todo, puede decir con orgullo que nunca ha sacado una foto si podía echar una mano. Ese es y ha sido el lema de este pedazo de mujer de la que me enamoré. Biosca. El apellido es su coraza. Si queréis desarmarla, llamadla por su nombre. Olga.

—¿A qué conocido te tirarías...? Aún no entiendo cómo se te ha ocurrido preguntarlo. ¿Cuántos años tienes, Darín, diecisiete?

—Estábamos jugando...

—Y te ha salido el tiro por la culata. —Biosca había acabado de abotonarse su pijama de señor y se había metido en la cama.

—¿A mí? ¿Por qué?

—Berta Cros. —Contó hasta cinco—. Resulta que Xavi se tiraría a Berta Cros...

—Él no ha dicho eso. Mara ha dicho —intentó ser muy preciso, recordando las palabras exactas— que Xavi, cuando ve a esa chica, pone ojos...

—Cuando Xavi ve a esa chica lo que no sabe, querido, es que te la follas tú.

—Olga...

—Ahora no me lo niegues, por favor. —Biosca se incorporó. De una coz lanzó el nórdico a los pies de la cama—. He estado a punto de decirlo allí en medio y todavía no sé por qué me he cortado.

—¿Decir qué?

—Mara, no te preocupes por los ojos de cordero degollado de Xavi cuando mira a Berta Cros, porque quien se la tira, en realidad, es Darín. Aquí donde lo veis, vuestro amigo Darín es un campeón mundial.

—Eso no es verdad, Olga.

—Mírame. Mírame bien, que no soy imbécil. —Biosca aflojó cuando se dio cuenta de que la mirada de gato de Darín huía a los dos segundos—. Y no pasa nada. Tú te tiras a Berta Cros y no pasa nada. Somos una pareja abierta, así lo acordamos. Pero, al menos, no me lo niegues.

—No digas que no pasa nada, hostia. Sí que pasa, mujer. Dijimos que no nos haríamos reproches y estás montando aquí un festival de fin de curso.

—¿Ves como es verdad? Ahora ya no me lo niegas.

Darín respiró hondo para sacar todo el aire.

—Y no resoples, que no lo soporto. ¿Qué es? Dime. ¿Tiene más tetas? ¿Tiene menos arrugas que yo? ¿Qué le veis a la calientapollas esa que os gusta tanto a todos? Si podría ser vuestra hija...

Darín optó por no responder. Sabía por experiencia que el silencio en mitad de una discusión la sacaba de sus casillas. Pero también sabía, por las muchas pruebas fehacientes que acumulaba por tantas trifulcas pasadas, que era aún peor hablar que callar. Cualquier argumento terminaba volviéndose en su contra. Su relación estaba llena de frases en propia puerta, dichas en plena vorágine, que habían pasado a la historia de la pareja. Se metió en la cama, dejó la almohada en el suelo y se acomodó de cara al baño. Biosca apagó la luz, y antes de girarse hacia la terraza, quiso decir la última palabra.

—¿Por qué no hacéis un trío tú, Xavi y Berta Cros? Os lo pasaríais bien.

9
Nuestras vidas son suizas

Nuestras vidas son suizas, tan quietas, tan frías,
hasta que una tarde singular los Alpes descuidan
sus cortinas y podemos ver más allá.

¡Italia está al otro lado! Mientras, en medio, como
un guardián, los Alpes, solemnes, los Alpes,
sirénicos, ¡eternamente se interponen!

EMILY DICKINSON

Riccardo Muti, con la batuta en la derecha, se volvió de cara al público de la platea para que los japoneses aplaudiesen, con más vigor, los compases finales de la *Marcha Radetzky*. La tele estaba encendida en el bar de madera blanca del hotel, pero todo lo que Mara vio del concierto de Viena fue de refilón. Apenas escuchó las últimas notas de Johann Strauss. Cuando se levantó, hacía horas que en el comedor habían dejado de servir los desayunos.

—Buenos días.

Joana, con la taza del capuchino asida con ambas manos y la mirada perdida en ninguna parte, no oyó llegar a Mara. Los descansos peludos silenciaban sus pasos, como el maestro que vigila un examen y deambula con sigilo por el pasillo para no hacer ruido.

—Feliz Año Nuevo, Mara. ¿Tú tampoco te has levantado?

—Bebí demasiado para ir hoy a esquiar... —Se sentó frente a Joana—. ¿A ti no te da vueltas la cabeza?

—Me he tomado una aspirina francesa. Cuando se ha ido Andreu, que no sé ni qué hora era, le he dicho que me diese una. Me la he tomado y me he vuelto a dormir.

—Se está tan bien en estas camas...

—¿No te parece que estos edredones nórdicos pesan menos que los que tenemos por allí?

—Serán de plumas de ángel...

Mara se había puesto una camisa abierta, sin abrochar ningún botón, encima de una camiseta blanca. Era una camisa de leñador, gruesa y de cuadros de tres colores que se había comprado en una tienda de hombre. A ella le quedaba, sin embargo, muy femenina. Pidió otro capuchino, *s'il vous plaît*. Le apeteció calentarse las manos como lo hacía Joana.

—Qué sitio tan maravilloso, Mara.

—Algunas personas buscan paraísos. Otras, hacen bonitos los sitios.

—Aquí solo se respira paz.

El ventanal se abría a las montañas. Era un telón de picos alpinos, imponentes, con la autoestima alta. El año nuevo había comenzado sin una sola nube, con un cielo absoluto que se extendía sin timidez sobre las nieves perpetuas. Era un mediodía mentolado, de un cielo azul a no sabían cuántos grados bajo cero. Preferían no saberlo para no pensar en la rasca que Xavi, Andreu, Darín y Biosca debían de estar pasando en las pistas. Los huéspedes que entraban en el bar desde la terraza traían el helor en las entrañas. Dentro, madera y fuego, hallaban la calidez que la nariz enrojecida les reclamaba. En cuanto terminaron los aplausos a la Filarmónica de Viena, un camarero apagó la pantalla gigante. De repente, todos los clientes del Crans Montana valoraron el silencio.

Con un dedo, Mara retiró una nube de espuma que, desorientada, había quedado sobre la nariz recta de Joana. Aún tenía el pelo brillante de la ducha y los labios carnosos de acabarse de levantar. Para empezar el año, se había vestido de gris de arriba abajo, desde las botas hasta un cuello alto de angora de una delicadeza que hacía juego con las estancias del hotel.

—¿Sabes a qué me he apuntado este año? Nunca lo dirías.

Joana, prudente, no se atrevió a hacer ningún vaticinio.

—A caligrafía. Como lo oyes, caligrafía. Nunca habría dicho que relajase tanto.

—¿Qué quieres decir con caligrafía? —Joana, de sorpresa franca, no escondía nada—. ¿Ahora quieres aprender a hacer buena letra?

—No es solo eso. La caligrafía es... —Pensó bien el concepto—. La caligrafía es la nueva meditación. Solo he ido tres veces, empecé en noviembre, pero voy a ir más a menudo porque... es mi propósito de año nuevo, ya ves.

—Nunca había oído hablar de ello.

—Es la última tendencia en manualidades.

—¿Ya ha pasado la moda de lo de pintar cerámica mientras te tomas un té? En Alella abrieron un sitio de esos, para hacer *pottery*, lo llamaban. No sé si todavía...

—Caligrafía, Joana. Te molaría, en serio. En un mundo en el que ya nadie escribe cartas a mano, donde todo son emails y wasaps, ahora que todos abreviamos las palabras y escribimos sin ningún cuidado para ir rápido, ¿has pensado en el placer que supone hacer buena letra y perfilar cada trazo y volver a escribirnos cartas que nos emocionen con una caligrafía preciosa? ¿No te parece que está muy bien?

—No se puede negar que eres una caja de sorpresas, Mara. Las cosas especiales siempre las haces tú. Pero imaginarte a ti, sentada, quietecita, haciendo caligrafía, no me lo esperaba.

—Es el arte de hacer buena letra.

Mara, con el capuchino sobre la mesa, sacó el móvil para enseñarle fotografías de las letras capitales que había hecho, a dos tintas, con los rotuladores especiales, con una punta que parecía un pincel pero no lo era. La que más le gustaba era una «S» que, como un meandro de trazo simétrico, se doblaba del derecho y del revés. Explicó que la gracia estaba en escribir despacio, muy despacio, con la máxima concentración. Requería más atención que el yoga, poner en ello los cinco sentidos y no pensar en nada más. Pero eso le gustaba. Y porque veía que, con los consejos de la profesora, mejoraba día a día, palabra a palabra.

—Hay pocas cosas que se puedan comparar con sentir que has hecho algo artístico con tus propias manos. Dentro de pocas clases comenzaremos a practicar la letra del monje medieval. Hay que tener un pulso perfecto.

—¿Lo ves? Todo lo vendes bien, chica... Todo es atractivo si lo cuentas tú. Mis amigas, cuando te conocen, siempre me dicen una cosa, y tienen razón. «Mara tiene un no sé qué», me dicen. Y es verdad, tienes algo.

—Apúntate.

—¿Dónde? Me daría pereza ponerme ahora a escribir como un monje.

—Tú ya haces bastantes cosas con las manos, tienes razón.

—Eso ha sonado fatal, chica.

Joana se rio, se miró las manos y se las mostró a Mara, como si quisiera que se fijase en la manicura de Nochevieja. Tenía los dedos largos y una piel suave y blanca.

—Para tocar tanta tierra, me parece que las tienes muy bien. ¿Qué utilizas?

—¿De...? Soy fiel a Alqvimia. ¿De crema hidratante, te refieres?

—¿Es la que se ponen las estrellas de Hollywood?

—Pero no toco tanta tierra, ¿eh? Los jardineros se encargan del trabajo, por suerte. Eso sí, siempre que puedo, al final me gusta darle mi toque y plantar los lirios del valle con las manos. Pero vaya, me ensucio poco.

—A ver si aún me mancho más yo con la tinta... —Mara soltó a Joana—. Prueba a hacer caligrafía conmigo. Nos lo pasaremos bien.

—No tengo tiempo para *hobbies*. Ahora no puedo.

—Pruébalo, venga. Ven una tarde conmigo. Cuando salgamos del trabajo, y...

—Vamos de culo, Mara. Te lo prometo. La casa de Avakian, ya lo sabes, es para pasado mañana. Qué más querría que tener dos horas para ponerme a hacer de escribano amanuense.

Desde que Xavi la había convocado con entusiasmo en la mirada y le había dicho tienes que estar conmigo en esto, Joana se desvivía por el proyecto. El primer viaje a Miami para conocer a Frank Avakian lo había hecho él solo. Se trataba de escuchar al cliente para establecer las líneas maestras. Ochocientos metros de casa dan para mucho. Como había dicho Xavi en una reunión con todo el equipo, es más fácil hacer un piso de ochenta metros cuadrados que una casa de ochocientos y otra para los invitados, al otro lado del jardín, además del aparcamiento para seis cochazos y un helipuerto, que fue condición imprescindible de Avakian. Ochocientos metros cuadrados de casa dan para demasiado. Una vez que has dibujado siete habitaciones con siete baños, una cocina, dos comedores y tres salones, aún puedes meter un billar, un gimnasio, la piscina cubierta y la biblioteca del Vaticano. El taller XVM tendría tanto trabajo que habían hecho bien en dejar el entorno en manos de Joana Bascuñana. No debía ser un jardín cualquiera. Para empezar era necesario modular bien los volúmenes del espacio del mogollón de hectáreas de la finca que se había comprado Avakian. Luego llegaría el momento de ir colonizando los bosques y domesticándolos hasta las proximidades de la casa. El día que Joana conoció al propietario le contó su máxima: que los jardines, como la vida, solo eran bonitos si tenían en cuenta los detalles. En un principio, le pareció que aquello le entraba por un oído y le salía por el otro, si es que le llegó a salir. Luego se dio cuenta de que detrás de aquella persona que no se quitaba el habano de la boca había un hombre refinado con las frases y sensible con los paisajes. Ava, que era como ella y Xavi lo llamaban para abreviar, arrastraba una pierna, tenía caprichos de rico, pero sabía perfectamente lo que quería. Con la cautela de los listos, se dejaba aconsejar. Joana, de pie, iPad en mano, le enseñó las vistas de los jardines privados de Piet Oudolf en Dinamarca, y le dijo que ella se imaginaba una cosa así, pero con plantas y flores propias del territorio, que requiriesen poca agua y escaso mantenimiento. Le habló de un jardín mediterráneo y él le dijo que sí, Bascunana, ahora empezamos a entendernos. Joana no necesitó más que una mirada de Xavi para no expresar la rabia que le daba que durante toda la conversación la llamase Bascunana. No entendía que aquel hombre, que se las daba de culto, y seguramente lo era, fuese incapaz de entender cómo cojones debía pronunciarse la eñe. Tampoco tenía ningún interés. Él quería una casa de revista, un jardín de premio y, como les había dicho, para pasado mañana no, que es domingo, para el siguiente. Joana tenía, desde el día que conoció a Ava en su casoplón de Boca Ratón, dos teorías sobre el personaje. Una sobre su misoginia que se guardaría solo para ella. Y otra, más elaborada, sobre la cojera de su cliente. Decidió que en algún vuelo transoceánico, de regreso de uno de sus viajes a Florida, se la contaría a Xavi, siempre que este no se pusiera a sobar antes de que cerrasen las puertas del avión, porque, en cuanto se abrochaba el cinturón de seguridad, parecía que le hubiesen dado dos somníferos y un martillazo. Cuánto envidiaba esa capacidad de desconectar de su socio.

Mara escuchaba las peripecias de Ava, pero desde hacía un rato tenía la cabeza en otra parte. De hecho, con Xavi en casa, estaba al corriente de la obra en el Ampurdán, de las peculiaridades del proyecto y de las rarezas del personaje.

—Joana, ¿puedo contarte una cosa?

Por la mirada de Mara, y por el modo en que la interrumpió arrugando el entrecejo, enseguida comprendió que no quería hablarle de caligrafía. Temió, aprensiva como era Joana, que le fuera a hablar de una enfermedad, de una desgracia o de una noticia que no le apetecía escuchar. Pero una amiga es una amiga y tendría que escucharla sí o sí, fuera lo que fuese. La confidencia de Mara, sin embargo, no tenía nada que ver con la salud, ni con el juego pueril de la víspera, de las cosas dichas entre vinos y quesos. No fue la mirada grave de Mara lo que asustó a Joana. Fue un nervio que, de pronto, notó que se le tensaba en una mejilla, debajo del ojo. Nunca antes había detectado aquel rictus sutil en la belleza salvaje de Mara.

—¿Alguna vez has tenido una aventura?

—¿Esto es por lo del juego de anoche?

—No es ningún juego, Joana.

—A ver, Mara, ¿qué me estás preguntando? —Tardó en reaccionar. Cuando respondió, trató de hacerlo de forma neutra, como si la pregunta no la hubiese ofendido—. No. Nunca.

Hay silencios que hablan. Hay ojos que, en ocasiones, lo dicen todo. En aquel instante de las primeras horas de enero, con todo el año aún por escribir, la mirada oscura de Mara hablaba desde muy adentro.

—Estoy bien con Xavi. —Arrancó a tientas. No era un discurso preparado—. No tengo nada en su contra, ni ninguna queja, grosso modo. Al contrario, a veces me sorprende. Anoche, cuando llegamos a la habitación, decidió ir a bañarse al jacuzzi ese descubierto... Tiene una vitalidad que me encanta. Y durante la cena ya viste que estamos bien. Pero... No sé.

Joana pensó mejor eso que un virus del papiloma en el cuello del útero, pero prefirió no decir nada. En cuanto Mara comenzó a hablar, se dio cuenta de que solo tenía que escucharla y no hacer ademán alguno. Nada que pudiese ser interpretado como una señal de reprobación. Se trataba únicamente de aguantar la explicación, con interés, sin media broma siquiera, sin hacer aspavientos y sin ninguna pregunta inoportuna. Ya le haría alguna cuando fuese necesario para que el aterrizaje de Mara resultara más suave. Se trataba —eso era— de darle pista y esperar.

En primavera había organizado un viaje a Chicago para una familia de Reus que celebraba cincuenta años de casados, con hijos y nietos. Un mediodía, después de comer, les había dado la tarde libre a sus clientes para que fuesen a ver la obra de Edward Hopper al Art Institute. Los acompañó hasta la puerta de los museos y se quedó haciendo tiempo por Millenium Park. A finales de mayo, después de meses de nieve y de unas heladas que lo petrificaban todo, a los niños les apetecía chapotear con los pies en la fuente de Jaume Plensa. Se les veía felices deslizándose de un extremo a otro, o remojándose bajo las caras que escupían agua. Mara tuvo la tentación de quitarse las Reebok de andar, subirse el bajo de los pantalones y ponerse a saltar como veía que lo hacían aquellos críos de tantas razas diversas. Al final no lo hizo porque no habría tenido con qué secarse. Un poco más allá, alejadas del estruendo que producía el agua, escuchó las notas dulces de una orquesta que llegaban de fondo. Se acercó. La música sonaba cada vez más definida, al tiempo que, al concierto, se iban sumando instrumentos. En el teatro al aire libre se desarrollaba un programa de piezas para clarinete. Poulenc, Schumann, Debussy, música juguetona para el instrumento más primaveral de la orquesta. Del clarinete no salen notas, brotan flores.

El Pritzker Pavillion es un abanico perfecto bajo la cubierta irisada de Frank Gehry. Si querías un asiento en la platea te hacían pagar entrada. Mara prefirió sentarse en el suelo, en la explanada de césped que hace las veces de grada espontánea para los festivales de música de verano. No ves la orquesta, pero la música se escucha igual de bien y tienes, gratis, unas vistas magníficas del cielo, el parque y las enormes planchas retorcidas de acero inoxidable de la singular construcción. Antes de sentarse, Mara se aseguró de que los vaqueros no se le empaparían. Al cabo de pocos acordes, un hombre que también había acudido atraído por la música, se sentó a su lado. Desplegó el *Tribune* del día y lo extendió sobre el césped, antes de dejarse caer encima. Educado, esperó a que terminara un movimiento de la sonata.

—Tocan bien.

—Sí. Fantástico.

—Qué suerte tenemos de disfrutar de un sitio como este y una orquesta así.

—Desde luego.

—Me parece que no tiene precio.

Mara comprendió, por la primera persona del plural, que aquel hombre que se había aflojado la corbata como si a las cinco hubiese salido de la oficina y ya no quisiese saber nada más hasta el día siguiente, la había tomado por autóctona. Cuando comenzó el *allegro con fuoco* de la sonata de Poulenc, guardaron silencio. A mitad de la pieza, él le sonrió con un gesto amable. A Mara le gustó aquella barba de dos días, y, de repente, descubrió el deseo. Una sensación nueva. El impulso por el desconocido que de pronto te da conversación. La atracción irresistible por el placer. No se trataba de cazar a un animal como un trofeo, para alimentarse. No era una presa.

La sola idea le molestaba. Nada más lejos de eso. Ella nunca había sido así. Justo entonces el deseo se presentó. Se llamaba Mike, no entendió el apellido, y, a medida que avanzaba la conversación, Mara pensó que no le importaría pasar la noche con él.

—No me gusta llamarlo aventura. No sé cómo debería llamarlo, pero el nombre me trae sin cuidado. Un secreto, una historia. De verdad que la etiqueta que le pongamos es lo de menos. A veces las palabras me sobran. No soporto llamarlo engañar, por ejemplo. Es una palabra que siempre me ha parecido horripilante. Y, además, no tiene nada que ver con la verdad. ¿Cuál es la verdad, Joana? Estoy fuera de casa, de viaje, es un entretenimiento. Surge así y ya está. Un divertimento. Intercambio de energías y nada más.

Mara tomó un sorbo de café. Joana le agarró la mano con complicidad, para que entendiera que ella no juzgaba. Solo escuchaba.

—¿Cómo te lo explicaría? —Mara buscaba las palabras para que no pareciese lo que no era. Tal vez con el episodio de Chicago ya hubiese contado demasiado—. No es fácil. Cuando me he dado cuenta de que me apetecería repetir, o que podría encariñarme con alguien, lo he cortado de raíz.

Joana comprendió, de nuevo, que un silencio largo era la mejor pregunta. Pertinente y educada. Mara, no obstante, se frenó, y, por primera vez en toda la conversación, bajó sus ojos negros para encerrarse en sí misma. Tampoco era cuestión de largar más de la cuenta, y, en cierto modo, ya había hablado demasiado. No quiso decirle no es más que sexo,

Joana. Solo sexo, aquí y allá. Cuatro letras excitantes para explicar, quizá, una necesidad. Sexo. De vez en cuando. En ocasiones muy puntuales. Cuando me apetece y con quien me apetece. No hay amor. No me he enamorado de nadie. Tiene que ver con el placer, tiene que ver con el deseo, con la aventura de pasarlo bien una noche con otro cuerpo, y adiós. No repito nunca, para entendernos. O casi nunca. Tampoco le dijo ha habido un italiano con el que me he visto dos veces. Es también del gremio. Trabaja de guía turístico y, cuando hemos coincidido de nuevo en una ciudad, en Dublín, no hace mucho, hemos vuelto a quedar. Quedar para follar. Vivir y nada más. Es muy mono, pero no tenemos nada que decirnos.

—Si me preguntas cuántas veces, con cuántos, desde cuándo... Todo eso no lo sé, Joana. Si me preguntas quién lo sabe...

—No, no...

—Ahora mismo, solo tú y yo. Si te preguntas qué sabe Xavi de todo esto... Nada.

—Mejor, sí. —Y que dure, pensó Joana—. Uf, tía...

Mara tampoco entró en detalles. Ella se alojaba en The Langham, en un edificio de Mies van der Rohe, en las que fueron las primeras oficinas de la IBM. Convertido en hotel de lujo sobre el río Chicago, subió con Mike a la habitación completamente reformada de la novena planta en un bloque que tenía más de cuarenta. Desde la puerta de la habitación hasta el inmenso ventanal que iba del techo al suelo, fueron dejando el rastro de la ropa por el camino. La moqueta, color colmillo de elefante, era tan gruesa que permitía que los pies, desnudos, se hundiesen a cada paso. Mike le cogió la mano, se tumbó en el suelo y, sin decir nada, hizo que ella se acostase a su lado. El primer morreo fue largo y activó todos los sentidos. Sabía a miel de flores, la barba era como la lija y olía a colonia buena. Mantenían los ojos cerrados. Mara los abrió para ver cómo el melómano de torso perfecto le quitaba la última prenda que le quedaba. Lo hizo con respeto pero con manos seguras, exactamente como esperaba que actuase. Fue entonces, con la espalda sobre la moqueta y arqueando el cuerpo hacia atrás para poner las palmas de las manos sobre el cristal frío del ventanal, cuando fue consciente de los muchos rascacielos que la rodeaban. Vistos del revés, aquellos edificios le recordaron a un enjambre de ventanas desde donde se podría contemplar cómo Mike se ponía encima de ella y le besaba lentamente el cuello, los pezones y las caderas, antes de comenzar el juego más privado. Ella, con un reloj en cada muñeca, humedecía con los dedos el cristal, al que parecían querer agarrarse con cada embestida. En cualquier otra circunstancia, Mara habría corrido las cortinas. Aquella tarde, sin embargo, estaba tan desinhibida que dejó que Mike le fuese entregando, muy despacio, todos los placeres del sexo. Si alguien, desde alguna oficina de la colmena de enfrente, estaba observando con qué furor empujaba, mejor para él. Así aprendería. O que se muriese de envidia. En Chicago, en aquellos momentos de abandono, no tenía nada que perder ni nada que esconder.

Mike no se quedó a dormir. Permaneció un rato

en la cama hasta que dijo que tenía que ir a recoger a su hija, que era bailarina de un musical en el Ambassador Theatre, y se marchó sin ducharse para tener el recuerdo impregnado en la piel. Se dieron un último morreo y, para no estropearlo, fueron muy cuidadosos en no darse las gracias. No se preguntaron el apellido. Ni siquiera se pidieron el número de móvil.

—A mí solo me preocupa una cosa. ¿Cómo estás tú, Mara?

—¿Yo?

—¿Cómo lo llevas?

—¿Cómo lo llevo? —La pregunta de Joana la descolocó. No sabía cómo salir del berenjenal en el que ella misma se había metido. Intentaba que aquello no le costara algún escarmiento—. A ver...

—El vértigo de la doble vida, ya sabes.

—Supongo que bastante bien. Yo diría que sin remordimientos, si te refieres a eso...

—No, yo...

—De todas maneras, algún gusanillo debo de tener aquí dentro, de lo contrario no habría sentido la necesidad de contárselo a alguien.

—Claro.

—Pero yo no lo veo como una doble vida. Para mí todo esto no sucede. Es un paréntesis que no cambia nada, solo complementa. Existe el instante concreto y ya está... No vuelvo a pensar en ello. Cuesta entenderlo, ¿verdad?

—...

—Para mí no significa nada. Me parece que ahora te sabe mal que te lo haya contado, ¿no?

—¿Contar qué? Si no me has contado nada. Yo no he oído nada. Solo los valses de Strauss.

Joana se contuvo. Sabía que si dibujaba alguna mueca perdería la empatía necesaria en aquel momento. Se limitó a sonreír con complicidad. Quería quitarle un peso de encima. Escucharla era liberarla de una carga, por mucho que ella dijese que no. Para devolverle la confianza, puso una mano sobre la de ella, exactamente como había hecho Mara un momento antes.

—Es algo mío. No tiene nada que ver con Xavi...

—Claro, claro... —Notó que las palabras quemaban.

—Lo quiero mucho. Los niños y él son mi vida. No podría vivir sin ellos. Pero... —Mara no quería que sonase a justificación—. Los humanos somos complicados, Joana. Qué suerte tienen los novelistas. ¿De qué escribirían sin nosotros?

Joana apuntó el número de la habitación 210 en la factura que les habían dejado discretamente sobre la mesa. Firmó los dos capuchinos y se levantó. Necesitaba dar por terminada la conversación. Si entonces le hubiera preguntado por qué lo haces, tal vez habrían entrado en una espiral de vacilaciones de las cuales no estaba segura de que Mara hubiese salido con la misma entereza. O lo dejaban en aquel punto, o cambiaban de tema, o Joana estaba a tan solo un minuto de echarse en cara la vida tan aburrida y monótona que ella misma llevaba.

—¿Puedo decir algo?

—Solo faltaría.

—Tenía razón Darín con tu retrato, ¿sabes?

—¿Por qué lo dices?

—En un momento dado escribió lo de «Mara no para».

Primero se rieron con sinceridad. Luego se abrazaron como requería el momento: con sentimiento, como dos amigas que sellan un secreto.

10

La fotografía que debe pasar a la historia

Una terminal. Como todas las terminales de vuelos internacionales. El aeropuerto de Miami tenía las baldosas relucientes, los techos altísimos y los enormes ventanales de todos los aeropuertos de los países bendecidos por el sol. Quioscos, aseos y las mismas tiendas que en cualquier extremo del mundo. Perfumes, destilados, cartones de tabaco en el *duty-free* y las chocolatinas bien alineadas. Pantallas, aquí y allá, que escupían destinos y horarios sin parar de llamar la atención. Y, sobre todo, gente en espera con el silencio de todas partes. La aparente tranquilidad de viajeros que pierden un montón de horas en mitad de la nada. Unos, con la ilusión —o el respeto— de comenzar un viaje; otros, con ganas de volver a casa.

Era su caso.

Con las calmas de enero, Xavi Vera y Joana Bascuñana tomaban el vuelo de las 8.55 después de dos días en Florida para mostrar los planos del proyecto a Avakian. Terminada la reunión, habían dormido en el hotel Marriott, casi a pie de pista, para levantarse a las cinco, cerrar las maletas y, a las seis, poder pasar el control de seguridad con las colas digeribles de primera hora.

—¿Era a ti a quien le gustaba desayunar en los aeropuertos?

—A Mara. A mí, la verdad, estas cafeterías... Es caro y no hay un solo bocadillo que valga la pena. ¿Tú no...?

—Prefiero comer en el avión —dijo, antes de excusarse—. Como mínimo, me distraigo media horita. Entre que te traen la bandeja, quitas los plásticos y te sirven el té...

Joana observaba cómo Xavi intentaba abrir el sobrecito de azúcar. Se echó apenas una pizca.

—¿Has soñado con Ava?

—Ni siquiera hemos tenido tiempo, Joana. Estaba bien el sitio donde nos llevó a cenar...

—¿Estás de acuerdo con lo que dijo de la Torre Agbar?

—Uf... Me sorprendió que conociese tan bien la obra de Jean Nouvel, en general. En cuanto a la Torre Agbar, en particular...

—No te vayas por las ramas, Xavi, que ya nos conocemos...

—¿Qué dijo de la Torre Agbar?

—Que es el peor rascacielos del mundo. ¿Tú también lo crees?

—A ver... Ava tiene razón en una cosa. Un rascacielos sin vistas no tiene mucho sentido, por no decir ninguno. El sistema de ventanas diminutas tampoco me gusta, no. Pero ha conseguido, desde el primer día, convertirse en símbolo de la ciudad. Como si fuera la Sagrada Familia. Y seguramente encontraríamos a mucha gente a la que no le gusta la mona de Pascua de Gaudí.

—Pero él decía otra cosa... Si no lo entendí mal, dijo que Nouvel es el arquitecto estrella al que se la trae floja su cliente. Decidió hacer una escultura, un edificio que llevase su firma y que perdurase para siempre, y allí que plantó su supositorio gigante. Eso sí, colorido, todo lo que tú quieras.

—En ese sentido sí que tiene razón. —Con el sorbo de café aún en los labios le vino una idea a la cabeza—. ¿Qué es el Guggenheim de Bilbao? Otra escultura. Es muy bonito por fuera, pero es una escultura. ¿Les resulta útil como museo? Más bien poco. A Frank Gehry le pasó lo mismo. Tenía un cliente, que era el Gobierno vasco, que quería un icono para la ciudad, y ya lo tienen... Un Guggenheim de Gehry, ¿qué más quieres? Ahora los conocen en todas partes... Pero no les sirve para colgar un cuadro. Sert, en cambio... Otro arquitecto, otro ejemplo.

—Hombre, Xavi, la Fundación Miró es excepcional.

—Sí, pero es cojonuda porque a Sert le encargan hacer el edificio del museo de Miró en Barcelona, y él sabe que allí dentro habrá cuadros, y sabe qué tipo de pinturas son, y piensa en cómo hacerlo para que la luz jamás entre directa, que el sol no incida nunca sobre la obra, que la claridad llegue del norte... Y se inventa un sistema de tamices y lucernarios que es una obra maestra. Un *capo lavoro*. ¿A que lo es?

—Sí, sí... Me encanta. —Ella se quedó colgada y se reinició—. Pero a mí, ya sea o no una escultura, sirva mucho o poco, debo decir que el Guggenheim me fascina... Y el modo en que han arreglado las riberas y cómo han ajardinado la ría, por detrás... Creo que hay un Bilbao antes y otro después de la obra de Gehry.

—Sin ninguna duda, Joana. —Miró el reloj disimuladamente—. Creo que tú y yo ya hemos hablado de ello en alguna ocasión, pero a mí me parece que un arquitecto no puede ser tozudo. Es decir, y volviendo a la Torre Agbar, Jean Nouvel lo es. Tozudo. Él hace un proyecto, lo piensa de una manera y de ahí no se mueve. En ese sentido creo que Avakian sí tenía razón.

La reunión con Frank Avakian había ido razonablemente bien. Joana, que esperaba encontrarse con un nuevo rico que no sabía lo que quería, conoció a un hombre culto que poseía la sensibilidad de un experto en el arte de los últimos tres siglos. Era mayor que Xavi. Por lo que había calculado Joana, seis o siete años más no se los quitaba nadie. Los había recibido en su despacho con la mesa de los poderosos, de cerezo americano y limpia de papeles. Llevaba una americana oscura, sin corbata, y una camisa blanca con las puntas del cuello vueltas ligeramente hacia arriba sobre las solapas de la chaqueta. Para su gusto, el empresario iba demasiado escotado. Si alguna vez hubiese visto a Andreu en la misma situación, habría corrido, ella misma, a abrocharle un botón. No soportaba a los hombres que pretendían ser elegantes y enseñaban la escarola. Era como si en un muro la hiedra trepase más allá del alambre. No le gustaba.

Avakian lucía un flequillo de pelo duro, enharinado, que se aguantaba solo y que combinaba bien con unas facciones eslavas: más pómulo que mejilla, más bien enjuto, y unos ojos pequeños, inexpresivos, de una frialdad siberiana. Pese a que quería disimularlo, ella detectó una ligera cojera. No obstante, pudo repasarlo lo bastante y con suficiente confianza como para adivinar de qué pierna iba descompensado. Reparó, eso sí, en que el empresario no llevaba bien aquella tara. Pocos escalones en el jardín, escribió en su cuaderno de notas. Por si acaso.

Frank Avakian primero escuchaba y después sentenciaba. Tenía educación para decir las cosas con delicadeza, reprimía la vehemencia —al menos, delante de su arquitecto y su paisajista—, pero sabía decir esto sí y esto no con guillotina.

Primero uno, luego el otro, le fueron contando la idea que tenían. Le hablaron de impresiones sensoriales, de una obra única, de un rincón de Horacio sobre el mar, de arquitectura integrada en el paisaje. Más aún, lo llamaron arquitectura-paisaje. Una obra poética, que no se supiese dónde acababa la casa y dónde continuaba el paisaje. El cliente quiso después entrar en detalles. Vio planos, jugó con simulaciones en tres dimensiones, olfateó diferentes aromas para el jardín y le hicieron imaginar la obra acabada desde todos los ángulos. Avakian compró el concepto que quisieron venderle de las diez hectáreas de la casa del Ampurdán con menos retoques de lo que se temían. Les pidió, eso sí, que el resultado final fuese digno de premio. Luego los llevó a cenar al Alter de Wynwood, y brindaron por la casa.

Aún les faltaba más de una hora para embarcar. Joana fue a buscar chicles para que no se le tapasen los oídos en el momento del despegue. Compraron tres revistas de arquitectura y, sin prisas, fueron a sentarse cerca de la puerta a la que, en algún momento, llegaría el avión que habría de llevarlos a casa.

Sentados uno al lado del otro, de cara a la pista, mientras observaban la cadencia de los aviones alzar el vuelo cada dos minutos, tuvieron tiempo de hablar de todo. Xavi notó que Joana, siempre tan en su sitio, estaba más habladora que de costumbre. Salieron las hijas, el colegio, la universidad, la adicción a los móviles, un chiste de arquitectos, el carácter seco de Biosca y su relación abierta con Darín, los beneficios del yoga al amanecer, el debut de Coutinho con el Barça, la última novela de Joël Dicker, la investidura del presidente y una pregunta sobre Mara que Joana nunca le había hecho.

—¿Tú cómo supiste que el padre de Mara las había abandonado?

Xavi tuvo que hacer memoria. No sabía exactamente en qué momento ni cómo Mara se lo había contado. Sí tenía claro, en cambio, un día y un instante. Fue el momento en que, sin conocerlo, notó la presencia de aquel hombre. Luego supo que se llamaba Anthony. Anthony Lincoln. Xavi se puso cómodo, con la maleta bajo los pies para tenerla controlada en todo momento, y le contó a Joana una de las primeras veces en que, cuando era joven, entró en la habitación de Mara. Ella estiró las sábanas por el qué dirán, del modo en que se suele hacer cuando estamos a punto de recibir una visita inesperada.

—¿Cuántas veces en la vida te habrás hecho tú la cama? —lo interrumpió Joana. Xavi permaneció impasible y regresó a la habitación de Mara, muchos años atrás. Muchos.

—Recuerdo que tenía un escritorio desordenado, con todas las cosas desperdigadas, carpetas abiertas, tijeras, unos chicles de fresa que perfumaban toda la habitación, un dispensador de clips volcado, libros de no sé qué asignaturas y la grapadora abierta como si fuese a recargarla... Un desbarajuste que, de haber sido mío, me habría puesto nervioso. Digámoslo claro, me habría deprimido. Delante, no obstante, en el corcho de pared que iba de un extremo al otro del escritorio, las cosas que tenía colgadas con chinchetas cromadas sí que guardaban un orden, una disposición lógica. Todo muy pensado, ya sabes cómo es ella. Me fijé en que, en último término, aquella habitación la presidía una pequeña fotografía que parecía no tener importancia. Era una imagen revelada en mate, con mucho grano, ligeramente descolorida. Debía de ser un 10 × 14. No creo que me equivoque por mucho, vamos. Parecía una foto arrancada de un álbum y colgada en un lugar estratégico. Al menos, los ojos se me fueron hacia allí. Eran ella y su padre. Los dos solos. Nadie más. Tenía un aire de finales de los setenta. Por la luz y el tipo de ladrillo del poyete donde estaban sentados, parecía un lugar de veraneo. Mara llevaba un pantalón corto y enseñaba unas buenas piernas para tener... No sé. Una niña. Preadolescente, eso seguro. Su padre, con un bigote rotundo, la abrazaba por detrás con un orgullo que no podía disimular. Era una imagen de ternura, de tantos padres con tantas hijas. Pero, entre todas las que debía de tener la familia, en álbumes o en cajas de zapatos, era la foto que Mara había escogido para recordar a su padre cuando ya no estaba. Entre todas, una. Esa. La única. Cuánta felicidad concentrada en un solo instante. Aquella foto se me quedó grabada, no sabría decir por qué. Cuando llegué a casa, me dio que pensar. Algo me rondaba, pero no sabía qué era. De hecho, al cabo de unos días, cuando averigüé a qué se debía aquel runrún, hice algo insólito en mí. Cogí papel y pluma y le escribí una carta a Mara. Seguramente era algo que había hecho muy pocas veces, pero, entre tú y yo, Joana, descubrí que no se me daba mal. Cuando Mara la leyó, le provocó algo. Diría incluso, si fuese más atrevido, que quizá en aquel momento comenzó a enamorarse de mí. Nunca me lo ha dicho, pero pondría la mano en el fuego por que aquello fue el detonante. O al menos a partir de aquel día me miró de un modo distinto, con más ganas de conocerme. Supongo que se dio cuenta, de repente, de que yo no era un zoquete de escuadra y cartabón con la única obsesión de dibujar y dibujar y de querer ser arquitecto.

Joana miraba a Xavi con ojos de ahora no me dejes así. Xavi lo entendió.

—Tienes que decirle a Mara que te deje leerla.

—¿Crees que la conserva?

Xavi se rio entre dientes.

—Una vez, a cuenta de no sé qué aniversario, la sacó del cajón y me hizo leérsela. A veces me sale con unas cosas... Mara es así, ya lo sabes, nunca te aburres. Lo peor fue otro día, con Carla... Aquella mañana sí que fue jodida. Carla, que siempre lo revuelve todo, apareció con la carta entre los dedos y las lágrimas corriéndole por las mejillas, y viene y me dice: «Papa, ¿qué es esto?». Y justo en ese momento, al ver a una niña de quince años mostrando esa debilidad, la abracé y pensé en que llegaría el día, que esperemos que tarde mucho, en que Carla también se pondrá a hurgar entre todos los archivos de fotos que tenga en el ordenador y buscará una en la que esté conmigo y que le parezca que ella sale guapa y que yo tengo buena cara, y que ambos estemos sonriendo, y que sea de un momento especial en nuestra vida, y que decida que esa es, exactamente, la fotografía que debe pasar a la historia de nosotros dos cuando yo ya no esté. Habrá elegido la instantánea que deberá llenar un vacío que, con el tiempo, descubrirá que es imposible de llenar. La imprimirá. Quizá le ponga un marco, o un cristal con cuatro grapas, y la colgará en su habitación, donde le apetezca. En un rincón discreto. Cuando me necesite, yo estaré ahí, impertérrito, para consolarla. O le haré compañía o me echará de menos o me contará cosas buenas que le pasan o buscará refugio en mi cara cuando le ocurra alguna mala, de esas en que ni siquiera te sale la voz. Yo estaré allí, mudo, petrificado, inmortalizado, siempre con el mismo rostro, como el cristal que le ponemos a las mangueras para que se rompa, solo, en caso de incendio.

—Pero qué dices, hombre...

—Nos guste o no, así será. Esa era la foto que

Mara había elegido con su padre antes de que desapareciese, él y su bigote de cepillo de dientes.

Joana había estado escuchando pero no quería ni imaginarse qué pasaría con las gemelas cuando ella no estuviese. No quería pensar, ni por un momento, qué foto de ella escogerían sus hijas, por el amor de Dios.

—No tenemos ninguna intención de palmarla, Xavi, no fastidies...

—En los próximos cincuenta años, no. Ninguna. Y tenemos que hacer un pacto. Bajo ninguna circunstancia podemos dejar la casa de Ava a medias. Esta casa hay que acabarla como sea. En todo caso, hasta que no la terminemos, aquí no se muere nadie.

Xavi le apretó la mano y la notó medio sudada. Joana olía bien. Era su perfume de siempre, pero, desde tan cerca, lo percibía distinto. Por primera vez... Una voz metálica, incomprensible, dijo algo por un altavoz y lo alejó de un pensamiento nuevo que, después de la sorpresa, lo incomodó. Justo en ese instante, la pantalla más próxima anunció que comenzaba el embarque de su vuelo con American Airlines a Barcelona. Guardó el iPad en la cremallera delantera de la maleta con ruedecitas y, con el abrigo en la mano, se pusieron a hacer cola delante de la puerta 34. Les tocó sentarse a la altura del ala del avión. Joana eligió el pasillo, dejaron un espacio en medio para estar más anchos y Xavi se sentó en ventanilla. No quería contemplar las perfectas planimetrías de la tierra desde el cielo, sino que, simplemente, lo elegía por mera comodidad. Pretendía apoyar la cabeza en la ventana y dormir más a gusto, si es que hay alguien que consiga hacerlo como un tronco en un avión.

—Pues muy bien, me despido de ti hasta dentro de unas horas... —dijo Joana, abrochándose el cinturón de seguridad.

—¿Qué quieres decir? —Se crujió los huesos de los dedos.

—Que nunca había visto a nadie capaz de roncar todo el Atlántico, de costa a costa.

—¿Te molesta?

—No. Al contrario. Me das mucha envidia.

—Hoy, con los dos cafés y viajando de día, no creo que pueda.

—No poco... Tú inténtalo.

Fueron las últimas palabras que Xavi oyó decir a Joana en muchísimo rato.

Un montón de horas después, cuando despegó las pestañas para mirar hacia abajo, el Boeing ya se había tragado el océano entero. Por debajo volvía a haber tierra firme. El avión había descendido muchos pies y, de repente, en mitad de un bostezo de clase turista, Xavi Vera reconoció un paisaje.

Montserrat, el *skyline* de Cataluña.

—Buenos días, socio. Venga, que ya hemos llegado.

Se lo dijo sin que sonase a reproche. Al contrario, hasta le resultó maternal. Xavi, somnoliento, la miró y la vio radiante, con la piel fresca, la cara limpia y los ojos azules que le sonreían. Era como si Joana no hubiese viajado aquel montón de horas.

—¿Va a venir a buscarte Mara?

—¿A mí? —sorprendido—. No lo creo. ¿Y a ti...?

—En principio sí, Andreu y las niñas. Espero, vamos. ¿Quieres que te llevemos?

—No, gracias. Si vais a Alella os hago dar un rodeo.

Xavi se desperezó. Le faltaba espacio y le sobraban brazos. Con la mano derecha tocó el surtidor del aire acondicionado; con la izquierda, como quien no quiere la cosa, despeinó ligeramente a Joana en un gesto que pretendía ser simpático y que nunca había hecho. Porque nunca se habría atrevido. Porque, sencillamente, nunca hasta aquel momento había tenido la tentación de hacerlo. Moduló su voz más segura y zanjó el tema.

—Cogeré un taxi.

11

La casa que te mereces

Barcelona, 15 de septiembre de 1989

Querida Mara:

Con la confianza que me parece que comienza a haber entre nosotros, y con la simpatía y esas cosas que se nos notan cuando estamos juntos —no podemos negarlo—, me permito escribirte esta carta. La primera que escribo a una chica. La primera que te mando, y ya te aviso que no me apetece que sea la última. (Me gustaría que te lo tomases más como una advertencia que como una amenaza.)

¿Qué me ha motivado hoy a coger papel y esta pluma estilográfica que no encontraba el momento de estrenar? Algo que me pasó esta semana en tu casa.

El viernes, en tu habitación, percibí lo presente que puede llegar a estar una ausencia.

Por conversaciones a medias contigo y cosas que he ido pescando aquí y allá, he llegado a la conclusión de que tu padre falleció. Eso lo sabemos todos los que te conocemos. En cambio, de lo que ocurrió desde que se fue de casa no sé apenas nada, y, solo si te apetece, algún día me gustaría conocer vuestra historia.

No quiero meterme donde no me llaman, pero si hay algo que a ti te ha hecho sufrir, a mí me interesará saberlo.

A estas alturas te estarás preguntando: ¿qué demonios vio este pesado en mi habitación?

Me fijé en que en el corcho de tu escritorio tienes una fotografía tuya con tu padre.

Me gustó conocerlo, ¿sabes? Nunca me lo había imaginado. No sabía qué cara tenía, y, la verdad, me llamó la atención. En un momento en que fuiste a la cocina, aproveché para acercarme. Me aproximé para verlo mejor y me pareció que, aparte del bigote, te pareces bastante a él. Facciones duras, ojos negros y una risa natural, de las que me gustan. Me encantó ver cómo te abrazaba por detrás, con cuidado para no quemarte con un cigarrillo que sostenía en la mano izquierda. Debe de ser una foto de finales de los setenta. Puede que del ochenta y poco. Jugué a adivinar tu edad, y creo que no me equivoco mucho si digo que tenías diez u once, doce a lo sumo. No sé si faltaba mucho para que tu padre se largara o, sencillamente, para que muriese, pero en la foto tenéis una cara de salud y de felicidad que no hacía presagiar ningún terremoto inminente. Mi abuela siempre me decía: «¿Sabes qué es una desgracia, Xavi? Una sorpresa desagradable de la vida». Me parece que era una buena manera de conformarse ante las fatalidades. Algunos lo llamarían un triste consuelo; otros, resignación. Ella decía que era el modo más sabio de seguir adelante en este mundo despiadado.

Cuando llegué a mi casa, no sabía qué me pasaba. Me había quedado con una sensación extraña por la foto con tu padre y hasta el día siguiente, en ese momento absurdo en que te despiertas y aún no sabes si estás soñando o en qué órbita estás, no me di cuenta del significado de tener que renunciar a una persona. Peor aún, de tener que reducir el recuerdo a una imagen. El tiempo filtra la memoria de un modo cruel. El cedazo es demasiado fino y deja pasar menos momentos que los que querríamos. O de los que necesitaríamos para que nuestros muertos estuviesen más vivos.

Supongo que habrás buscado a tu padre en todas partes. Dentro de los versos de un poeta, en una canción que te ponga la piel de gallina o en la película que quizá visteis juntos en una tarde de sesión doble. Estoy seguro de que habrás salido a reencontrarte con él en una excursión que hicisteis juntos. Y repetirás los viajes, los caminos y los lugares que hiciste con él y con la familia. Intentarás rehacer el itinerario de la nostalgia. Ningún esfuerzo será en vano para recuperarlo, solo para ti, durante unos segundos, por pocos que sean. Tampoco sería extraño que hubieras aspirado su perfume en otra piel que se parezca a la suya. Parece mentira cómo pueden llegar a engañarnos y sugestionarnos los olores. Y, al final de todo, no habrás encontrado una mejor manera de sintetizar la añoranza y la felicidad que en una foto. Una sola. La que escogiste. Cuántas veces, al hacerse de noche, a la hora de la tristeza, no habrás mirado esa foto del corcho y habrás clavado tus ojos en los suyos para comunicarte con él. Y, en ese momento, ¿acaso no pensarías que tu padre existe? Pensé, modestamente, que aquellos a los que queremos están presentes mientras los recordamos. ¿No será eso la inmortalidad?

Inmerso en estas divagaciones —no te rías, por favor—, volví a pensar acerca de la elección exacta de esa fotografía y no otra. Desconozco cuántas fotos tienes en que salgáis tú y tu padre. Esa, concretamente, me pareció que la habías arrancado de un álbum cerrado —como todos los álbumes, cerrados y guardados durante demasiados años— y que la habías plantado en tu habitación para verlo, para reencontrarte con él y tenerlo siempre presente.

Y pensé: ¿por qué ha escogido precisamente esa? ¿Qué le ha gustado? ¿Fue la expresión de tu padre o la tuya? ¿Quizá la elegiste por el abrazo tierno? ¿O tal vez por el significado de aquel instante de verano? Un padre relajado, como no acostumbrabas a verlo, los ratos de juego, los días largos... Incluso llegué a pensar —ya ves lo mucho que me devané los sesos— que esa fue la última vez que lo viste. ¿Es así?

Y mientras le daba vueltas a la almohada y me preguntaba por el porqué, exactamente, de la elección de aquella instantánea y no otra, me ocurrió algo más. De repente, me entraron escalofríos al pensar qué fotografía pondría yo en un estante cuando mis padres ya no estén. Elegir es traicionar, dicen. Y consideré lo injusto que sería aparcar tantos momentos y escenas de risas de Navidad y regalos, de fiestas y viajes, y quedarse solo con uno. Para siempre, con un marco, y ver siempre el mismo.

¿Te has fijado, Mara, en que solo nos hacemos fotos en los momentos de felicidad?

Mientras estamos vivos, no le otorgamos trascendencia. Disparamos, revelamos, acumulamos recuerdos, encapsulamos buenos momentos y aquí paz y después gloria. El batacazo, sin embargo, llega con efectos retardados. Cuando el protagonista de la foto ya no está, la ausencia se hace patente, como te decía al inicio de esta enrevesada carta. Cuando sabes positivamente que ya nunca volverás a verlo, esa imagen descolorida, puede que un poco borrosa por culpa de los objetivos o del revelado o del paso del tiempo, esa misma fotografía adquiere una importancia que, según cómo nos pille en ese momento, puede dejarnos sin respiración. Vemos la foto y nos emocionamos. La vemos y notamos el vacío existencial que nos abruma.

Aunque, bien mirado, el clavar nuestros ojos en los suyos también puede ser el mejor remedio para el alma. Aquí es donde quería llegar. Parece mentira cómo una fotografía puede convertirse en bálsamo para nuestras heridas o, en momentos de desesperación, antídoto para el veneno que nos inocula la rabia de una ausencia. Este pretendía ser el sentido de mi carta. Has hecho que me diera cuenta de la fuerza del vínculo de una mirada y de un momento. De hasta qué punto los atajos de la añoranza pueden transformarse en motor para honrar esos ojos que nos miran con orgullo. En tu habitación, y gracias a la foto con tu padre, he entendido de qué va todo esto: se trata de dejarnos llevar por la mano tendida de los recuerdos, en vez de hundirnos en las ciénagas de la nostalgia. Y no sabes cuánto me alegra que, sin saberlo, tú me hayas ayudado a descubrirlo.

Me gustaría que tuvieras claro que el motivo de estas palabras —palabras que tú entenderás— no era, por tanto, debilitarte. Al contrario, Mara. Aparte de encontrar una manera más de estar en contacto contigo, es mi forma de decirte lo mucho que valoro cómo eres y todo lo que haces. Es también un modo de reconocer, con la cobardía de un mensaje a distancia que puedes leer sin que me veas, que nada de lo que te pasa me es ajeno.

Voy a decírtelo sin rodeos. Sabiendo las cartas que hasta ahora te han tocado en la vida, me gusta ver con qué determinación has plantado cara a las malas experiencias y lo vital y positiva que eres. Siempre y en todas partes. Optimista por naturaleza. ¿Tú te has dado cuenta de que todo el mundo quiere tenerte cerca?

Yo, aunque no debería decirlo, también estoy muy bien contigo. Charlando o bailando, tomando un vaso de vino u observando las lágrimas de san Lorenzo. Ahora ya puedo contártelo: aquella noche yo miraba al cielo y no veía caer nada de nada. No sé cuántas horas estuvimos a la intemperie, sentados en Collserola, esperando una lluvia de meteoros que yo no vi por ningún lado. Cuando tú, entusiasmada, decías sí, allí hay una, yo decía oh, sí, claro, pero no vi ni lluvia ni lágrimas ni estrellas por ningún sitio. Eso sí, te tenía a ti al lado, que —llámame anticuado— brillabas más que cualquier cometa. Al menos a mí me lo parecía en aquella noche de agosto que no olvidaré.

Por todo esto que te escribo, querida Mara, estoy convencido de que toda la mala suerte de la vida ya la acumulaste en aquellos años difíciles y que, en el futuro, encontrarás los caminos y a las personas que te compensarán, con creces.

Será así, no lo dudes. Te lo mereces, y brindaré tantas veces como sea necesario para celebrarlo.

Si crees, en algún momento, que yo puedo estar en la baraja de cartas de tu buena fortuna, no dudes en utilizarla en la medida que quieras. Seré tu comodín y esperaré a caer en tus manos cuando más te convenga. Aunque sea como amigo.

Nada más.

Me da miedo que se me acabe la carga, y no habría nada más inútil que un arquitecto sin tinta. No podría dibujarte la casa que te mereces.

¡Muchos besos!

Xavi Vera

12

El color de la libertad

Nada hacía presagiar que aquella noche sería, de todos los jueves del año, la primera que Joana tendría que señalar con el rojo de alerta. Había trabajado durante todo el día sobre el terreno. Había llegado al Ampurdán escuchando las noticias y había aparcado el Volvo pequeño —el grande lo llevaba siempre Andreu— a quinientos metros de la bandera de cuadros que le marcaba el GPS del coche. Le apetecía subir a pie el último repecho para notar el frío en la cara y para ir percibiendo el paisaje de aquel rincón elevado de la Costa Brava. Sentía el viento, aspiraba los olores y comprobaba qué trozo de cielo le correspondería como techo. La luz también forma parte del paisaje. Como el paso de las horas del día. Y la secuencia imparable de las estaciones. Y el estado de ánimo de los ojos que lo contemplan.

Una vez en la casa, saludó a una veintena de operarios y albañiles. Cada uno a lo suyo, se afanaban como si tuviesen claro qué tenían que hacer en cada momento. Le preguntaron si aquel jueves Xavi Vera visitaría la obra, y, en mitad del ruido de mil máquinas, respondió que no lo sabía, pero que creía que no. Anduvo de aquí para allá por la finca con el móvil en la mano. Tan pronto hacía un par de fotografías como escribía un dato en el cuaderno de notas del iPhone 7. Después de pisar la tierra y contemplar las vistas desde todos los ángulos, tomó una decisión: en las hectáreas de Avakian predominaría el amarillo. El color de la luz. El color de la libertad.

De entrada, pensó en un arbusto bajo, como la retama, de flores que lo perfuman todo. O haría que brotase el lino, de hojas estilizadas, en medio de un roquedal artificial que marcase el límite de la finca. O, mejor aún, dejaría crecer hierba de San Juan detrás de la casa, en las zonas de sombra que proyectase el propio edificio. Las ventanas de esas habitaciones, menos favorecidas por las vistas, tendrían, en cambio, una sensación de bienestar inmediato. Haría que los estambres de la hierba de San Juan se agrupasen en haces y que, el conjunto entero, diese una sensación de ternura, lo que no daban ni un cardo, ni una pita ni menos aún las chumberas, espinosas como un cactus. También descartó el azufaifo, al que quizá le iría mejor un clima más seco. Pensó, en cambio, en el aire que aportaría una espina santa. Cerraba los ojos y veía el efecto que causaría, de mayo a septiembre, cuando asomara la cabeza entre el matorral. También le gustó imaginar cómo quedaría una cañaheja, solo una, que siempre destaca entre la vegetación. Es una planta alta, vivaz, un poco como ella. Siempre discreta pero con personalidad, con apariencia frágil pero de una gran resistencia a las ventadas y los embates de todo tipo. Estaba convencida de que a Avakian le interesaría saber que Prometeo, con el tallo de una cañaheja, transportó el fuego desde el Olimpo hasta el siempre confuso mundo de los humanos.

Joana sacudió las botas Ash antes de entrar en el coche, para desprenderse de la tierra. De regreso, siguió escuchando la música de los dioses que le ponían en las sesiones de yoga al amanecer. A mediados de enero, el día se marchitaba temprano. Camino de casa, cuando tomaba las últimas curvas de Vallromanes, las cepas aprovechaban los bostezos de un sol cansado para teñir las colinas del litoral. Para Joana, al atardecer hay pocos tonos en el mundo que respiren como el violáceo del Maresme, pálido y tranquilo. Cuando ya bordeaba la riera de Alella, una llamada cortó la música.

—Mamá, ¿dónde estás?

—Llego enseguida...

—Tienes que venir, ya...

—¿Qué pasa?

—Por teléfono, no...

—Voy con el manos libres, Sònia. Dime, ¿qué pasa?

—Soy Anna.

—Llego en dos minutos... No me asustes. ¿Estáis bien?

—Hostia, mamá...

—Ve abriendo la puerta del garaje. Pero ¿qué te pasa?

—A mí no... Es Sònia. Está fatal.

—Ya llego.

—No para de llorar.

—¿Está fatal de qué?

Se cortó la llamada y entró, inoportunamente, la música de los dioses.

Anna le había dejado la puerta del garaje abierta de par en par, pero no la había esperado. Joana aparcó sin tener en cuenta si dejaba sitio para el Volvo grande de Andreu. Ni siquiera sacó el abrigo del asiento de atrás, dejó el coche abierto y subió a ver qué pasaba con sus hijas.

—Hola, soy yo. —La frase de cada tarde, el tono de siempre.

Trataba de mantener la entonación optimista de cuando se entra en casa, para no añadir dramatismo a no sabía qué. Intentaba restablecer la calma donde había agitación. En el sofá del salón reinaba una desesperación inusual. Solo Jazz, ajeno a los sollozos de Sònia, lo observaba todo desde su rincón. Las niñas nunca habían sido de muchas estridencias, y encontrarse con aquel desbarajuste aún la sorprendió más. Eran unas gemelas de costumbres poco exageradas, que a veces se chinchaban una a la otra por un jersey, por un comentario inoportuno o cuando bromeaban por algún chico. Pero nunca habían sido de pelearse, ni siquiera cuando eran pequeñas. Seguramente habían crecido imitando lo que veían en casa. Educación, respeto y poco ruido. Por eso la desconcertó tanto encontrarse a Sònia llorando sin consuelo en el sofá. Su hermana, sentada a su lado, le iba secando las lágrimas, que le caían en cascada. A medio camino entre las mejillas y los cojines, trataba de pescarlas al vuelo. Joana apartó a Anna y se hizo sitio.

—Deja que me siente. ¿Qué te pasa, Sònia? —Le pasó la mano por la frente, para ver si tenía fiebre.

Sònia no respondió. No podía. Empapada en sudor, ardiendo a más no poder, abrazó a su madre con la desesperación del náufrago agarrando un salvavidas. Joana comenzó a explorar el bosque, para intentar saber qué camino la llevaría a destino.

—¿No te encuentras bien? ¿Te duele algo? Te has disgustado por... No sé. ¿Te has enfadado con alguien? ¿Te han dicho algo en el instituto, quizá? ¿Alguien se ha metido contigo? Venga, Sònia, ayúdame, hija... ¿De verdad que no te duele nada?

—No es eso, mamá... —Anna acudió en su ayuda, descartando todas aquellas opciones.

Joana volvió a intentarlo, acariciando los brazos y la cara de su hija.

—Sea lo que sea, mamá está aquí. Estoy contigo. A mí puedes contármelo todo, lo que sea, que yo lo entenderé...

—Seguro que no —fueron las primeras palabras que Sònia pronunció a medias, entre bramidos.

—Claro que sí, hija... Cálmate un poco, que no pasa nada. Dime, sea lo que sea...

Sònia se acurrucó aún más y puso la cabeza entre las piernas de su madre, como si quisiera esconderse.

—¿Quieres ducharte y me lo cuentas después?

Movió ligeramente la cabeza, encajada en su regazo.

—Venga, mujer, que no será nada... Seguro que no...

—Se ha tomado algo, mamá.

Joana no quería que Anna se inmiscuyera. Actuó como si no lo hubiese oído, pero, al menos, tenía una primera pista. Fue una información que, no obstante, no le gustó nada saber. No esperaba nada parecido. Estaba, de repente, en un campo desconocido y no sabía si le inquietaba más el «se ha tomado» o «algo»... No tuvo tiempo ni de pensarlo.

—¿Qué quiere decir que te has tomado algo? —Joana se esforzó en mantener el tono comprensivo, que transmitiese confianza.

—Tú calla, hostia... —Sònia levantó la cabeza de las piernas de su madre y miró con rabia a su hermana.

—Pues cuéntaselo tú, tía. —Hacía rato que Anna tenía ganas de revelar el secreto.

—¿Qué te has tomado, Sònia? No pasa nada. Dime. ¿Cocaína?

—No, mamá, no fastidies. —Anna, alterada.

—Pues... ¿qué? ¿Te has fumado un porro?

—Que no...

—Sònia, no quiero ponerme seria. ¿Me lo cuentas, tú, por favor, o cómo lo hacemos? —La ayudó a incorporarse, agarrándola por el hombro.

Sònia no quería alzar la cara, para ocultar la vergüenza. Poco a poco, comenzó a balbucear palabras que no tenían mucho sentido. No sabía si arrancar desde el principio o ir directamente al final, si es que aquello era un final.

—Lo cuento yo y ya está... —Anna.

—Tú no te metas. —Joana, con una rotundidad que no expresaba hacia Sònia en aquella escena.

—Eso, tú no te metas. Vete de aquí. Pírate, tía...

—Pero...

—¡Que te pires! —Con el grito que le salió, Sònia dejó de gimotear.

Cuando se quedaron solas, madre e hija se sentaron una junto a la otra, como si fuera más fácil contarse las cosas sin mirarse a los ojos. Sònia, no obstante, solo tuvo tiempo de decir lo siento, y se echó a llorar de nuevo. Su madre dejó que se desahogara. Sabía que, con el silencio, llegarían las respuestas.

—He tenido que tomarme una pastilla, mamá, lo siento... Lo siento mucho. Me he tomado la píldora del día después...

—Vaya...

Joana fue fiel a sus principios. No hagas una promesa cuando seas feliz. No tomes una decisión cuando estés triste. No respondas cuando estés furiosa. Ese era exactamente el caso. Dejó que Sònia fuese desenredando la madeja.

—Una cosa llevó a la otra y... Con un amigo de clase, da igual. Fuimos a casa de su hermano mayor, que no estaba, y no teníamos preservativos. Me juró que no pasaría nada. Me dijo que aguantaría, que no me preocupase. Y él asegura que no pasó nada, pero no está del todo seguro de que no... Y me comí el tarro toda la noche y al día siguiente fui a la farmacia a pedir la pastilla.

—¿Aquí, en Alella?

—No, mamá, por favor, en *Barna*. Una farmacia donde no me conocen de nada y a la que no pienso volver nunca. Y la farmacéutica me pidió el carné, vio que era menor y no quiso dármela. Eso sí, me dio un folleto de un sitio donde... ¿Centro de planificación, se llama?

—Planificación familiar, sí... ¿Y fuiste?

—Qué remedio. Y me soltaron un rollo... Que

me lo merezco, ya lo sé. Pero me vino una mujer y me dijo que yo tenía que tener más amor propio, que nunca debía hacer nada que no quisiera, que debía exigir que fuera él quien se protegiese...

—Lo mismo que te habría dicho yo...

—No, la mujer muy bien... Pero hizo que me sintiese mal. Me dijo por activa y por pasiva que aquello no era un método anticonceptivo... —Agarró la mano de Joana—. Lo siento mucho, mamá... Lo siento mucho. No me volverá a pasar.

—¿Y te dio la pastilla?

—Sí, sí...

Joana respiró hondo mientras acariciaba a su hija y pensaba qué demonios le digo yo a esta ahora.

—¿Quién es el chico?

—¿Da igual, no? No lo conoces. —Dudó si decir el nombre—. Es del instituto y ya está. ¿Qué vas a hacer, ir a regañarle?

—No te lo digo por eso. Pero quiero saberlo...

—Es de la clase. Ya está. No te lo voy a decir. Pero no hizo nada que yo no quisiera.

—Pero no sabe si...

—Él cree que no. Era yo la que no estaba segura.

—Por algo será si no te fiabas.

—Oye, mamá... No prejuzgues si no lo sabes. Me lo pasé bien. Nos lo pasamos bien. Me trató bien, si es eso lo que te preocupa... No era la primera vez que lo hacíamos, que lo sepas...

—Tienes diecisiete años, Sònia.

—No me digas la edad que tengo, mamá.

—Te lo digo, y no te disgustes, porque una pastilla así es una bomba de hormonas para el cuerpo.

—Ya, seguro que me lo dices por eso...

—Oye, guapa, no te enfades, que aquí la única que tiene motivos para agradecerte la primera sorpresa del año soy yo... Y me parece que ni te he reñido, ni te he echado la bronca, y estoy tan no sé qué que no puedo ni soltarte el sermón que debería haberte soltado hace ya tiempo, por lo que veo... Y, a partir de ahora, condones siempre encima, ¿me has entendido? Porque si tienes que esperar que los lleven ellos...

—Vale, mami, perdona, perdona...

—Ay, Sònia, Sònia, Sònia...

Se abrazaron. A Joana le entraron ganas de llorar, pero se contuvo. A Sònia ya no le quedaban más lágrimas. Las había gastado todas y, en aquel momento, ya se había quitado un peso de encima. Solo le rondaba una inquietud.

—No se lo cuentes a papá. Te lo pido por favor.

—A papá se lo cuento todo, amor mío.

—Esto no...

—*Porfa*, mamá, esto no se lo cuentes —recalcó Anna, cómplice, al pie de la escalera.

La noche se hizo eterna. No se acababa nunca.

Cuando sonó el despertador, Sònia había dormido poco. Joana, apenas. Solo esperaba que se hiciese de día para llamar a la doctora Granollers. Acompañaría a Sònia a su ginecóloga.

—Ya las llevo yo al instituto —dijo, a pesar de la noche en vela, después de deshacerse de la sábana de un puntapié.

—¿Vas a Barcelona? —Andreu, poniendo un pie en el suelo.

—Tenemos reunión en el despacho de Xavi —un bostezo que habría ganado un concurso— a las nueve.

Camino de Alella al instituto, en el atasco perpetuo de la Ronda de Dalt, pusieron Flaixbac en la radio del coche. Música y parodias matinales para no tener que hablar. A Anna le tocaba sentarse delante, y Joana, de reojo, iba mirando a Sònia por el retrovisor. Del tema no se habló hasta que estuvieron en la misma puerta del instituto, en la Vía Augusta. A punto de bajar del coche, tanto la madre como las hijas sabían que ya no era el momento de charlar.

—No hace falta que lo sepa nadie, ¿de acuerdo?

—De acuerdo... —respondió Sònia, molesta por la formulación materna, como si ella tuviese algún interés en pregonar su vergüenza.

—¿De acuerdo, tú? —Joana abrió los ojos como platos, exageradamente, para mirar a Anna, que estaba a punto de darle un beso estirando el cuello por encima del cambio de marchas.

—Hostia, mamá, ¿por quién me has tomado? —Y, ofendida, se bajó del coche sin darle el mejor premio para una madre.

El taller de Xavi Vera Martín estaba en unos bajos en Sant Gervasi, al lado del parque del Putxet, alejado de los ruidos de Balmes y de General Mitre, calles con demasiado tránsito para los creadores. La enorme puerta cuadrada, forrada con chapa de cobre, era la tarjeta de presentación de un despacho que se había recuperado de la crisis del ladrillo. En el interior, una docena de arquitectos se habían acostumbrado a trabajar con la luz natural de un patio interior que era la joya del estudio. La configuración botánica de aquel jardín urbano —que servía tanto para las reuniones de primavera al aire libre como para salir a fumar— había sido obra de Joana cuando inauguraron las nuevas oficinas, cinco años atrás. Fue su regalo.

Con Xavi, las reuniones siempre empezaban puntuales. A las nueve, con un montón de cafés humeando sobre la ovalada mesa de reuniones, el jefe de obra, Benito, comenzó a proyectar las fotografías que mostraban cómo se levantaba la casa de Avakian.

Xavi, con un papel, un lápiz y la casa en la cabeza, estaba encima de cada uno de los detalles. Sabía que los industriales son alimentadores de conocimiento. Cada uno sabe de su tema más que nadie, más también que el arquitecto. Preguntaba sin parar a uno y a otro. Todo el mundo intentaba responder de inmediato, con pocas dudas. Más que una reunión parecía un interrogatorio, un concurso de televisión con cuenta atrás. Sin inmutarse, disparaba preguntas a diestro y siniestro y, pese a todo, aún tenía tiempo para darse cuenta de que Joana estaba en Babia.

—¿Hemos recalculado el dintel de la ventana del dormitorio principal? Habíamos quedado en ponerlo vertical, ¿lo hemos puesto horizontal? ¿Nos hemos asegurado de que dará el sol en la cama cuando se levanten? Carpintería ha traído, supongo, las cuatro muestras que pedí para los cerramientos. ¿Hemos comprobado que tengan resistencia y que no se deformen con el tiempo, que no sea madera demasiado verde? Si nos decantamos por la madera, sobre todo que esté bien tratada, no quiero que nos devoren las termitas. Esta casa tiene que sobrevivir a mi cliente, a sus hijos y a sus nietos.

¿Hay alguna propuesta mejor que poner un triple cristal laminado? Por el lugar y por la seguridad, ¿es lo mejor una cámara de unos dieciséis milímetros y un doble laminado por dentro? Armand, ¿ya has comprobado dónde meteremos los pozos de la geotérmica? ¿Has asegurado que podamos ahorrar un setenta por ciento de la energía?

Armand, su ingeniero de instalaciones, dijo que sí con un ligero tartamudeo. Xavi era una ametralladora incansable. No se le escapaba ningún detalle. Y tenía preguntas para todo el equipo, que sentía la misma tensión que en un examen. ¿Hay alguna modificación de los cálculos? ¿Cómo pensamos reutilizar las aguas limpias? En lo que respecta a sostenibilidad, ¿cuál será el circuito para que sea una casa ejemplar? ¿Cuándo haréis las pruebas de estanqueidad? Ya sabéis lo que pasa después en las cubiertas horizontales si se nos estanca el agua, ¿verdad? ¿Qué dijo el inspector de obra? ¿Cuánto falta para tener la realidad virtual a punto?

De pronto, esa fue la pregunta que nadie le supo contestar con seguridad. Titubeaban en la respuesta, y Xavi dijo que en la próxima reunión en Miami quería llevarle las gafas al cliente para que se las pusiera y tuviera ya la sensación de estar en su casa del Ampurdán.

—¿Novedades del jardín, Joana?

—¿Perdona?

Hacía rato que se había dado cuenta. Ni el café la había espabilado. Joana llevaba toda la reunión en fuera de juego.

—Chicos, ya seguiremos mañana. Gracias. —Xavi la miró—. Coge el abrigo.

—¿Me estás echando? —Sorprendida.

—Vamos a dar una vuelta. Venga.

—¿Y este pronto? No te pega nada, señor serio...

—Te irá bien despejarte.

En cuanto salieron a la calle, Joana se puso las gafas de sol. No es que hubiera mucho, pero la luz incomodaba a sus ojos claros. Caminaron charlando de banalidades hasta que Xavi le metió un sobre en el bolsillo del abrigo.

—Tiene que haber veinte mil.

—¿Y esto?

—Un adelanto. Ava me lo ha enviado así.

—Pero...

Enseguida llegaron al bosque Bertran, un secreto a tres minutos del taller. Era un oasis de vegetación en medio de Barcelona. Dos hectáreas ajardinadas, de ambiente inglés, con muchos árboles, algún que otro laberinto y un pequeño estanque con nenúfares. En la ciudad, la naturaleza estalla en islas escondidas como en este patio privado de la calle Musitu.

—Allí al fondo, en verano hay una cortina de buganvillas que tapiza toda la fachada. Te encantaría. Ya volveremos.

—¿Aquí puede entrar cualquiera?

—¿A ti qué te parece?

La respuesta era tan obvia que se ahorró darla.

—Conozco al dueño. No creo que nos eche a los perros.

—Eres una caja de sorpresas, Xavi Vera...

—¿Es que hay alguien que no nos sorprenda alguna vez? Ahí está la gracia de la vida, ¿no? Una de las gracias, vamos. La gran suerte es que nunca hay nadie que lo sepa todo de uno mismo, ¿no te parece? ¿Andreu lo sabe todo de ti? ¿Lo sé yo todo de Mara? ¿Qué parte de ti solo la conoces tú?

—Vaya...

—¿Tú nunca te haces este tipo de preguntas?

Xavi inspeccionó un banco para asegurarse de que no estaba húmedo. Se sentó. Con la palma de la mano, dio unos golpecitos en la piedra para que Joana le copiase el gesto. Ella optó por callar. Silencio y prudencia, bienes agencian.

—Y ahora, ¿me vas a decir qué te preocupa?

—¿A mí?

—Tengo toda la mañana para escucharte.

—A mí, nada... —Se sentó al lado de Xavi. El sol había calentado el granito de invierno.

—Joana, te lo he notado en el despacho, se ve a la legua. Tu cara lo dice todo.

Ella se levantó las gafas, un instante de nada, para reforzar su excusa.

—Hoy he dormido poco. —Aun así, sentía que la habían pillado—. Y no me ha dado tiempo a restaurarme. A lo mejor lo dices por eso...

—Desde que has llegado, has tenido la cabeza en otra parte. ¿Sí o no?

Joana resopló y se pasó las manos por la frente.

Primero una y luego otra, como si quisiera echarse el pelo hacia atrás, como si quisiera arrancarse una idea del cerebro, como si quisiera olvidar los secretos que, de golpe, todo el mundo había decidido revelarle. Luego adoptó su expresión más grave.

—Xavi... ¿Puedo contarte una cosa?

13

Qué flores de invierno eran

Cuando mi padre murió, aún no lo había perdonado. Ni yo ni mis hermanas. Nunca lo había hablado con ellas. Nunca nos habíamos dicho nada hasta que, en las horas de velatorio, que es un lugar y un momento en que se revelan muchas cosas nunca dichas y que acostumbran a ser sentimientos que surgen de muy adentro, nos dimos cuenta de que coincidíamos. No lo habíamos perdonado. Con un pañuelo en la mano y más rabia que lágrimas, nos encontramos las tres soltando barbaridades de papá en el tanatorio de Düsseldorf. Ninguna de nosotras quiso verlo de cuerpo presente. No fue un castigo, ni un modo de demostrarle —a buenas horas— que nos había destrozado la infancia, la vida y, sobre todo, la de mamá. En realidad no fue otra cosa que el hecho de que no habíamos visto un muerto hasta entonces y, si es posible, acordamos, con Lola y Emma, que continuara siendo así. Luego te enseñaré en el móvil una foto con mis hermanas. Son más monas y más jóvenes que yo. Emma es de tu edad, supongo. Sinceramente, lloramos poco por mi padre. En su entierro, quiero decir. Quizá porque ya habíamos llorado mucho cuando un día, inesperado para todos, se fue de casa. Desapareció, no dio explicaciones y se desentendió de todo. Ni siquiera recogió su ropa ni sus cosas. ¿Sabes lo que es que tu padre se largue cuando tienes nueve años? Tienes un héroe, lo adoras, lo admiras, lo quieres y, de repente, se esfuma y tardas muchos años en saber algo de él. Y cuando lo vuelves a ver, con otra mujer, en Alemania, ya no es lo mismo. Has arrancado tantas costras que ya no puedes mirarlo del mismo modo. Pero es tu padre... Y haces el esfuerzo, e intentas ponerte en su lugar, y cuando crees que tal vez sí, que al fin y al cabo tienes su apellido y su sangre y su misma nariz, una neumonía se lo lleva en cuatro días. Yo me quedé su reloj. ¿Te gusta? Un Omega. Ya empieza a parecer antiguo, ¿no crees?

Mara Lincoln, después de follar, con la cabeza en la almohada de una cama de París, con la mirada fija en la moldura del techo alto de un piso del *passage* de la Visitation, le estaba contando su vida a un cocinero brasileño. João escuchaba la historia con los ojos cerrados. La oía de lejos, entregándose a la somnolencia, como aquella voz de su madre que llegaba al final del cuento que le leía de pequeño.

Desde hacía más de dos años, el cocinero se había convertido en uno de los nueve ayudantes de Yannick Alléno, el chef de moda en París que pasaba por hacer los platos con las presentaciones más bonitas del planeta. Tenía tres estrellas Michelin, había abierto restaurante en Courchevel, en Marrakech, en Dubái, en Seúl... Fuera donde fuese, sus platos ensalzaban la agricultura francesa. Alléno tenía fama por el *art de vivre*, porque convertía las salsas en el ADN de la comida y porque emocionaba con su cocina moderna. Cuando el chef francés se inventó un *hot dog* de diseño, el *New York Times* le dedicó una página entera. La carne era de cabeza de ternera cocida, y, en vez de kétchup, había creado la salsa *gribiche*, que era una vinagreta de alcaparras, pepinillos, huevo duro, hierbas y mostaza de Dijon, la esencia de la Revolución francesa. Mara había querido que la ruta con sus cuatro sibaritas estadounidenses terminase en el Pavillon Ledoyen de Yannick Alléno. Y no se había equivocado. París nunca falla. La vuelta al mundo en diez días y cinco chefs no había podido tener un mejor epílogo que sobre aquella mantelería de lino. Se sentaron a una mesa redonda, junto a los enormes ventanales que daban a la quietud. Enfrente, un parque de árboles desnudos de febrero. Alrededor del Petit Palais, el frío apagaba cualquier indicio de ruido. El contraste entre los gustos extravagantes que paladeaban y la esencia del París más clásico en la sala y el paisaje era la combinación exacta que buscaban los cuatro amigos de Trump que pagaron encantados uno de los viajes más extraños que jamás hubiese preparado Mara.

Habían empezado chupándose los dedos en la cocina de Seiji Yamamoto, en Hong Kong. Volaron al Geranium de Copenhague, donde Rasmus Kofoed les dio a probar pétalos de todos los colores y ellos, con los ojos vendados, tenían que adivinar qué flores de invierno eran. En el Piazza Duomo de Alba, les sorprendió la carbonara de gambas que les preparó Enrico Crippa. En lugar de panceta, gambas melosas. Qué buena idea. Qué sabor tan inesperado al ponerse uno la pasta en la boca. En Girona, al terminar el menú degustación de los hermanos Roca no pudieron evitar aplaudir, y les apeteció salir a fumarse un habano. No obstante, los cuatro comensales estuvieron de acuerdo en decirle a Mara que, puestos a hacer balance de gustos y emociones al final de viaje, nada les había fascinado tanto como aquel pichón de Pornic al consomé de pimienta negra fermentado en dos vueltas con salchicha de menudillos en *brioche* de Alléno. Se le saltaban a uno las lágrimas.

João —con un buen francés y un inglés chapurreado— fue el encargado de enseñarles la cocina y la despensa, y llevarlos a la bodega, un museo de vinos antiguos y extremadamente caros. Fue allí donde Mara reparó en que el cocinero brasileño, rapado al cero, le ponía ojitos. Cuando tuvo a los cuatro clientes ocupados mirando botellas con las gafas de leer, João se le acercó.

—¿Qué haces con estos cuatro abueletes?

—Son buenos clientes. —En voz baja.

—*Conmigo estarías melhor* —dijo, mezclándolo todo.

—¿En qué estás pensando?

—Salgo a las cinco. Ven a buscarme y lo descubrirás.

João tenía un apartamento alquilado a cuatro paradas de metro de Concorde, la línea amarilla dirección Château de Vincennes. Por el camino, jugaron a adivinarse la edad y el signo del zodíaco, y a contarse de dónde eran uno y otro. En el pisito del cocinero dejaron de hablar.

Con la camisa abierta hasta el escote, João no tardó en meter allí la mano con dedos curiosos. Con qué habilidad sabía colarse en el sujetador. Con cuánta delicadeza se atrevía a palparle los pechos turgentes. Mara notó, en cuanto se desnudaron, que a aquel chico —había confesado treinta y dos— le gustaba su propio cuerpo. Iba depilado de arriba abajo. Ni en la cabeza ni en el torso le quedaba un solo pelo. Ni uno, en ninguna parte. Le contó que era una manera de asegurarse de que en el restaurante ningún cliente pudiera decir que había encontrado un pelo en el *risotto* de cebollino con trufa que tenía que hacer todos los días. Aún de pie, Mara le pasó los dedos por los pectorales y por la espalda, como si fueran la punta de un pañuelo. Nunca había tocado a un hombre tan liso. Tampoco había estado nunca con un mulato, y le pareció exótico. Lo acariciaba con el cosquilleo del tacto incipiente y le gustaba notar que tenía una piel dura, hidratada. Luego se agachó para recorrerle las piernas. Tenía los muslos tan fuertes como se los había imaginado, y unos gemelos trabajados, de ciclista. De bicicleta estática. Al subir, João le pidió una cosa.

—Pégame en el culo.

Mara, con la mano abierta, obedeció. Una vez.

—Un poco más fuerte.

Volvió a hacerlo. Con más convicción.

—En la otra nalga.

—¿Así?

—Ajá...

A João *maravillao* le gustaban las simetrías. A partir de aquel momento, Mara se dedicó, ahora aquí, después allí, a ir soltando azotes a un cocinero que se excitaba con cada zurra. Las nalgas se iban tornando rojas, él ahogaba un grito a cada golpe y la erección se volvía, por momentos, majestuosa.

—*Plus fort, plus fort*.

Ella iba pegando acompasadamente e intentaba percibir si cada cachete restallaba más que el anterior. No había dos sonidos iguales, pero todos resonaban secos, como latigazos. Mara comprobó que con la izquierda tenía menos fuerza que con la derecha, pero enseguida se fijó en que, si pegaba con los dedos, el ruido era mayor y el cocinero gemía más. Era cuestión de ir perfeccionando el gesto y el golpe. Aquello era lo mismo que apalear un bistec.

—No pares, por favor. Así, así...

Mara se dio cuenta de que él estaba a punto de extasiarse y decidió ayudarlo.

—No, no... Tú pega, por favor.

Le retiró la mano con educación. Se la volvió a coger él mismo y, con una fuerza como para hacerse sangre, tuvo bastante con una veintena de sacudidas y cinco cachetes más en el culo para hacer una exhibición de récord mundial de riego por aspersión. Por altura, por distancia y por densidad, habrían podido darle tres estrellas más a aquel narciso superdotado.

—¿Paro? —preguntó Mara con la mano a punto

para un último tortazo ante un hombre orgulloso de su cuerpo y de su miembro.

—Sí, sí... —dijo, triunfal, recuperando el aire y con el pandero casi en carne viva.

Rehecho, después de regresar del fin del mundo, el espabilado ayudante de Alléno se tumbó en la cama. Mara temió que el gran masturbador se diera media vuelta y se durmiera. João, sin embargo, estuvo a la altura del momento. El cocinero, pendiente de su reputación, decidió hacer una demostración con sus dedos entrenados. Lo hizo sin prisa, a fuego lento. Sabía lo que hacía falta en cada momento. Lo removía y lo trabajaba con constancia, siempre en el mismo sentido. Cuando tuvo el *risotto* a punto, pastoso y cremoso, lo dejó reposar. Fue entonces cuando, con su cuerpo de pantera, se puso encima de Mara. Con la lengua ágil, recorrió todas sus venas hasta hacerla estremecer. Detrás de la oreja, los pezones, las caderas y hasta la entrepierna de pelo negro. Cuando se introdujo en el escondite, ya solo quedaba emplatar. Entendió por qué João trabajaba en el restaurante de las presentaciones más bonitas del mundo. El toque de cebollino, la ralladura de trufa en su justa medida, para que se deshiciera con el calor. De repente, tapándose la cara con la almohada para ahogar el grito, Mara se dejó llevar.

La charla surgió después de una siesta y una infusión de hierbas que el cocinero le dejó en la mesilla de noche.

—Y ¿por qué se marchó tu padre? —João lo preguntó para que Mara no pensase que se había quedado dormido.

A veces es más fácil contar las cosas a gente que no conoces de nada y que sabes con seguridad que no volverás a ver. En ocasiones necesitamos oídos sordos para desahogarnos. Dadas las circunstancias, João se había convertido en el hombre ideal para una tarde. Ella hablaba con la nuca pegada a la almohada. A su lado, el cocinero permanecía con los ojos cerrados. Le bastaba con aquella compañía y aquella historia contada a media voz.

—Anthony Lincoln era el pequeño de siete hermanos a los que nunca llegué a conocer. Había nacido en un pueblo de Arkansas, en las llanuras del Misisipi. Por lo que he podido saber, no vivió mucho tiempo en Estados Unidos. Vino a Europa para ser piloto de avión y se estableció en Londres hasta que reunió suficientes horas de vuelo. Primero trabajó para una compañía irlandesa, luego entró en la British y finalmente fue piloto de Iberia. Mi madre decía que, vestido de comandante, mi padre estaba arrebatador. Ellos, Anthony Lincoln y Teresa Bracons, se conocieron en el aeropuerto. Mi madre trabajaba en la oficina bancaria que había dentro de la terminal, cambiaba moneda extranjera y tenía una simpatía natural que hacía saltar las alarmas. Una semana, mi padre pasaba por el banco para cambiar pesetas por liras. La semana siguiente pedía francos suizos. La otra quería coronas danesas. No era tanto una cuestión de divisas, por lo que me contaba mi madre, como por verla a ella. Se casaron en una iglesia de la montaña —mi madre es del Pirineo— y al cabo de once meses nací yo. Dos años después llegó Lola, y, cuando yo tenía cinco, apareció Emma, que era muy revoltosa y lo sigue siendo. Mi padre volaba mucho, lo veíamos poco, pero siempre que pasaba dos noches en casa nos traía un recuerdo de La Habana, de Roma o de la última ciudad donde hubiese estado. Era un hombre al que le gustaba jugar. Se tiraba por el suelo y, con dos toallas y un plumero, se disfrazaba de cualquier cosa. Emma era tan pequeña que dice que de todo eso no se acuerda. Yo sí. O quizá es que como me lo he contado tantas veces, no recuerdo el momento, sino que recuerdo haberlo recordado... Da lo mismo, ¿no? El día que mi padre se marchó, los sentimientos fuertes entraron en casa. La desorientación, las lágrimas, mi madre haciendo de tripas corazón para ahorrarnos el sufrimiento o para que no notásemos mucho el suyo. La ausencia de mi padre. El dejar de hacer cosas, el no tener dinero. Queríamos reír, pero estábamos tristes. La casa siempre a oscuras, la cocina fría, unos meses de mierda y el intentar acostumbrarse. Y, sobre todo, las preguntas que daban miedo por la falta de respuestas. Y, después de mucho tiempo, una noticia. Mi padre estaba en otro país, en Alemania. Se había ido a vivir con una azafata de vuelo a una ciudad que tenía muchas eses, alguna efe y que costaba mucho memorizar. Daba igual dónde estuviese. Düsseldorf. ¿Y qué? Había dejado a mi madre y, lo que era peor, me había dejado a mí.

Y a Lola Lincoln, y a Emma Lincoln, que llevaba el apellido de un señor que ya no conocía de nada. No dio la cara. Se largó y punto. Huyó. Y quizá si hubiésemos podido despedirnos, o nos hubiese dicho unas palabras, el duelo habría sido diferente. Pero lo hizo de la peor manera posible, ¿no te parece?

—¿Nunca os dijo nada? —João miró con disimulo el despertador. En media hora tenía que estar de nuevo en el restaurante. Turno de noche—. Después, quiero decir.

—¿Mi padre? —Mará sonrió—. Una carta al año. Una carta al año para contarnos cuatro cosas, para decirnos que pensaba en nosotras y para demostrar que sabía dónde estábamos. Luego descubrimos que las cartas tenían truco.

—¿Qué truco? —João se volvió para darle un beso antes de levantarse.

—¿Tenemos que irnos?

—Yo sí. Tú puedes quedarte aquí si quieres...

—¿Qué quieres que haga yo en tu piso?

—¿Esperarme?

Él fue el primero en entrar en la ducha.

Cuando Mara llegó a su hotel —el Artús, en la rue de Buci— llamó a Xavi. No le cogió el teléfono. Al oír que saltaba el buzón de voz, dejó el móvil sobre la colcha de estampado sicodélico, a juego con la habitación, se quitó la ropa con desgana, se metió en la bañera con unas sales de cortesía y, con un camisón de color ciruela madura, se sentó a los pies de la cama para comprobar si la pedicura aún le aguantaría unos días más. Luego volvió a marcar el número de Xavi.

—¿Qué tal?

Ahora sí. A la tercera.

—Bien. Muy bien. Finiquitado.

—Ahora veo que tengo dos perdidas tuyas. Estaba trabajando y no lo he... ¿Ya has terminado?

Una voz. En ocasiones basta una voz para saber que estás en casa.

—Sí. Los americanos ya están en el Crillon, nos hemos despedido y todo ha ido...

—¿Quiénes eran esos?

—Los de los restaurantes, los *top-chefs*... Buena ruta, pero muy cansada.

—Reventada, supongo...

—Da igual, Xavi... Cinco países en diez días, cansada, sí. Los nervios por que todo salga bien... Pero ya está. Te he llamado porque he pensado una cosa... Hoy me he acordado de una anécdota del colegio de los niños... Me dirás, vaya tontería, pero seguro que tú también te acuerdas...

—A ver...

—¿Me oyes?

—Sí. Dime.

—Salíamos del Thau, de ver a la tutora de Sergi. Debía de estar en quinto o sexto. De camino al coche, mientras comentábamos que nos habían dicho lo mismo de cada año buenas notas pero un poco introvertido, tú me detuviste y me dijiste: «¿Cuántos años hace que venimos a hablar con los maestros?». No sé si al final dijimos que hacía ocho o nueve. No entendía por qué me lo preguntabas, pero entonces, tú, serio como eres y con tu buen tono de siempre, me dijiste: «Pues hace ocho o nueve años que, cuando estás en el colegio, hablas en primera persona del singular. Siempre dices "yo pienso", "yo creo", "yo lo veo contento", como si este niño solo tuviera madre, como si yo no compartiera lo que hacemos y lo que pensamos de Sergi. ¿No podrías usar la primera persona del plural?». Yo ni me había dado cuenta, y tú continuaste dando argumentos, como si nada. Me dijiste: «Sus padres somos los dos, y, además, ¿no estamos siempre de acuerdo en todo? Si pensásemos diferente, bueno, entonces sería otra cosa». ¿Te acuerdas?

—La verdad... —Intentó arreglarlo—: Me suena, sí, pero... Era una mañana a primera hora, ¿verdad?

—Fue después de comer. Da igual. Olvídate de eso. Pero ahora lo que vengo a decirte es un poco lo mismo...

—No te entiendo...

Mara se cambió el teléfono de oreja, para ganar tiempo.

—Tengo la sensación, no sé tú cómo lo ves, de que tenemos que recuperar el «nosotros», Xavi. A veces pienso que tenemos que volver a ser la pareja que utiliza la primera persona del plural, hacer más cosas juntos...

—Yo creo que ya lo hacemos, Mara. ¿O no?

—No lo sé, por eso te lo estoy diciendo. Trabajamos demasiado. Yo vivo para viajar, tú vives para trabajar... Y no es un reproche, porque la que se va más a menudo soy yo...

—Es verdad que el proyecto de Ava me tiene...

—Es la casa de tu vida, sí. Ya lo he entendido.

—Pero no me digas que vivo para trabajar.

—¿Te molesta?

—Mujer... Llevas diez días fuera de casa. Es tu trabajo, también lo sé, pero...

—Quizá no me he expresado bien... Da igual.

—Te quiero, Mara. Yo te quiero.

—Yo también, amor mío... Ya hablaremos cuando vuelva. Si quieres...

—¿Qué te pasa?

—Nada.

—¿Estás bien?

—Claro. —La voz no le salió muy convincente. Era un «claro» nada claro. Carraspeado.

—¿Seguro?

—Estoy bien, sí. No te preocupes.

—París te ha puesto nostálgica, ya lo veo.

—El frío, quizá... París... Desde lo de Bataclan, no la miro con los mismos ojos. Eso sí, los cuatro americanos estos se han puesto las botas. Se han pegado cinco comilonas de campeonato, vinos, coñacs, y mañana, ellos y el colesterol ya se van para casa.

—Mejor. Entonces ¿ha salido todo bien?

—Todo redondo. No ha fallado nada. Estoy contenta...

Xavi apartó el teléfono para ver quién lo llamaba. Joana Bascuñana móvil.

—Mañana nos vemos y hablamos.

—Estaré en casa para comer.

—Te recojo en el aeropuerto y vamos a... ¿Cómo se llama el de Vilanova que te gusta tanto?

—¿El chiringuito? Miramar.

—Hasta mañana. *Bon voyage*.

14

Churchill tenía razón

Bruno Llobet, frente a la Pedrera, confesó que fue precisamente allí, plantado en la otra acera del paseo de Gracia, cuando decidió estudiar arquitectura. Según cómo la mirase, lo que veía eran unas cuevas prehistóricas de roca arcillosa. En cambio, si entornaba los ojos, lo que descubría era un animal caótico, desestructurado: la fachada torcida era la piel; la cerámica esmaltada de los casetones de la azotea, las escamas de pez. Siempre —por entonces Bruno tendría dieciséis años— se sentía abrumado ante aquel delirio constructivo, una excentricidad de formas serpenteantes, sin ningún ángulo recto. Así como en ningún mar encontraría dos olas iguales, en todo el edificio no descubriría dos ventanas calcadas, ni dos balaustradas idénticas, ni dos hierros retorcidos del mismo modo en ninguno de los balcones.

Sesenta y cinco años después, con el pelo blanco y barba al estilo de Gaudí, el maestro Llobet había alquilado un piso en la Pedrera, con vistas a la calle más señorial de la ciudad, para celebrar una cena en honor a Avakian. Era un segundo que mantenía la decoración modernista y la ornamentación original.

Por un precio exclusivo, el apartamento se alquilaba —por horas— para comidas privadas o pequeños actos festivos. Pensó que montarle la cena de bienvenida en la Casa Milà, y no en un restaurante, haría que se sintiese especial.

—Gaudí era el arquitecto de los detalles.

—Ya veo. Pero no sé si podría vivir aquí dentro. Sería como residir en un museo. ¿Alguno de ustedes viviría aquí?

Ninguno de los diez comensales respondió. Nadie aceptó el reto que lanzó Avakian. De hecho, la mezcla que Llobet había reunido para la cena era muy extraña. Él, eminencia de renombre mundial a quien por edad y por prestigio era muy difícil decirle que no, sabía que las mejores fiestas son las que juntan a gente diversa. Además de Xavi Vera y Joana Bascuñana, con quienes a mediodía había visitado la obra del Ampurdán, había invitado al presidente de un banco, al gran hotelero de la ciudad, a una directora de cine que no paraba de recoger premios por su *opera prima*, a un escultor despeinado, al diseñador de moda con tienda en el Soho de Nueva York, a un político con corbata estrecha —para parecer menos de derechas— y a una fotógrafa de prestigio. Biosca, que no se quitó la boina lila en ningún momento de la fiesta, no tenía muy claro a qué tipo de acto había acudido, pero se lo había pedido un viejo amigo como Llobet y con eso le bastaba. Una vez en el piso de la Pedrera, se llevó la sorpresa de encontrarse a Xavi y a Joana. No había vuelto a verlos desde la Nochevieja en los Alpes. Joana, con un Valentino rojo de cuello hálter —el mismo color rotundo que el de labios y uñas—, se había recogido el pelo en un moño y enseñaba un pequeño tatuaje en la nuca. A Xavi le pareció que era una flor cuajada de pétalos.

—No sabes qué alivio el ver una cara conocida, Biosca...

—¿Se puede saber qué hacemos aquí con toda esta gente?

—La pelota a ese señor, supongo... —dijo Joana en voz tan baja que Biosca tuvo que leerle los labios.

—¿El de la americana de carne rebozada?

—Cómo eres...

Biosca lo escrutó.

—¿Quién dices que es?

—Coleccionista de arte. Frank Avakian, un empresario americano.

—¿No es a ese al que le estáis haciendo la casa?

—Sí, sí. Y Bruno Llobet, que es quien nos pasó el encargo, le ha querido ofrecer una cena para... De bienvenida, vamos.

—Necesitaba claque y me ha traído a mí. ¿Tu marido está bien?

—Andreu —dijo para ayudarla—. Sí, muy bien. Gracias.

—¿Aquí se puede fumar?

—No creo.

Joana se alegró de encontrar a alguien con quien poder charlar en caso de necesidad.

Gaudí y el jazz combinaban bien. Cada uno iba por su camino. Se escapaba de la partitura, recurría a la fantasía e improvisaba siempre nuevas soluciones.

La música sonaba de fondo, sin perturbar la conversación. El diseñador de moda resultó ser el más divertido de aquella pandilla heterogénea. Tuteaba a todo el mundo como si lo conociese, daba lecciones de economía al banquero, le decía al hotelero que él ya solo iba de Airbnb, no había visto la película premiada de la directora y creía que las esculturas no emocionan si no te las dejan tocar. En aquella mesa ovalada de madera, una joya modernista, solo parecía respetar a Llobet, que le había permitido participar en una cena tan exclusiva, a Avakian, que era el invitado de Llobet, y a Biosca, porque consideró que la boina de la fotógrafa tenía mucha personalidad.

Durante el postre, finalmente, hablaron de arquitectura.

—¿Cuanta más libertad, peor? —preguntó Avakian sin quitarse el cigarrillo de la boca.

Todos miraron a Xavi Vera Martín, esperando que se explayara.

—Cuanta más libertad, mejor. En eso, la arquitectura es como la vida... Ahora bien —se crujió los dedos al tiempo que improvisaba el argumento—, hay gente que se toma demasiado en serio lo de la libertad.

—En la arquitectura y en la vida —precisó Joana.

—Yo soy de los que piensan que, para empezar, cuanto más hables con el cliente, más ganan todas las partes. No obstante, siempre conviene acordarse de los grandes. Alvar Aalto, por ejemplo. Alvar Aalto solía contar cómo comenzaba sus proyectos. Decía que primero escuchaba las necesidades del cliente, tantas horas como fuese necesario. Entendía cuál era el encargo y, después, intentaba olvidarlo todo y se ponía a dibujar del modo más libre posible, casi desde el subconsciente. ¿Acaso no hacía lo mismo Gaudí? ¿Qué hizo aquí, hoy que estamos en un lugar tan privilegiado? El profesor os lo puede contar mejor que yo.

Bruno Llobet dio un sorbo al Porrera de 2015, se sintió honrado de que le cediesen la palabra y, con la calma reposada que le daban los años, contó que la familia Milà había encargado el edificio donde estaban cenando al arquitecto del momento porque pretendían destacar entre la burguesía de Barcelona. Y pagaron caro su esnobismo, porque contrataron a un genio, y el genio hizo lo que le dio la gana. Cuando Pere Milà y Roser Segimon vieron cómo había quedado aquel edificio sinuoso que parecía una cantera y no un bloque de pisos, le dijeron a Gaudí que no pensaban pagarle. Hubo amigos de los Milà, la flor y nata de la aristocracia de la ciudad, que les retiraron la palabra porque consideraron que con aquel churro allí, el resto de las construcciones del paseo de Gracia perdería valor. Gaudí llevó a los Milà a los tribunales para reclamar sus honorarios, y, cinco años después de terminar la obra, la justicia le dio la razón. Tuvieron que pagarle ciento cinco mil pesetas de la época.

—Qué visionarios —dijo el banquero— los profetas que dijeron que la calle se depreciaría.

—¿El paseo de Gracia? El metro cuadrado más alto de España. Todavía hoy.

—Y que dure —remarcó el hotelero con los colmillos afilados.

La directora de cine reparó en que Joana había intervenido poco durante la cena y decidió echarle un cable.

—Entonces ¿tú también eres arquitecta?

—Paisajista. Sí, bueno... Tanto Xavi como yo pensamos que la relación entre la naturaleza y la construcción es decisiva en arquitectura. Para nosotros es casi una obsesión. Ahora, de hecho, estamos haciendo juntos la casa de Frank.

—Ah, ¿vosotros dos sois pareja? —El escultor creyó haber atado cabos después de dos horas de cena.

—No, no... —Xavi sonrió.

—Son un equipo —saltó Biosca, al ver que la piel rosada de Joana se pigmentaba de pronto.

—Yo solo pongo columnas. Ella hace que la casa brille.

—Son un buen equipo, sí. Xavi Vera es el mejor alumno que he tenido. Ahora ya me ha superado. Hace cosas con las que ni yo me habría atrevido...

—Cuando se inaugure la casa deberíamos repetir esta cena, para que todos la podáis ver.

—Te tomamos la palabra, Frank —dijo alguien, y todos se sumaron, salvo Biosca, que desde hacía un rato le daba vueltas a por qué no podía ella sacar un cigarrillo si Avakian llevaba toda la noche fumando como un carretero.

Durante la cena no se habló de nada que a Biosca le resultase interesante. Salió la bajada de la bolsa esa semana, la filmografía de Jacques Tati, la profusión de rotondas en las carreteras del país, la última novela de Dan Brown —a favor y en contra— y la dificultad de hacer esculturas de hierro fundido.

—El éxito consiste en ir de fracaso en fracaso sin perder el entusiasmo.

—Esa es buena —prorrumpió el hotelero—. Y, además, es verdad...

—No es mía. Lo dijo Winston Churchill —subrayó el artista despeinado antes de que algún sabio de la mesa lo acusase de plagio.

—Esta mañana también me ha hablado alguien de Churchill. ¿Es posible? Me parece que lo tenéis muy presente aquí en Europa.

—He sido yo. —El maestro Llobet levantó la mano despacio, como si admitiese haber cometido una falta personal en un partido de veteranos.

Avakian estaba en lo cierto. A mediodía, durante la visita de la obra, mientras trataba de afianzarse en el bastón de mango de plata, Bruno Llobet había mencionado al primer ministro británico.

—Churchill tenía razón: «Damos forma a nuestros edificios y, después, ellos nos dan forma a nosotros».

—Eso es una gran verdad —subrayó Xavi en medio de un salón que no se acababa nunca—. ¿A cuántas personas no conoceremos a las que su casa les ha cambiado la vida, los hábitos, el humor, el modo de comportarse...?

—¿Tiene intención de venirse a vivir aquí? ¿Tal vez a pasar algunas temporadas?

Avakian, con los zapatos polvorientos por los cascotes, miró a los ojos al arquitecto Llobet y le respondió con otra pregunta.

—¿Este es un buen lugar para retirarse?

—El mejor. —Con convicción, la eminencia veterana—. Aunque Florida tampoco está mal.

De las rachas de viento y de los mosquitos en verano no dijeron nada. No era el momento de ponerse a comparar si el levante molestaba más en Boca Ratón o en el Ampurdán, o si los mosquitos incordiaban más aquí o allí.

Xavi Vera Martín y Joana Bascuñana, dos pasos por detrás, no osaban interrumpir la visita de obra con Avakian.

—No estés tan serio, arquitecto —le dijo Joana al oído—. Sonríe un poco, hombre, que vamos muy bien.

El cliente lo observaba todo con la frialdad de un forense de vuelta de todo, sin impresionarse por nada, sin emocionarse, sin que su rictus denotase satisfacción ni preocupación. De vez en cuando, con el cigarrillo en equilibrio sobre el labio inferior, se agachaba para palpar un material, encendía un interruptor para entender el criterio de las conexiones o sacaba el móvil para hacer tres fotografías del tirón. Al tuntún, lanzaba alguna pregunta que Xavi pescaba al vuelo. Seguro de tener todas las soluciones, respondía al instante, sin titubear.

—Esta es una buena pared para los cuadros. Buenas dimensiones. Luz indirecta... —explicó Llobet, gratamente impresionado por la obra de su discípulo—. El señor Avakian es un gran coleccionista de pintura...

—Sí, sí, lo sabemos. Nos lo contó y lo vimos en su casa. Por eso he pensado que... —Señaló el muro generoso.

—¡Sígame!

Xavi fue tras los pasos de Avakian hasta la cocina, que aún estaba por alicatar. Apenas habían tenido tiempo de presentar el fregadero. Joana y Llobet comprendieron que no debían seguirlos.

—¿Ha pensado en lo que le dije?

—¿En la caja fuerte? —respondió Xavi, jugándosela.

—¿Ya sabe dónde la colocaremos?

—He elegido dos posibles lugares. En el baño, donde usted me sugirió, no me gusta mucho. He pensado, por las dimensiones que me dijo, que un buen lugar sería el gimnasio. Detrás del espejo le he hecho un muro retranqueado, oculto, donde si quiere le cabría hasta el *Guernica*.

—Enséñemelo.

Avakian dejó que el arquitecto pasara delante. No le gustaba que nadie viese su defecto. Tenía una pierna más larga que la otra y disimulaba el andar renqueante siempre que podía. Joana se había fijado en que cuando decía «usted primero» no era por educación. Se lo contó a Xavi al volver del primer viaje a Miami. Él no sabía de qué le estaba hablando, y Joana, que sí había reparado en la ligera cojera de Ava, se había montado una teoría al respecto. Con cada paso que daba, la naturaleza le recordaba que era imperfecto. Tenía una tara. Y aquel hombre, culto y refinado, por mucho que estuviera podrido de dinero y tuviera poder e influencia y un Modigliani original y dos Ferraris en el garaje, cada vez que caminaba, se avergonzaba de su cuerpo. Todos y cada uno de los días, a cada paso. Se lamentaba por ser cojo, y esa secuela mal digerida le había otorgado un carácter especial. Detrás de la apariencia de un triunfador, Joana estaba convencida de que se ocultaba un amargado, un hombre irritado con la vida.

Avakian escrutó el escondite del gimnasio. Espacioso, dijo. La luz entraba por unos tarjetones de cristal que iban de lado a lado de la sala. Al final, cabía un vestuario para un equipo entero de rugby. Después de que Xavi le diera los detalles del juego secreto del espejo corredero que había calculado que podría albergar la caja fuerte, el cliente lo tuvo claro.

—Póngala donde le dije. En el baño.

—Quedará bien disimulada, no se preocupe.

—Ya lo supongo. —Dejó caer la colilla al suelo y la pisó con el pie de la pierna más larga.

Después de cenar llegaron los gin-tonics. Un *bartender*, un joven discreto, de negro riguroso y cuello mao, les hizo todas las combinaciones posibles de tónicas y ginebras hasta dar con los gustos de cada uno. Biosca, que no pudo evitar el comentario de que el pepino dentro de la copa le tocaba las narices, fue la primera en marcharse. El resto, cuando vio una puerta abierta, fue desfilando poco a poco. Hasta el último momento, el hombre de la barba le estuvo insistiendo a Joana, primero con sutileza, luego ya sin vergüenza, para que le comprase una escultura de grandes dimensiones y la pusiese en mitad de ese jardín que estaba haciendo en la casa del Ampurdán. No lo consiguió y se marchó contrariado. En cuanto Avakian se puso el abrigo, del mismo color cartón que la americana, el presidente del banco le ofreció a su chófer para que lo llevara al hotel. Pero de la Pedrera al Mandarin no había más que unos pasos, le apetecía ir andando y no tenía ni que cambiar de acera. En Barcelona no lo conocía nadie y le habían dicho que era una ciudad segura.

Joana y Xavi se quedaron los últimos, como si fuesen los anfitriones. De fondo, Ella Fitzgerald cantaba *How High The Moon* para ellos solos.

—Qué suerte, hoy no tenemos que fregar los platos.

—Te acompaño a Alella. No hay taxis a esta hora.

No le dejó otra opción.

Pasadas las dos, las calles estaban vacías como un domingo por la mañana, aunque no tenían el aire limpio de cuando el día se levanta despejado. De madrugada, las calzadas aún parecen contaminadas, cansadas por el tránsito y el ruido. Paseo de Gracia, Valencia, Pau Claris, Gran Vía... La luz anaranjada de las farolas del Ensanche lo vuelve todo nebuloso. De noche, si se ha bebido, se llegan a confundir las cosas. A la altura de la plaza de las Glorias, con la radio del coche apagada y distraídamente, Xavi decidió pulsar una tecla, para ver cómo sonaba.

—Ha tenido gracia cuando el escultor ha pensado que tú y yo éramos pareja...

—¿Te imaginas? —Ella, risueña.

Xavi volvió ligeramente la cabeza, sin apartar la vista de la autopista.

—Y tú, ¿te lo imaginas?

Joana, de repente, se dio cuenta de que la pregunta de Xavi, pronunciada con voz nasal, de hombre nervioso que lanza la caña y aguarda un momento, iba en serio. Al instante maldijo el momento en que se había dejado acompañar. Quizá no se había ofrecido a llevarla a casa solo por cortesía, porque él era un hombre que sabía en todo momento cómo actuar. Puede que quisiera estar un rato más con ella. Y Joana, por aquel malentendido, por aquella broma, miró el perfil del conductor y, después de tantos años de conocerse, vio a Xavi de una manera diferente. Y se asustó. Se acobardó porque no le pareció que estuviese mal imaginarse... Todo iba bien entre ellos, se entendían en el trabajo, existía una admiración mutua, una complicidad, una confianza como para no tener que disimular los defectos y, de golpe y porrazo, sin saber por qué, después de un día intenso y muchas horas juntos, no solo se miraban con ojos de amigo.

La emoción. El riesgo. La noche. La tentación.

Todo se mezclaba al mismo tiempo, junto con los dos gin-tonics. Qué peligro. Joana tuvo que concentrarse mucho para hallar una salida.

—Me da la impresión, socio, de que la mayoría de los problemas de la vida son por dos motivos. O actuamos sin pensar o nos quedamos pensando sin actuar.

—Demasiado complicado a estas horas. ¿Qué quieres decir?

—Pues eso. Que no es momento de actuar sin pensar. No hace falta que nos compliquemos la existencia.

—¿Es que no haríamos buena pareja? Es una teoría. No estoy diciendo que...

—Xavi, no pierdas los papeles —lo cortó en seco—. Tú no eres así...

Aquello no fue, ni mucho menos, lo que esperaba oír. Hay palabras que desarman. Se tomó unos segundos antes de reaccionar. Puso las dos manos en el volante, exhaló una bocanada de aire y pensó en si debía atreverse a expresar lo que le rondaba por la cabeza. Notaba en su interior una sensación que hacía muchos años que no tenía. La zozobra de estar a pocos segundos de decir, ante una mujer, una frase que podría tener consecuencias imprevisibles. Arriesgarse o callar. La felicidad o la vergüenza. Después de reflexionar durante trescientos metros, se quedó a medio camino.

—¿Es que los que nunca perdemos los papeles no tenemos derecho a perderlos? Aunque solo sea por un día...

—Por supuesto que sí, supongo. Todos tenemos derecho.

—Si solo tenemos una vida y pasa volando, tendríamos que evitar... No estoy hablando de mí, pero... ¿Cuándo nos daremos cuenta de que no tenemos cuatro vidas para averiguar si estamos con la persona que queremos?

—Hostia, Xavi, no me lo pongas más difícil.

—Yo solo... —Odiaba cuando le salía la voz nasal, asustada.

—No ahora, no aquí, no de esta manera...

Una moto a toda pastilla los adelantó por la izquierda. Xavi tuvo la excusa para girar el cuello. Cuando volvió a mirar al frente, su tono había bajado unas cuantas escalas.

—Perdona. Intentaré no volver a hacer el ridículo.

—No digas eso, Xavi. No lo has hecho. En absoluto.

De Badalona hasta Mongat, nadie pestañeó. Silencio espeso. Él solo levantó el pie del acelerador donde sabía que el radar podía cazarlo. En el peaje de Alella, antes de que subiese la barrera, ella rompió el hielo.

—Mi padre siempre decía que este era el peaje más caro de España. Por tres kilómetros tenías que pagar quince pesetas.

—Sí, tres duros.

Les importaba un rábano. No obstante, una banalidad a tiempo les había ido bien para llegar ante la imponente casa de los Fonseca-Bascuñana, aparcar el coche y que la noche no terminara de manera tan tensa.

—Buenas noches, socia.

—Buenas noches. Y gracias por traerme.

Antes de que ella abriese la puerta, él dijo una última cosa.

—No tenía ni idea de que tú escondieses algo, Joana.

—¿Yo?

—Sí, tú, con lo transparente que eres...

—Ahora sí que no sé por qué lo dices.

Xavi sonrió, levantó las cejas y le clavó la mirada bajo la oreja.

—Ah, ¿es por esto? —Puso un dedo sobre la rosa tintada de la nuca. Era pequeña como el botón de un abrigo, pero sabía exactamente dónde estaba—. Es la *Sweet Juliet*. ¿No la has visto nunca? Es la rosa de los tres millones de libras esterlinas.

—¿Eso es lo que cuesta un *tatoo* de esos?

Joana relajó la mirada por primera vez en mucho rato.

—Ese es el dinero que aseguran que le costó crearla a David Austin. Es una rosa con fragancia a flores antiguas. Un homenaje a Shakespeare.

—¿Dulce Julieta?

—Tardó quince años en hacerla. Deberías olerla algún día. Tiene un aroma muy especial...

—¿Los tatuajes huelen? —Simpático—. No lo sabía.

—No, tonto... La rosa original. —Y, dicho esto, Joana se soltó el moño y el pelo liso cayó como una columna. Una cortina para esconder el tatuaje. El telón final.

15

He pensado que debía decírtelo

Aguardó a que cayera un americano sin azúcar de la máquina de la redacción. Lo cogió con dos dedos por el borde del cartón. Odiaba quemarse. Con la pereza matinal, se dirigió a su mesa para depositar en ella el café humeante. El lugar de trabajo de Darín era como él: austero y desordenado. Aparte de una pantalla en reposo y un teclado —destartalado, gastado y con muchas teclas borradas—, en su espacio no tenía más que una taza con la silueta de Alfred Hitchcock reconvertida en portalápices y un montón de libros y periódicos que hacía meses, quizá años, que estaban allí encima. El papel se había vuelto amarillento en la parte de abajo de la pila. Con el paso del tiempo, las noticias se habían convertido en historia.

Movió el ratón para que la pantalla reviviera y desató con ello el zumbido de un disco duro que no tenía un buen despertar. Se tomó el café aguado en tres sorbos; le quemó el esófago, el estímulo necesario para iniciar la jornada. Para empezar, la rutina. Dedicó un primer vistazo a la actualidad, que no se había detenido mientras él dormía. La maldita rutina de tantos años. La lectura en diagonal, por si acaso.

Las notas de agencia aparecen cronológicamente, no se prioriza, no hay colorines, no hay un titular más grande que otro. La asepsia absoluta. Solo los hechos, escupidos uno detrás de otro, para recordarnos que la rotación es eterna y que somos nosotros quienes concedemos o no importancia a los acontecimientos.

Un pequeño terremoto en El Salvador, sin consecuencias.

Un tigre se escapa de un circo en México.

Un helicóptero se estrella en el Pacífico, con el resultado de dos muertos, piloto y copiloto.

En Melbourne, Australia, han nacido seis niños de un parto natural.

River Plate gana en el campo del Lanús. 1 a 3.

The Lancet publica un estudio sobre los aldehídos, los residuos celulares que podrían frenar el desarrollo de algunos tipos de tumores.

El tigre de México ha sido localizado y abatido a tiros.

Los propietarios del circo se plantean denunciar a la policía del Distrito Federal.

De repente, un nombre que le sonaba apareció en un despacho de agencia. Darín tuvo que leerlo dos veces. Tres. No podía creerlo. Se atusó la barba y se acercó a dos palmos de la pantalla, para leerlo mejor.

Miró la hora en el reloj que presidía la redacción de Barcelona. Buscó en la cabecera de la información a qué hora habían publicado la noticia desde Nueva York. Hacía más de tres, por tanto, los hechos podían haber ocurrido seis o siete horas antes, o vete tú a saber. Darín cogió el móvil y le envió un mensaje a Xavi.

Buenos días, ¿puedes hablar?

Contempló la pantalla del teléfono hasta asegurarse, con la doble confirmación en azul, de que su amigo lo había visto.

Sí. Dime.

No por WhatsApp. Te llamo desde la redacción. Te saldrá un número larguísimo

A la segunda señal, Xavi descolgó el móvil.

—Buenos días, Darín, *come va?*

—Buenos días. Bien, sí, tirando... —Se puso serio—. Bueno, ha pasado algo.

—¿Estás bien?

—Yo sí... No sé cómo... ¿Estás sentado?

—Venga, chaval.

—Es una noticia que acaba de salir por agencia, sobre Avakian.

—¿Sobre Avakian?

En un abrir y cerrar de ojos se le pasaron quinientas ideas por la mente. Todas resultaron ser pistas equivocadas.

—No es una buena noticia. Prefiero leértela textualmente: «Frank Avakian, detenido en el aeropuerto de Nueva York». Este es el tío de la casa, ¿no?

—Sí, sí. Continúa...

—«El empresario Frank Avakian ha sido detenido en el aeropuerto JFK de Nueva York, acusado de un presunto blanqueo de capitales. La detención se ha producido este mediodía en el mismo avión de Delta Airlines después de aterrizar de un vuelo procedente de Barcelona. Avakian, el conocido coleccionista de arte de Florida, habría sido arrestado después de una investigación llevada a cabo por el FBI durante los últimos meses.» Solo puede ser él...

—Vaya si lo es. Lo acompañé yo al aeropuerto... —De repente le entró un sudor frío—. ¿Hay imágenes?

—¿De la detención? Si las hay, aquí no han llegado. En la noticia, no. O no de momento.

—¿Tú crees que las habrá?

—No lo sé. Esperemos que no. Él... A ver, él aquí no es nadie. Aunque llegasen, no tendrían mucho interés para los medios... Puede que lo haya grabado algún pasajero. No tengo ni idea, Xavi.

—¿Cómo puede ser? Qué mierda...

—Tenemos que pensar que puede ser una confusión.

—Blanqueo de capitales...

—Oye, tranquilidad. Y presunción de inocencia, hasta que no se demuestre lo contrario.

—No te engañes, Darín. Si hay imágenes del FBI en el avión, si sale Ava esposado, presunción de mierda.

—No nos precipitemos.

—Es la condena televisada, ni presunción ni nada.

—Xavi...

Preocupado, no respondió. Darín insistió.

—Xavi... —prosiguió, pese al silencio—. He pensado que debía decírtelo.

—Sí, sí, por supuesto. Gracias, sí, faltaría más. Gracias, Darín. Ve enviándome todo lo que salga, por favor.

Cambio de planes. Xavi anuló las dos reuniones que tenía esa mañana y se plantó en el despacho Gros&-Fonseca, abogados penalistas de la Diagonal con Tuset. Eran unos bajos con patio interior y mucha luz. Había sido el local de una agencia de publicidad de renombre y, en las paredes, habían conservado los carteles de sus anuncios más premiados. En el mostrador de la entrada, una recepcionista con los auriculares de la centralita puestos lo recibió con un desganado buenos-días-usted-dirá. En una ocasión calculó que lo decía, de media, unas cuatrocientas veces en media jornada laboral.

—Soy amigo de Andreu. Trabajo con su mujer, Joana.

—¿Su nombre? —preguntó, mostrando dos dientes simpáticos.

—Xavi, Xavi Vera.

—¿Sabía él que iba a venir?

—No, pero tengo una emergencia...

La recepcionista le miró las manos, por si las tenía ensangrentadas.

—Ahora está con una visita, creo que a punto de terminar. En cuanto salga, aviso al señor Fonseca.

—Muy amable.

—¿Quiere una tila, una valeriana...?

—No, no, gracias.

—Quizá un porrito para relajarse... —La recepcionista, al ver que Xavi, atónito, levantaba la vista del mostrador para mirarla a la cara, se justificó con una media sonrisa—. Es broma, hombre. Enseguida le aviso.

Andreu no dejó que Xavi se sentase al otro lado de la mesa, como un cliente cualquiera. Le ofreció un café de la Nespresso que tenía en la estantería de cerezo americano y lo invitó a sentarse en el *chéster*, delante de una mesita baja con dos libros de regalo, voluminosos y pesados, de los que no interesan a nadie.

El abogado se hizo pronto una idea clara de la situación. Joana ya lo había puesto al día con una llamada atropellada. En cuanto dispuso de dos segundos para pensar, Xavi la había llamado. No quería asustarla más de lo necesario, pero tampoco que se enterase de aquello por las noticias, y por ese motivo decidió hablar con ella. Preventivamente. Para tranquilizarla, para que pareciese que la situación estaba bajo control, pese a que él era el primero que sabía que no era cierto y que, de un día para otro, sentía que se derrumbaban su castillo de naipes y la casa del Ampurdán.

—Por lo que sabemos hasta ahora, es realmente difícil decir gran cosa. Nada está claro, Xavi. Todo lo que he encontrado en la red, de medios de Florida, aparece con cuentagotas. Todo es aún demasiado confuso.

—¿Cómo pueden decir que blanqueaba con el arte, si él es un coleccionista...? Se dedica a eso precisamente —dijo, en una defensa emocional de Avakian.

Andreu Fonseca, penalista con más pactos que juicios, lo puso en situación.

—Un hombre tiene un cuadro de Miquel Barceló y quiere venderlo. ¿Cuánto vale ese cuadro? Ahí está la gracia del arte, que el precio siempre es subjetivo. Una obra de arte es imposible de tasar. Puede que el propietario pagase trescientos mil euros, pero, si te gusta mucho el cuadro, si tienes una necesidad imperiosa de comprarlo y de tenerlo en tu colección, quizá pagues medio millón. O pagas más, si hay otro comprador que sabes que también lo quiere. Por otro lado, esos cuadros son bienes de lujo que mueven dinero a espuertas y, por tanto, para quienes tienen fortunas considerables, sale más a cuenta blanquear grandes sumas de golpe que hacerlo con estas litografías que yo puedo tener en el despacho. De seis mil en seis mil euros, para que nos entendamos, no acabarías nunca. Si tienes mucho que blanquear, hazlo a lo grande. Es, como en todo, una cuestión de escala. Caballo grande, ande o no ande.

»Con el arte —prosiguió Andreu— existe una segunda manera de lavar el capital. Es a través de las subastas. Las subastas de arte son un mundo de discreción y de secretos. Se suele proteger el anonimato del vendedor, y entonces ya es muy difícil seguir el rastro. Cuando compras una casa, existe un registro donde consta de quién era antes la propiedad. Con los cuadros, no. Los Papeles de Panamá están repletos de revelaciones de gente que había comprado auténticas obras maestras, de Rothko, Basquiat, Toulouse-Lautrec, y vete tú a saber qué ocultaban esas operaciones. Pero existe, también, otra práctica aún más rebuscada en las subastas. Tú compras un cuadro, un Dionís Escorsa, pongamos por caso, y lo sacas a subasta. En la licitación, en medio de toda esa gente interesada, cuelas a un posible comprador que, sin que nadie lo sepa, está compinchado contigo. Él hace que el precio suba y suba, hasta que se queda la obra, luego la paga, y aquí viene la jugada maestra: él, a cambio de una comisión, te devuelve a ti, que eres el defraudador, el cuadro de Dionís Escorsa. Tú, que eres el propietario del cuadro, vuelves a tener la pintura y, encima, has cobrado el dinero de la casa de subastas, que es dinero absolutamente legal. Ya lo tienes blanqueado.

Xavi, que no había movido una ceja durante toda la explicación, se quedó de piedra.

—No creo que Avakian hiciese nada de eso. Yo he visto algunos de esos grandes cuadros en su casa. Él los tiene allí, y los tiene porque le gustan, porque es un hombre sensible al arte.

—Has visto los que tiene, pero ¿y los que ya no tiene? —Levantó el bolígrafo del papel en el que hacía garabatos—. ¿Y si ha hecho esta última jugada?

—Ahora, abogado, estás especulando.

—Sí, tienes razón. Y no me gusta. —Sintió que lo habían pillado—. Otro modo de blanquear es comprando casas. Es de cajón. Y más viejo que andar a pie. Escrituras por mucho menos de lo que valen y el resto se paga en B. ¿Por qué te crees que todas esas grandes casas de la costa, que no hay quien las mantenga, las están comprando los rusos y...? Han aprovechado los años de crisis que hemos tenido aquí para comprar muy buenas fincas. Las han conseguido por debajo de su precio y, sobre todo, han lavado su dinero, que para eso lo hacen.

—¿Tú sabes por cuánto escrituró la casa Avakian?

—Yo no. ¿Y tú?

—Tampoco.

—¿Y tú sabes cómo os paga las obras del palacio ese que le estáis haciendo Joana y tú?

Xavi, que por supuesto lo sabía, resopló.

—Le he dicho a Joana que rompa y se deshaga de los sobres que le has ido entregando, por si acaso.

—¿De verdad?

—Tú haz lo mismo, antes de que venga alguien y meta las narices en esto.

—No creo. ¿Aquí?

—Yo tampoco lo creo... Pero por si acaso.

—No jodas, hombre. A mí me preocupa la casa. Tenemos allí a veinte personas picando piedra a todas horas.

—Pues no te cuento cómo estaba Joana. —Andreu cogió el mando de la televisión, que estaba encima de uno de los libros caros—. Ni siquiera le salía la voz, pobre.

Encendió la pantalla plana y, canal tras canal, fue buscando uno estadounidense que emitiera noticias en bucle. Xavi aprovechó para abrir la botellita de agua que le habían dejado al lado del café. Sacó un ibuprofeno del bolsillo interior de la americana y se lo tomó. Cuando dieron con la Fox, estuvieron un rato mirando los rótulos por si ponían algo de Avakian. De momento, ni pío. El presentador, un hombre acartonado, hablaba de un tigre que se había escapado de un circo en México y que había sido abatido. Los dos amigos se quedaron absortos en las imágenes. El abogado iba sopesando otras posibilidades.

—Blanquear dinero es un delito. Un delito que puede ser grave. Pero me temo que aquí el problema va a ser otro. El tema será saber de dónde provenía ese dinero negro. Y eso, según cómo se mire, puede ser mucho peor.

—¿Y de dónde proviene?

—No lo sé. No lo sabemos. Pero, si es mucho dinero, si son grandes cantidades, no acostumbra a venir de peluquerías chinas con final feliz.

—¿Y entonces?

—No lo sabemos. Habrá que esperar. Esperemos. —Miró de reojo un mensaje que había recibido en el móvil, sin darle importancia—. Piensa una cosa, Xavi... En España, una de cada cinco personas que son detenidas y entran en prisión preventiva pasa al final por un juicio que la absuelve.

Xavi vio en aquel veinte por ciento un margen de error al que aferrarse.

—¿Y en Estados Unidos?

—No tengo ni idea. —Buscaba argumentos para

no desanimarlo del todo—. Tampoco podemos garantizar que el FBI no se equivoque nunca.

—¿Tú qué harías? —Se puso ambas manos en la nuca e inclinó la cabeza hacia atrás, como esperando la iluminación divina—. Qué harías con la casa, quiero decir. ¿La acabamos, no la acabamos, nos pillamos los dedos el constructor, Joana, yo y todos?

Y entonces, con expresión grave, el abogado hizo de abogado. El amigo hizo de amigo.

—¿Sinceramente? No sabría decirte.

Andreu apagó el televisor. Habrá que cruzar los dedos y esperar, fueron sus últimas palabras. Xavi, ofuscado, se levantó, le agradeció la conversación y Andreu le dijo ya hablaremos. En la recepción del bufete Gros&Fonseca, la chica de las dos palas estaba atendiendo el teléfono.

—Quizá me iría bien eso de antes... —Xavi se puso dos dedos delante de los labios, como si fumase.

—¿Perdone? —Ella no lo había oído, escuchando la llamada.

—Nada, nada... —Se sintió ridículo—. Da igual.

Hay días en que, peleados con la vida, ni las bromas se entienden.

16

El brazo de las respuestas

Lola escribió a sus hermanas y les dijo tres cosas: que hacía días que no se veían, que empezaba a hacer buen tiempo y que eligiesen un día que les fuese bien, que las invitaba a comer en la Barceloneta. El grupo de WhatsApp de las «Lincoln sisters», que es como lo había llamado Emma cuando lo creó, permanecía muchos días en silencio, pero cuando una de las tres daba señales de vida no era porque sí. Se traía algo entre manos.

Quedaron el primer martes de primavera, un día de frío alegre. El cielo, sin nubes, se había quedado de un azul policial. Pasearon sin prisa junto a la playa desde el hotel Vela hasta el hotel Arts, convertidos en dos nuevos faros para navegantes y para turistas. Absortas en la conversación, ahora tú, ahora yo, no se fijaron ni en la playa nudista ni en los culos aún blancos de los primeros soles de temporada. Las rachas de viento guiaban la conversación de un sitio a otro. Mara y Lola se despeinaban. Emma, con el pelo corto, a la francesa, se abría el abrigo y lo dejaba ondear como una capa cada vez que soplaba una ráfaga de levante. Les contó que, en verano, iría con

Carme a hacer la ruta de los cátaros. Les apetecía caminar, ver castillos y comer bien. Mara iba a recomendarles un par de hoteles donde estarían como reinas, pero no quiso meterse. A su hermana y a su pareja les gustaba ir a su aire, planificar poco, dejarse sorprender por paisajes y aventuras, y, como le habían dicho en una ocasión, huir de los lujos de los clientes de Keep Exploring.

Lola, la más bajita de las hermanas, tenía las facciones de Mara. Siempre se habían parecido. Ella, sin embargo, sí se maquillaba. La media hora ante el espejo cada mañana no se la quitaba nadie. Con la práctica, había dado con el modo de destacar sus ojos, negrísimos, para suavizar la mirada. Tras diez minutos andando, de criticar a su madre —solo ellas podían hacerlo—, de hablar de nimiedades del trabajo —Lola estaba en el control de calidad de una multinacional yogurtera; Emma, filóloga, corregía textos en una editorial pequeña—, Mara no pudo más. De repente, lanzó la mejor pregunta de todas. Por breve, por directa y por definitiva.

—¿Qué?

—¿Qué de qué? —respondió Lola, extrañada, con una sonrisa que no pudo disimular.

—Es evidente que tienes algo que decirnos.

—A lo mejor en vez de qué tendrías que preguntarle quién.

—¿Tú sabes algo? —dijo Mara a la pequeña de sus hermanas—. ¿Qué me estáis ocultando?

—No sé nada... Te lo juro.

Lola aparentó taparse la cara con el abrigo para esconder la vergüenza. Luego reapareció con la alegría de la ayudante del mago cuando el truco les ha salido a la primera.

—Vale, sí. —Eufórica—. Hace tres semanas que salgo con alguien.

—¿Lo ves? Ya te he dicho que sería eso...

—Es un tío fantástico, creo que os va a gustar, tengo ganas de que lo conozcáis. Es... Lo tiene todo...

—¿Tiene hijos?

—No...

—¿Tiene mujer? ¿Está casado?

—Que no...

—¿Estás segura?

—Si es fantástico, es muy raro que esté solo...

—¿Le falta un brazo? —Se rieron.

—Ay, tías, por favor... —Lola abrazó a sus hermanas, una debajo de cada axila, y avanzaron así unos metros—. ¿A que os morís de envidia?

—Huy, sí, ya ves. —Emma, que encadenaba novia tras novia.

—Esto hay que celebrarlo. Lola tiene pareja, eso sí que es noticia —dijo Mara cuando vio que, en una terraza, se quedaba libre una mesa con tres sillas—. Queremos saberlo todo. Absolutamente todo.

—Se te ve muy contenta. No sé si alguna vez te habíamos visto así...

—¿Así, cómo?

—Tan radiante... —Se lo pensó otra vez—. Por no decir tan bien follada.

Emma fue la primera en sentarse, apartar el cenicero sucio y arrinconar las dos copas de cerveza que habían quedado abandonadas en la mesa.

—Venga, va, invito al aperitivo, que queremos saberlo todo, Lola.

Dejaron los bolsos en el suelo, entre los pies, pendientes de que no se les llenasen mucho de arena y de que ningún caco les estropease la mañana en un momento de distracción de las hermanas Lincoln, que se habían regalado aquel mediodía de martes.

—¿Queréis ver una foto? —Tocó el móvil—. Es mecánico, os aviso. ¿Una de él solo o de los dos juntos? Él dice que hacemos muy buena pareja.

—¿Qué quieres decir con que es mecánico?

—¿De los que van con las manos llenas de grasa y...?

—Un mecánico. Sí. No exactamente. —Dejó el móvil sobre la mesa—. Trabaja en un taller y es quien te recibe, le echa un vistazo al coche, mira los kilómetros que tiene, abre el capó, te hace el presupuesto...

—¿Perdona? Me gusta mucho eso de que un hombre te abre el capó.

—Y que busca la bujía. —Emma, juguetona.

—Dicen que los mecánicos, electricistas y violinistas son los que hacen las mejores filigranas con los dedos. —Mara ya se lo estaba imaginando—. Trabajan muy bien la motricidad fina.

—¿Y tú qué sabes?

—Y la superfina... —La carcajada limpia de Mara—. Lo dijeron en un documental de la BBC. Y no hay que subestimar a los cocineros.

—Ni a los arquitectos, deberías decir.

—Estoy por no contaros nada más, tías —fingió Lola—. Os noto muy alteradas.

—No, no, venga... Por favor.

—¿Cómo se llama el chico que te abre el capó? Venga...

—¿Cómo que el chico? Es un señor. Es como yo... Hostia.

Un camarero que todavía escribía con bolígrafo y libreta pequeña apuntó el pedido. Dos birras, una clara, aceitunas, berberechos, patatas bravas, que no falte de nada.

—Luego no tendremos hambre para el arroz...

—Pues sin las bravas.

—¿No nos ibas a enseñar la foto?

—No sé si os lo merecéis —dijo, falsamente ofendida—. Primero, la historia.

—A mí me encanta saber cómo se conocen las parejas, ¿a vosotras no?

Lola, que rondaba los cuarenta y cinco, se había regalado un Rover Evoque de color blanco, con el techo transparente para ver las estrellas. Le tocaba cambiar de coche y, de todos los que veía en los anuncios de televisión en el descanso de los partidos de fútbol, concluyó que aquel era el que más iba con ella. Le parecía divertido, de líneas deportivas pero elegante. Más exclusivo que hortera. Le molaba la forma cuadrada y, sobre todo, le gustaban esos faros delanteros de mirada sexi. En el concesionario, en el momento de pagar y hacer el papeleo, nadie le dijo que, de vez en cuando, tendría que pasarse por el taller para echarle no sé qué líquido para que su coche contaminase menos.

—Se llama Adblue —le dijo Claudi del Río, jefe de taller. Lo ponía en la chapa del concesionario oficial que llevaba en la solapa del chaleco polar azul marino—. Sirve para reducir las emisiones de óxido de nitrógeno.

—¿Esto tiene que hacerlo todo el mundo? —preguntó Lola, extrañada.

—Si se lo hubiese comprado de gasolina no le pasaría.

—¿Solo pasa con los diésel?

—Sí. Y en los coches buenos como este. —Abrió una garrafa de rosca grande y comenzó a verter el líquido en el depósito—. Este coche tiene sistema SCR.

—Como si me hablaras en...

—Reducción catalítica selectiva. El Adblue no es más que... ¿Se lo cuento? Es disolución de urea. Echas un poco —dejó de verterlo— y contaminas mucho menos. Ahora tendrá que pasarse de cuando en cuando...

—¿A echarle esto?

—Sí. De vez en cuando. Ahora va a tener para bastantes días, depende de su conducción.

Lola estaba de mal humor y no quería disimularlo.

—O sea, a partir de ahora tengo que ir con el coche a la gasolinera para poner combustible y también venir aquí a echarle este líquido...

—Solo de vez en cuando.

—Sí, ya lo he entendido.

El jefe de taller, hombre de confianza de la marca, supo tener un detalle para suavizar la escena.

—El primer día tenemos por costumbre regalar el Adblue. Hoy no tiene que pagar nada. Cuando vuelva, pregunte por mí. Me llamo Claudi.

—Ya sé leer, gracias —respondió Lola, clavándole exageradamente la mirada en la solapa.

Y volvió, menos esquiva. Un día, para añadir un poco más de aquella mágica disolución de urea porque el chivato del coche se lo pedía. Otro, por iniciativa propia, para que lo llenase de Adblue porque le parecía que andaba escasa. Otro día, porque el climatizador no respondía a la temperatura que le indicaba. Otra mañana —ahí Claudi ya empezó a tutearla—, porque creyó que los neumáticos traseros tenían poca presión. Y todavía otro porque el coche, según decía la publicidad, tenía que aparcar solo, y ella no sabía cómo hacerlo. Cogieron el coche y fueron a probarlo. Buscaron una zona cercana al polígono del concesionario, para no molestar a nadie, y allí empezaron las prácticas de aparcamiento automático. Parecía un milagro. Cuando Claudi se ponía al volante, solo tenía que apretar un botón, el Rover buscaba dos parámetros y, sin tener que tocar nada más, las ruedas de delante giraban solas y, en tres maniobras, el coche se colocaba en su sitio. Luego lo intentó Lola, cabezota hasta que le pilló el truco. Claudi del Río, separado, sin hijos, un apasionado de la Fórmula 1, le dijo que si quería ir al gran premio de Monza y, sin pensárselo dos veces, viajaron en su coche. Salieron el viernes después de cerrar el taller y regresaron el domingo, después de la carrera. La vieron por televisión, desde la cama de un hotel de Milán.

Era genial ver a Lola enamorada. Estaba pletórica, contenta, con ganas de charlar y de compartir. Sus hermanas la escuchaban con los ojos como platos y la boca abierta. En ningún momento les dio envidia su historia, pero, sin decírselo, tal vez sí aquel vuelco en la rutina. Día tras día, año tras año, la rutina. Previsible, sensata e imperfecta.

Después de pagar el aperitivo, cuando les enseñó la foto, resultó que Claudi no era como Mara y Emma se lo habían imaginado.

—¿Qué os parece?

Lola les había descrito a un hombre tan sensible, tan educado, tan simpático y tan del siglo XXI que esperaban ver a un actor de cine, y resultó ser más bien un figurante de cortometraje. Conscientes de que, en cuestión de amantes, solo cada uno sabe qué virtudes lo adornan, dijeron la única verdad posible.

—Muy majo, oye.

—Muy interesante.

—Hacéis buena pareja. —Mara lo dijo convencida, como hay que decir estas cosas—. Me gusta más en la que estáis juntos.

El arroz ciego que se comieron en Cal Pinxo había conseguido absorber todos los sabores en cada grano. Era un arroz para vagos, sin estorbos. Los trozos de pescado —calamar, sepia y gamba— ya venían cortados y pelados. El mejillón, sin concha. Solo había que hincar el tenedor y saborear ese arroz de sofrito suave, para que no se repita. Para acompañarlo,

Mara eligió un Cristiari blanco, servido a cada trago para que estuviese bien frío.

Emma volvió a hablar de la ruta de los cátaros que haría con su compañera, Lola preguntó si les parecía una buena idea llevar a Claudi a Venecia, ya que no había estado nunca, y Mara le recomendó que fuesen a Locanda Cipriani, en Torcello, la minúscula isla que se esconde más allá de Murano y Burano.

—¿Es cierto lo de que la mayoría de la gente, cuando viaja, vuelve a los sitios donde ya ha estado?

—No tengo estadísticas sobre eso, pero no me extrañaría.

—Tú haces un tipo de viaje muy especial...

—Sí, es verdad. Al fin y al cabo, un turista no es un zombi que va por las ciudades arrastrando una maleta. Después de tantos años dedicándome a esto, creo que la gente, cuando vuelve a un lugar donde ya ha estado, no lo hace para ver otra vez la salida del sol en Stonehenge o las cataratas del Niágara. Ya tiene esas fotos. Vuelve en busca de aquellas conversaciones, aquellas compañías, aquel momento que vivió cuando estuvo allí y que ahora echa de menos. Al final, el monumento no es más que una postal.

—¿Qué quieres decir?

—Que viajamos por nostalgia. En muchos casos es así.

—Y en muchos casos, no, no fastidies —saltó Emma—. También viajamos para descubrir cosas y para que nos las cuenten, no te digo.

—Sin duda. Los llevas a ver la Sagrada Familia por dentro y les cuentas el misterio de cómo esas columnas torcidas pueden aguantar el peso de la basílica sin llegar al suelo. O te los llevas a la piazza Navona y allí, rodeados de Bernini y Borromini, les cuentas que la plaza era en realidad un estadio que solo se utilizaba para el atletismo. Y todos escuchan anonadados. O cualquier otra cosa, estás en Londres y vas al teatro que es la réplica exacta de donde se dice que actuaba Shakespeare. Y cuando los tienes allí sentados, en los bancos de madera del Globe, les dices que en las treinta y siete obras que escribió Shakespeare aparece un total de doscientos perros y trece suicidios, y les hace gracia saberlo. Y les cuentas que él se inventó una palabra que, hasta aquel momento, no existía en inglés...

—¿Cuál?

—*Assassination*.

—¿Ah, no?

—Y todos ponen la misma cara que estáis poniendo ahora vosotras. Cuando somos turistas, todos somos iguales. Blancos, negros, amarillos, con los ojos así o asá, los que creen en Dios, en Alá, en Buda o en Steven Spielberg... Siempre nos quedamos embelesados por las mismas cosas. Queremos que nos cuenten historias. Una y otra vez. Con todos los detalles. Siempre con las mismas palabras. Como los cuentos que reclamábamos cuando éramos niños.

Lola, que estaba rascando la paella para probar el arroz requemado, se quedó pensativa, con el tenedor en suspenso.

—¿Papá nos leía cuentos?

—Supongo que sí.

—¿Tú te acuerdas?

Podía haber dicho una mentira piadosa, pero no lo hizo. En realidad, Mara no sabía si su padre les cantaba o les leía antes de irse a dormir. Sí que se acordaba, en cambio, del brazo de su padre. Era un brazo fuerte, musculoso, casi de marinero. Era un tronco de árbol, inamovible, que le daba seguridad. Se abrazaba a él, lo rodeaba con sus bracitos, apoyaba en él la mejilla y ya nada malo podía pasarle. Se aferraba a aquel brazo peludo desde el codo hasta la muñeca y se sentía protegida, inmune a cualquier ataque exterior. Era la piedra angular de las certezas. Era consuelo y refugio y todo al mismo tiempo. No le hacía falta nada más. No solo se acordaba. Había pensado en ello muchas veces. Aquel brazo, que era el eje sobre el cual giraba su mundo, concentraba toda la felicidad. Y encima olía bien, el perfume que desprende la piel de los padres cuando notas que te quieren.

Después, cuando nacieron Sergi y Carla, Mara estuvo atenta, a lo largo de sus diferentes edades, para ver si sus hijos también se aferraban al brazo de Xavi con la misma fe, con la adicción con la que ella había necesitado el de su padre cuando estaban en el sofá de casa, cuando viajaban en tren, en un domingo perezoso o cuando no se encontraba bien. O, sencillamente, cuando le hacía falta despejar las dudas de la vida. El brazo de las respuestas. El brazo de su padre.

Mara, contenta por aquel martes distinto, porque pronto llegaría el buen tiempo, por las dos botellas de vino blanco entre las tres y porque vio a Lola ilusionada como no la había visto desde hacía uf, llegó a casa a media tarde. Vació el lavaplatos con los vasos aún calientes y subió a su habitación. Sacó de su secreter el estuche de las tintas de caligrafía. Eligió el papel de carta más bueno y se esmeró en hacer la mejor de las letras.

¿Por qué me enamoré de ti?

Una vez escrita la pregunta, con una pe inicial que daba gusto verla, se obligó a comenzar una lista. La efervescencia de Lola hizo que pensara en sus propias mariposas en el estómago, veinte años atrás. Se imaginaba a Xavi. Con pelo. El estudiante de arquitectura. Seguro de sí mismo. En Sa Riera. Con ganas de comerse el mundo.

Me hacías reír
Eras original
Las cartas que me escribías
Te apasionaban mis besos
...

Se sentía satisfecha de cómo le salían las bes y las tes, las letras donde más se podía lucir. En cambio, no le gustó ver que todos los verbos estaban en pasado. En un tiempo imperfecto. Decidió romper el papel en mil pedazos y comenzar una lista nueva, con las virtudes de antes escritas en presente.

¿Por qué me enamoré de ti?

Pero no le dio tiempo. Cuando oyó que alguien metía la llave en la cerradura de casa, se afanó en guardarlo todo sin derramar la tinta negra.

—¡Soy yo!

—¿Sergi?

—¡Hola, mamá! —A medida que su hijo crecía, tenía la misma voz que Xavi.

La lista permaneció guardada bajo llave. En casa de los Vera Lincoln, nadie tocaba las cosas de nadie.

17
Una promesa de felicidad

—¿Sabéis qué es lo que me gusta de los arquitectos?

Xavi y Llobet esperaron a que Joana les diese la solución.

—Que tenéis el punto justo de artista.

La respuesta despertó su curiosidad. Nunca lo habían visto desde ese ángulo. Más uno que otro, contaban con una larguísima trayectoria. Bruno Llobet había recibido premios, tenía dos cajas llenas de condecoraciones en el garaje de su casa, con sus edificios se publicaban libros de fotos de tapa dura, guardaba recortes de revistas especializadas de cuatro continentes que hablaban de él, pero nunca le había dicho nadie que tenía la dosis justa de artista. Un poco por falsa modestia y también por vanidad intrínseca —dos cualidades tan masculinas—, necesitaron que lo desarrollase. Joana habló primero de la manera de vestir de los arquitectos, de una elegancia sin estridencias, con un toque de buen gusto y un detalle de personalidad. Después definió el comportamiento en público. Más discretos que un pintor, menos extravagantes que un escultor, más humildes que un director de cine, menos pedantes que un escritor traducido a tres idiomas. Habló también del modo que tienen de ver la vida y, sobre todo, del modo de contarla, siempre singular e imaginativo. Y llegaron a la conclusión de que sí, de que tenía razón. Qué demonios, al veterano Llobet y al Xavi en la cincuentena les gustaba tener el punto justo de artista y que Joana se lo reconociese.

Fueron a ver la obra un domingo por la mañana. No querían encontrar atasco en la salida de Barcelona, y, volviendo antes de comer, se ahorrarían las retenciones en la autopista desde el Ampurdán hasta casa. Cuando Xavi y Joana llegaron, Bruno Llobet ya llevaba un rato por allí, dándose una vuelta.

—Una casa muy sincera, Xavi. No veo trampas estructurales. Me gusta esta idea cubicular, tan racionalista. Me recuerda a... ¿Has estado alguna vez en La Ricarda, al lado del aeropuerto?

—Por supuesto. Es un honor...

Xavi sintió la necesidad de explicar la obra, cuando Llobet habría tenido bastante tan solo con verla.

—La idea era, no sé si lo habré logrado, hacer una casa muy serena, que no inquiete. La hemos orientado al mediodía, como las masías clásicas, con la fachada principal orientada al sur, y el resto de los cubículos van creciendo orgánicamente alrededor, para ordenar la vivienda. La fachada será de madera, para integrarla en el paisaje... No quería una casa a la moda. Precisamente lo que quiero es hacerla perdurable con los materiales, de ahí la madera...

Necesito que la arquitectura, los materiales y el paisaje dialoguen.

—¿Cómo resolverás los paramentos? —Mientras aguardaba la respuesta, Llobet no pudo evitar darle un consejo—. Sobre todo que las transiciones no sean blancas. Esto no es Menorca, ni Andalucía...

—Había pensado en un óxido, un sulfato de cobre... Para las paredes del exterior, lo que te digo, un terracota, un ocre oxidado. Creo que es la mejor manera de esconder la casa, de no darle fuerza pero que precisamente por ello la tenga...

Xavi interpretó el silencio del profesor Llobet como una aprobación, se crujió los dedos y continuó:

—Aunque en ocasiones tengo dudas. No sé si resulta lo bastante pulcro integrar materiales, colores y acabados de la fachada. No sé si la carpintería vista, de color natural...

Lo cortó en seco.

—Para ser pulcro no siempre hay que comer con cuchillo y tenedor. Según de qué se trate, puedes comer con los dedos y mantener la elegancia.

—¿Pasa lo mismo con la arquitectura?

—Exactamente igual. La tecnología nos ha hecho tan sabios y tan prepotentes que, de vez en cuando, tenemos que volver a los básicos. Las cosas más simples, los materiales más... Una casa orientada al sur, aprovechar los recursos naturales, el agua, el viento, el sol, el medio ambiente. Qué te voy a contar, ¿verdad, Joana?

Ella —pantalones de algodón, blusa blanca y sombrero Panamá para protegerse del sol— dejó que sus ojos azules, rasgados, sonrieran. Xavi explicó que en aquella obra, que pretendía ser la casa de su vida, deseaba provocar una respuesta emocional. No quería una casa fría. Los materiales y la luz serían sus aliados para conseguirlo. Arquitectónicamente, para lograr la calidez, había creado un espacio para protegerse del paisaje. Era una habitación, no tan grande como el resto, con una chimenea. La llenaría de libros y de música, para el imprescindible recogimiento. Todo el mundo necesita entrar en su cueva de vez en cuando. Si una casa vacía es siempre una promesa de felicidad, esta empezaba a ser un paraíso, aún sin alma. Ya vendrían los juegos con la pelota, las arañas campando por los rincones, un cuadro que se descuelga, una mosquitera agujereada justo los días de más calor, una inesperada mancha en la pared, una cañería que se emboza y deja un dedo de mierda en la planta baja, un portazo causado por un golpe de viento o porque alguien se ha enrabietado más de la cuenta y ha salido de la habitación renegando de mala manera. Todo eso ya llegará.

Llobet, que llevaba una americana beis de lino y los bolsillos demasiado cargados, se adelantó. Sin prisa, iba en busca de algo. Un lugar especial, un espacio concreto para no se sabía qué. Xavi y Joana, pendientes de que no tropezase, se quedaron atrás. Cuando el veterano profesor se volvió, su expresión era de sagacidad.

—Hay una cosa que siempre busco. En qué rincón de la casa o del jardín me sentaría a leer el periódico.

Joana puso ojos de sorpresa, reclamándole que le señalase qué sitio era.

—El mismo que has pensado tú. El mismo que has decidido tú mientras te imaginabas cómo crearías este paisaje. Cada mañana de verano tendría justo aquí una mesita para leer el periódico. Un té con leche, la prensa, oír el riego de primera hora, y a vivir...

—Este es el sitio, sí. Es alucinante...

Joana mintió con convicción. Jamás se había planteado que tuviese que haber un lugar para... A partir de ahora, cuando crease un paisaje, pensaría en dónde le gustaría leer el periódico a un Llobet.

—Aquí el clima es importante. Ya has visto que hemos levantado la casa resguardada...

—Precisamente por eso... A ver qué os parece. —Joana los llevó hasta un terraplén desde donde se apreciaban los límites de la finca—. La casa está bien protegida del viento, pero de todos modos he decidido que allí al fondo vamos a levantar una pared de cipreses. Necesitamos árboles altos, frondosos, para protegernos de la tramontana. Si no, todo esto quedará muy bien en las fotografías, pero no habrá quien salga a leer el periódico. Hacia allí crearemos un bosque de alcornoques; que se note dónde estamos. Es decir, tendremos un paisaje más silvestre lejos de la casa y, a medida que nos vayamos acercando, plantaremos especies más bajas y un jardín más japonés. Eso lo vincularía con el patio interior, más *feng-shui*, para entendernos. Hemos estado mirando cosas y, con la luz que entra y por el modo en que hemos dividido la casa por dentro, será espectacular. Un jardín que no pretenda envasar el paisaje.

Los dos hombres prestaban atención a las explicaciones de una Joana que tenía por costumbre hablar bajito. Llobet, de repente, estaba descubriendo a un Xavi Vera Martín diferente. Cauto, embelesado y que ocultaba algún misterio. Él, tan perfeccionista, un profesional que en el trabajo siempre quería tener la última palabra, alguien que imponía por su corpulencia y por sus conocimientos, súbitamente, ante los paisajes que describía su compañera de proyecto se limitaba a asentir, deslumbrado, y a darle la razón.

En un momento en que Joana se alejó contando pasos —tres pasos suyos eran dos metros, lo tenía calculado—, Llobet se acercó a Xavi para susurrarle algo al oído. Con el gesto, certificaron la confidencia.

—Las ilusiones son peligrosas. No tienen defectos.

Lo dijo con la voz cargada de años. Xavi reaccionó como si no pasara nada. No obstante, aquellas palabras lo incomodaron. Seguramente porque tenía razón. Las ilusiones no tienen defectos, y es esa característica la que las hace tan alentadoras, habría dicho él, en vez de peligrosas. Lo que no sabía es que se le notase esa atracción, que había ido creciendo, sin saber cómo, conversación a conversación, con familiaridad, en los pros y contras del proyecto, pensando en cómo podían resolver el patio interior de Avakian, en las reuniones con planos, imaginando el efecto que causaría la lavanda, decidiendo cuándo plantarían las peonías, en las idas y venidas en coche, en las comidas de gasolinera de autopista. Y, ya iba siendo hora de aceptarlo, en las miradas profesionales que no habían pasado desapercibidas. Y en frases dichas al límite de las segundas intenciones. De uno y de otro.

—¡Ya lo tengo! —exclamó Joana desde la otra punta del jardín después de contar veintiséis pasos—. Los rosales tienen que ir aquí. En este lado hay sol y viento.

—¿Rosales? ¿Estás segura? —Xavi se vio en la necesidad de marcar distancias—. A mí todo lo que pincha no...

—Confía en mí. Solo en esta pared. Aquí podemos emparrar bien.

Durante toda la mañana en el Ampurdán, paseando por una casa que ya iba tomando forma y cuya alma se intuía, nadie se atrevió a sacar su nombre. Habría sido como mentar la soga en casa del ahorcado. Finalizada la visita, en el lugar donde pronto estaría situada la puerta del patio, Llobet fue el primero en mencionarlo.

—Chicos, estáis haciendo una obra impecable, pero siento haberos embarcado en este proyecto. Cómo iba yo a pensar que Avakian...

—Al contrario...

—No sé cómo va a acabar todo esto.

—Andreu, su marido, es un buen abogado. Andreu Fonseca. Es penalista y está estudiando qué podemos hacer. Intentaremos salvar la casa a toda costa, aunque en estos casos nunca sabes qué va a pasar mañana. La justicia americana es todavía más enrevesada que la nuestra... Bueno, Andreu está mirando, sobre todo, que el tema no nos salpique.

—Él está convencido de que no, vamos —subrayó Joana.

—Los abogados nunca te cuentan las malas noticias de entrada —dijo Bruno Llobet—. Tienen el punto justo de...

—Mira, no me hagas hablar. —Joana se rio—. No me hagas hablar, que tengo uno en casa.

Llobet, con el mando en la mano, abrió el coche deportivo a distancia.

—Me largo. Os dejo solos. Recuerdos a...

—Mara.

—¿Cómo está?

—Bien... Anda siempre por ahí, no la veo mucho. Eso sí, dentro de diez días, ya sabes, nos presentaremos unos cuantos en tu casa. Ellos también vienen, Joana y Andreu.

—¿Ah, sí? —Socarrón.

—Gracias por el ofrecimiento. Y por la confianza.

—Al contrario, nosotros no vamos nunca. Así nos ventiláis la casa. Supongo que estaréis a gusto. —A punto de entrar en el coche, dio un paso atrás, como si se hubiese olvidado algo—. Ya te di las llaves, ¿verdad?

—Sí, sí. Gracias. Las llaves y el código de la alarma. Nos lo pasaremos bien.

Llobet tenía la edad para conducir aquel Porsche pequeño que roncaba con apneas metálicas. Xavi y Joana se volvieron para esquivar el polvo del pedregal. Él la cogió por el hombro.

—¿Habéis decidido ya cómo vais a venir?

—Uf, tenemos un lío de coches con Andreu, las

niñas y los amigos que se han apuntado, pero... Llegaremos, no te preocupes. Una verbena así no nos la perderíamos.

—¿Tú crees que le ha gustado?

—¿A Llobet? ¿La casa?

Xavi esperaba el veredicto.

—Se ha muerto de envidia por no haberla hecho él. —Le hizo una caricia—. Eres muy bueno.

La mano de Joana pasando por su barba fue el mejor premio de arquitectura.

18

La vida es mejor con Frank Sinatra

—No sabía que habría este camino de cabras... —Biosca miraba al suelo antes de cada paso, con ganas de llegar—. Llevo plantillas nuevas y no me acostumbro a ellas. Parece que voy pisando huevos.

Darín, para ayudarla, le llevaba la maleta con ropa para tres días. La suya en una mano; la de Biosca en la otra. Aparcaron en el lugar que les habían dicho, en el camino de tierra, al lado de la alambrada, donde reconocieron los coches de Andreu y de Mara. Para llegar a la casa, colgada sobre las rocas en el cabo Norfeu, allí donde la naturaleza no se anda con chiquitas, aún les quedaba un camino empinado y pedregoso.

—¿Cuántas cámaras llevas aquí dentro? Pesan como un muerto.

—La de siempre, guapo. —Aún no había llegado y Biosca ya maldecía aquella excursión—. ¿Esta casa es de Xavi y Mara?

—Yo diría que no... Creo que se la han dejado. Me parece que es de un amigo suyo, el arquitecto que la hizo... Se han hecho mayores y ya no vienen nunca.

—No me extraña... Vaya camino de cabras. ¿A quién se le ocurre tener una segunda residencia en el cabo de Creus? No soporto este ventarrón.

—Ve con cuidado, que no se te vuele la boina...

—Tú procura no tener que salir corriendo a buscármela.

Biosca y Darín fueron los últimos en llegar. Se les fue el santo al cielo, se les hizo tarde y pillaron la caravana de salida de Barcelona para la verbena de San Juan. Después, dos horas largas de autopista y carretera, y un mal humor que no se quitaban de encima. Cuando llegaron a Roses aún tenían por delante un buen rato de curvas que bordeaban calas recónditas. Pasaron al lado de lo que había sido El Bulli, el mejor restaurante del mundo, y continuaron hasta dejar atrás la cala Pelosa. A Biosca le sonaba que aquella playita, de herradura tan cerrada, había sido un pequeño campo de concentración para los desertores republicanos durante la guerra.

—Venga, que sois los últimos... Os toca la peor habitación.

Mara y Xavi, como si fueran los anfitriones, los esperaban con la puerta abierta.

—No fastidies... ¿Ya ha llegado todo el mundo? —Darín, irónico—. No puede ser...

Joana y Andreu habían viajado en dos coches. Joana llevaba a las gemelas —Anna y Sònia— y a dos amigos de clase que también se apuntaron a celebrar la verbena en aquella casa magnífica, colgada del fin del mundo. Andreu, que tenía una reunión con un cliente en Béziers, había llegado directamente desde Francia y se había ahorrado los atascos del primer fin de semana del verano.

—No sabía que vendrían niños... —Biosca puso de manifiesto su enojo, después de estamparle dos besos a Mara.

—No te preocupes. Están creciditos y van a la suya. Ya no tienen edad de ir por ahí haciendo el burro.

—Al contrario, a los diecisiete, muchas conversaciones y muchos secretos —puntualizó Xavi, que los hizo pasar. Le cogió una maleta a Darín, que resoplaba.

Si la casa era grande —siete habitaciones y cinco baños—, el terreno aún lo era más. Se extendía por la montaña y bajaba hasta casi tocar mar, en una pendiente peligrosa para los tobillos. Para la cena de la verbena, Mara y Joana habían decidido poner dos mesas, una en cada extremo. Los niños estarían en el jardín, al lado de la piscina, para que pudiesen bañarse y fueran a su aire sin que nadie los molestase. No hacía ninguna falta que sus hormonas incordiasen a los padres. Los petardos, prohibidísimos. Andreu, hombre de leyes, les había advertido que el riesgo de incendio, en un parque natural, podía ser un delito grave. Ni una broma, ¿entendido?

Los adultos, los amigos que no se habían visto todos juntos desde la cena de Nochevieja en Crans Montana, se quedarían en la mesa dispuesta en el mejor sitio de aquella casa de líneas rectas y grandes ventanales: en la terraza colgada sobre el mar. Aquel mirador —auténtico guardián de la naturaleza— era el mejor lugar del cabo de Creus para ver la puesta de sol más tardía del año.

Bruno Llobet, arquitecto de renombre, había aprovechado la fama y los años en que la ley de costas era papel mojado —el régimen de hecha la ley, hecha la trampa— para construir su casa donde más le apeteció. La plantó sobre el Mediterráneo, en el punto más al norte del país, a ras de agua, furia y viento. Allí no les molestaría nadie. Los vecinos más cercanos estaban muy lejos, e incluso la vegetación parecía haber abdicado en aquel paisaje gastado por la tramontana. Hacía años que ni él ni su familia iban. No obstante, la conservaban y la mantenían como si tuviesen que ir al día siguiente. Alguien les había aconsejado que la alquilasen, que en verano les pagarían un buen pico por cada semana, pero a los Llobet les daba cosa dejarla a desconocidos, se preocupaban por si les rompían algo y preferían prestársela a los amigos para que la disfrutasen. La generosidad y el altruismo de antes, de aquellos que tienen mucha pasta y la suficiente clase como para que no lo parezca. Hacía meses que Llobet le había preguntado a Xavi, su querido discípulo, si quería celebrar la verbena de San Juan en el cabo Norfeu. Lo consultó con el grupo y le dijo que sí. Pensaron que sería un sitio ideal para el tradicional encuentro de verano de las tres familias.

Andreu empezó a provocar mientras desenroscaba el alambre de la botella de champán rosado de bienvenida.

—Darín, ¿esta vez no nos has traído ningún retrato?

—Espero que no —saltó Biosca, aferrándose a la primera copa llena.

—No tengo nada nuevo que decir, creo.

—Pero nos gustaría que nos regalases los oídos, con ese verbo florido que tiene tu prosa cuando te lo propones.

—Vaya jeta. Tampoco es que hayáis cambiado mucho en medio año. Sois tan aburridos como siempre.

—No te justifiques... Di que te ha dado pereza y ya está.

—O que has estado muy ocupado con tus amigas...

Biosca disparó con bala delante de todo el mundo cuando se le presentó la primera ocasión. Nadie se atrevió a abrir la boca. Hay silencios que hablan. Hay silencios, en la vida, que son más incómodos que un blanco de cinco segundos en la radio. Larguísimos. Eternos. Mara salió a distraer la atención.

—Hombre, a Xavi y a Joana les ha cambiado bastante la vida.

—¿Por qué lo dices?

—Por Avakian. Sigue en prisión, imputado por todos los cargos imaginables.

—Es verdad, qué putada.

—¿Cómo va la casa?

—¿Qué ha pasado con la obra?

—Uf, mejor será que dejemos ese tema, ¿vale? —Xavi miró a Joana en busca de complicidad—. Ponedme un poco de esa cosa rosada, que si no... ¿La verdad? Ha sido un palo, ya lo sabéis. La obra estuvo parada unas semanas, Avakian tiene todos los bienes embargados y dicen que no le ha quedado ni para pipas. Por otro lado, también surge otro problema. Las dudas éticas.

—¿A qué te refieres? —Darín, periodístico.

—¿Tienes que trabajar para según quién? ¿Tienes que hacerle la casa a un señor que ha sacado el dinero de donde lo ha sacado...?

—Presuntamente —reaccionó Andreu, por deformación profesional.

—Pero ya se sabe de dónde lo ha sacado, ¿no?

—Presuntamente, sí, claro, limpio como una patena hasta que no se demuestre lo contrario. Joana y yo estuvimos hablando mucho de ello. ¿Qué hacemos? ¿Qué no hacemos? Encargamos una auditoría de lo que quedaba por hacer, qué faltaba por pagar y qué significaría acabarla. Después hablé con sus abogados en Miami, y Andreu también ha hablado con ellos, de penalista a penalista, y hemos llegado a una especie de acuerdo. Por un lado, ellos están seguros de que Ava saldrá de esta, supongo que cuenta con algún as en la manga con el que tiene a todo el mundo atornillado... No lo sé, ni quiero saberlo. Sus abogados nos aseguran que, cuando todo se aclare, cuando se demuestre que no ha podido haber blanqueo de dinero porque no ha habido tráfico de armas y por tanto no hay nada que blanquear, nuestro cliente pagará todo lo que falta de la obra, que es un buen pellizco.

—Y mientras tanto... —Mara ayudó a Xavi a continuar, viendo que no le apetecía nada.

—Bueno, sí, hemos hecho lo único que podíamos hacer... Hemos intentado convencer a los proveedores, que hace años que trabajan con nosotros, de que teníamos que seguir adelante, pero, como es lógico, todos quieren garantías. No puedo pedirles que se la jueguen. —Se mojó los labios en el champán—. Qué bueno, tan fresco...

Mara brindó con su marido y dio un paso adelante.

—Hay dos pequeños detalles que no os ha dicho, porque es muy modesto... Porque Xavi y Joana son muy así, demasiado buenos... Pero aquí hay uno que ha hipotecado una propiedad para que le dieran un crédito y poder pagar a todo el mundo, esperando recuperarlo algún día.

—Tampoco hace falta contarlo, Mara...

—¿Y el segundo detalle? —Darín, el periodista, no quería quedarse a media noticia.

—Los dos han renunciado a sus honorarios. Xavi y Joana se han asegurado de que todo el mundo cobre, pero ellos...

La paisajista bajó la mirada. Le incomodaba que se hablase de aquello, incluso delante de sus amigos. Xavi interrumpió a su mujer.

—Eso no tiene importancia.

—Cojones, sí que la tiene.

—¿Qué otra cosa podíamos hacer? Nos hacía, nos hace mucha ilusión esta casa. No es que le hayamos dedicado muchas horas, que es nuestro trabajo y nos apasiona, es que puede que este sea el proyecto que había estado gestando toda la vida, desde que terminé la carrera. Tienes una idea en la cabeza, la vas pensando, la vas dibujando, la vas madurando y, cuando tienes la suficiente experiencia, te llega el premio para que puedas hacerla. Era la obra y será la obra. Por supuesto, es un mazazo que el cliente resulte ser un mangante. Y te lo replanteas todo. Pero al final piensas... ¿voy a rendirme ahora, si es el sueño que he tenido toda la vida? Yo no soy así. Nosotros no somos así. No es una cuestión de dinero.

—Es una preocupación por el arte, claro que sí. —Andreu remaba a favor.

—En arquitectura pasa como en el cine o la literatura. Solo se recuerdan las cosas que emocionan. Y lo que yo quiero, y Joana también, porque lo hemos hablado mucho y creo que ella lo ve igual que yo...

—Sí, sí. Igual...

—Es ver la casa terminada, ajardinada, que emocione y donde se viva. Una casa es una máquina en la que vivir, decía Le Corbusier, y es verdad. Mirad... —Señaló las paredes blancas de los Llobet—. Esta misma casa... Lo tiene todo. Transparencias, situación; es técnicamente un diez, estéticamente perfecta. Magnífica. Pero si no viene nadie, si nadie la gasta, esta construcción es el esqueleto de un muerto.

Cuando se hizo de noche, se sentaron a cenar. Esperaban que Mara hubiese montado un picoteo con pan con tomate y jamón, dos ensaladas de verano y tortilla de patata, pero resultó que les había preparado una cena japonesa. La había encargado en el mejor restaurante del Ampurdán, cuya dirección no quiso darles para que no descubriesen de dónde habían salido aquellos *nigiris*, *uramakis* y *sashimis* tan bien alineados, o unos *hosomakis* de atún y salmón que aguardaban en fila india. Y dos boles de *yakimeshi* de calamar y gamba, que volvía loco al tiquismiquis de Xavi.

—Mira que me gusta este arroz, pero si me lo como con palillos no terminaré ni para san Pedro.

—Qué maravilla de mesa, Mara.

—La vida es eso, ¿no? La vida son cenas de verano.

—Depende de la compañía... —Biosca, con segundas.

—La vida son cenas de verano. Esa es muy buena.

Los tres hombres se habían sentado a un lado de la mesa, para estar más cerca de la cocina y levantarse si hacía falta algo. Xavi servía el vino blanco. Había llevado dos cajas de Gessamí para todo el fin de semana.

—¿Puedo decir algo? —Andreu ya había decidido que igualmente iba a decirlo—. Las tres mujeres, así de lado, parecéis los Ángeles de Charlie. La rubia, la morena y la pelirroja.

Les hizo gracia la broma. A casi todos.

—No había ninguna que llevase boina. —Biosca reivindicó su personalidad.

—Tampoco había ninguna que tuviese tu edad, cariño...

Ella actuó como si no hubiese oído el comentario de Darín.

—¿No es tu cumpleaños un día de estos? —Mara miró a Andreu, a quien tenía justo enfrente.

—Huy, es en julio... Falta más de un mes. Aún tenéis tiempo de comprarme un regalo.

—Debes de estar a punto de llegar a esa edad... —Darín, insinuando algo.

—Cumpliré cuarenta y ocho.

—Exacto. Es esa edad en que cada vez se habla más de sexo y se practica menos.

—Oye, guapo... —Joana, ofendida.

—Estaba hablando de los demás, no me refería a nosotros.

—Encima arréglalo... —dijo Mara—. Probad estos de aguacate, están buenísimos.

Cenaban sin prisa. Pinzaban una pieza, la empapaban en la soja y dejaban que el alga se deshiciera en el paladar. Los seis jóvenes, alrededor de la piscina, se comían la pizza con los dedos. Era como si no estuvieran. Solo de vez en cuando se oía algún chillido, por la punzada de la seducción.

—El otro día nos llegó a la redacción un reportaje que leímos todos, nos lo fuimos pasando unos a otros. Decía que la gente feliz también tiene aventuras.

—Claro, solo faltaría...

—No tan claro... Siempre se ha dicho que la gente busca fuera de casa lo que le falta dentro.

—Eso es un tópico como una casa. Cada cual se lo monta como puede.

—Esperad —insistió Darín—, porque había otra cosa. Lo firmaba un antropólogo francés y decía que, en toda la historia, nunca ha sido tan fácil engañar como ahora, pero que nunca ha sido tan difícil mantener un secreto.

—Yo, personalmente, estoy de acuerdo.

—Pues yo no...

—Pues yo tendría que pensarlo, y hoy no tengo ganas...

Darín, sí. Quería contarlo de todas todas. El antropólogo afirmaba que la gente que es fiel a su pareja durante décadas y un día cruza la raya, no lo hace porque sea más o menos feliz en casa. Lo hace para sentirse viva. Por el deseo de sentirse importante para otra persona. Luego, lo que le engancha es el secreto; es tener una aventura a escondidas, que se retroalimenta. Todo el mundo quiere lo que no puede tener.

—Todo eso suena bastante complicado, Darín.

—¿Cómo se llama ese genio francés?

—¿Estás seguro de que lo entendiste bien?

—Coño, que sí. Decía que si supiésemos que no habría consecuencias, las personas tendríamos relaciones fuera de la pareja.

—Evidente.

—Dice este hombre que el problema es la culpa. Los remordimientos, si los hay, llegan por haber hecho daño a la pareja, no por haber tenido una aventura.

—Francamente...

—Eso depende desde qué lado de la historia lo mires.

—La pregunta básica, para él, es si debemos evitarlo. Porque también es cierto que hay que aprovechar las oportunidades que nos ofrece la vida. Biosca, antes de continuar escuchando las teorías de su marido puestas en boca de un científico francés, se levantó con la cámara y se acercó a la piscina. Cuando regresó a la mesa, los tres hombres ya habían retirado los restos de la cena japonesa. Xavi había llevado el tiramisú, Andreu los platos y Darín los cubiertos. Volvieron a sentarse en el banco, satisfechos de haberse sentido útiles.

No quisieron mezclar bebidas. Votaron por continuar con el vino blanco, que iban sirviendo por copas, bien frío. Una tras otra, desde la cena hasta bien entrada la noche, a la hora en que la tontería pudo más que ellos, vaciaron cuatro botellas de Gessamí. Tan floral y tan helado, entraba muy bien a sorbitos.

—Quiero que escuchéis esta.

Joana, de pie con el móvil en la mano, buscó en su Spotify y les puso *Giornata al mare*.

—¿Ese es Pavarotti?

—¿Qué dices...? —Biosca volvió a regañar a Darín.

—Es Giorgio Conte... Escuchad... A ver si os gusta.

Le hicieron caso.

—¿No os parece delicada? —Joana se movía como si bailase con la copa, antes de regresar a la hamaca.

—Decadente, diría yo.

—¿Seguro que este tío no desafina? Por favor...

—Os acordáis de lo de Pavarotti, aquel concurso de televisión donde preguntaron: «¿Cuál es el nombre de pila de Pavarotti, el famoso tenor de Módena?». Y el concursante se lo piensa y, convencido, responde: «¡Tutto!».

—Tutto Pavarotti, ¡qué bueno!

En la hora bruja, con la flojera, ya todo les hacía reír.

—Yo tenía ese disco. Eran dos o tres cedés.

—Este también se largó con su secretaria, ¿no?

—¿Cómo que también?

—Ay, Andreu, que me parece que has metido la pata.

—No, no... Pavarotti. —Se defendió—. ¿Cuántas mujeres harían lo que hizo Nicoletta?

—No sé quién es...

—Su secretaria. La historia es brutal. Mientras Pavarotti cantaba en el Royal Albert Hall, entró en el camerino, se dirigió a la mujer del cantante y le dijo: «Señora Veroni, debe usted saber que los rumores que corren son ciertos: Luciano y yo nos queremos».

—Hay que tener un buen par de ovarios.

—Y ¿tú cómo sabes todo eso?

—Andreu sabe muchas cosas inútiles —dijo Joana.

—Ahora entiendo por qué Darín y él se llevan tan bien. —Biosca no dejaba pasar ni una—. Cualquier despropósito le hace una gracia...

—¿Quién quiere más vino?

Sin esperar respuesta, Xavi se levantó para volver a llenar las copas.

—Y ¿qué respondió su mujer? —Mara, interesada.

—Lo echó de casa. Tal cual. Pavarotti, de patitas en la calle. No era una pareja abierta como vosotros, ¿eh, Darín?

—No me toques los huevos, Andreu, mecagoendiós.

Darín agarró el paño húmedo de la cubitera y se lo lanzó. Andreu lo cogió al vuelo.

—¿Cómo sabes tú todo eso?

—Estuvimos leyendo el testamento de Pavarotti en el despacho, por curiosidad. Como abogado, puedo decir que tenía cosas muy interesantes. La primera mujer, la segunda, tres hijas con una, una niña con la otra...

—Lo sabes porque eres un chismoso, como todo el mundo. No tienes por qué esconderte.

—Unos más que otros. Xavi nunca sabe nada de estas cosas...

—¿Me estás llamando aburrido?

Llegó un grito desde la piscina. De repente, la noche dio un giro inesperado. Biosca se puso en pie y dejó la copa sobre la mesa. Para evidenciar que daba la velada por terminada, cogió la Leica y se enroscó la cinta en la muñeca.

—¿Puedo decir algo? —Esperó a que todos la mirasen—. Gracias por esta verbena. Y gracias por estos años, Darín. No te aguanto más. Ni a ti, ni tus frivolidades ni hacer el paripé delante de tus amigos. A partir de ahora podrás seguir haciendo lo que te apetezca. Como siempre.

—Pero, mujer... Has bebido demasiado.

Intentó agarrarla del brazo para hacerla callar.

—¿Que yo...? ¿Y tú? Mira, déjame en paz. He bebido lo que me ha dado la gana. Todos hemos bebido lo suficiente como para evitar una escena. Te he dicho lo que tendría que haberte dicho hace meses... ¿No querías pareja abierta? Aquí la tienes. Abierta de par en par. Sin reproches, sin rencores, y ahorrémonos los malos rollos, que ya no somos niños.

—Olga, por favor.

—Gracias, pero ahí te quedas. Ya te apañarás. Perdonad...

—Espera, mujer. Mañana lo verás de otra manera...

Fue la última noche que vieron a Biosca.

De aquella verbena, no obstante, quedaron tres fotografías suyas. Tres obras de arte instantáneas que Biosca había pescado al vuelo sin que los protagonistas se diesen cuenta.

La primera era de los chicos. Carla, Anna y Sònia —dos gotas de agua que se vestían siempre diferente porque odiaban a esas gemelas que quieren parecer todavía más gemelas para confundir a todo el mundo— charlaban con los pies en la piscina de agua helada. Marc y Artur, los dos amigos del instituto que habían invitado para pasar con ellas la verbena, también se habían sentado en el borde, sin descalzarse. Habían apoyado la espalda en los hombros de las chicas, un contacto que pretendía ser inocente. Sergi, de pie con tres pelotitas de arena que había encontrado en el jardín, las hacía reír con juegos malabares, aunque sin saber. En el agua se reflejaba el mantel que cubría la mesa de teca, con dos bancos canadienses, sin respaldo. Los chicos disfrutaban del día más largo. Aún tenían que cenar. Aún tenían que reír. Aún tenían que vivir. La foto poseía movimiento y había logrado captar la felicidad. Eran tan jóvenes a los ojos de Biosca, tan insultantemente jóvenes que aún no habían arrancado la espada del corazón del árbol. Aún no habían tenido tiempo de descubrir el truco.

La segunda fotografía les había gustado todavía más.

—Estás guapísima, nena.

La Leica de Biosca había captado a la Mara más

expresiva. Era un retrato en plano corto, con su gesto más natural. Apenas se veía el vestido vaporoso, con un estampado de mariposas de colores veraniegos. Sí, en cambio, su pelo negrísimo, estudiadamente desordenado, que tenía vida propia. La vista se iba a los ojos, que le brillaban y sonreían, y a una mano que, cerca de la cara, gesticulaba a la italiana. Biosca la había sorprendido en el momento sublime. Con la luz crepuscular que sabía por experiencia que a todos nos vuelve más interesantes. El único peligro era que, con el sol pegándole de lado, una mejilla le quedase quemada y la otra demasiado oscura. Al contrario: la luz le había tamizado la piel y le hacía un cutis perfecto, de melocotón a punto de madurar. Durante la cena, Mara estaba hablando de un fantasma que la había perseguido durante muchos años.

—Una mañana, de pequeña, mientras mi madre se maquillaba y yo trasteaba en su estuche de potingues, que me parecían mágicos, me hizo una pregunta que no venía a cuento: «Y tú, Mara, ¿qué vas a ser de mayor?». Yo tenía unos diez años, no creo que hiciera mucho que mi padre se había ido de casa, y con toda la inocencia le respondí que yo quería ser... actriz. Mi madre se paró en seco, separó el pintalabios de la boca, me miró y me dijo: «¿Tú, actriz? Con esa nariz nunca podrás ser actriz».

—Joder con tu madre...

—Yo no era consciente de tener la nariz grande, ni fea... No la tenía. Era una nariz normal. Como ahora... Pero en ese momento me miré en el espejo y me pareció horripilante. Me pareció que toda yo era de una fealdad ofensiva...

—Mi suegra, potenciando la autoestima. —Xavi no pudo evitar dar su opinión.

—Durante muchos años estuve pendiente de mi nariz, si crecía, si se volvía ganchuda...

En el momento de ir a tocarse el hueso, Biosca disparó la ráfaga de fotografías, y, de todas ellas, salió una que era la perfecta. Mara ni se dio cuenta.

—No solo estaba pendiente de mi nariz... Miraba las de mis amigas obsesivamente, las comparaba con la mía e iba por la vida observando la napia de todo el mundo. Y pensaba por qué demonios aquella mujer podía ser actriz y yo no. De hecho, cuando iba al teatro o al cine, me fijaba más en las narices de los protagonistas que en la historia. Me hice un auténtico máster por culpa de mi madre.

—Y ¿qué te pareció la nariz de Xavi? —El periodista Darín haciendo de periodista.

—Cuando lo conocí ya se me había pasado un poco la obsesión.

—Pero ¿qué te pareció?

—Bien, con personalidad. Xavi lo tenía todo bien puesto...

—¿Qué quieres decir con que lo tenía? —Ofendido—. Perdonad, aún lo tengo todo bien puesto.

—No sabíamos si decírtelo, Xavi —Andreu buscó la complicidad de todos—, pero te han comenzado a crecer las orejas. Ya empiezas a tener pámpanos de viejo.

—Anda, id a freír espárragos...

La tercera fotografía buena para la colección de Biosca la había hecho antes de cenar. En cuanto tuvo a los protagonistas enfocados, supo que sería el póster de aquella verbena. Joana y Xavi, con una copa de champán rosado en la mano, charlaban de pie delante de una valla baja de madera que los protegía de caerse. Detrás de ellos, el mar y el cielo eran el telón. El encuadre los captaba de lejos, con el césped en primer plano. La artista, discretamente, los había sorprendido desde un punto de vista bajo y los protagonistas parecían aún más esbeltos. Las dos siluetas brillaban como si dieran la bienvenida al verano.

—¿Cómo está Sònia?

—¿Por qué lo preguntas?

Él se había subido hasta el codo las mangas de una camisa de lino de un azul de pintor. La camisa por fuera irradiaba vacaciones y sensación de confianza.

—Aquel día estabas conmocionada. La píldora del día después, la niña y todo aquel revuelo...

—Sí, desde luego, perdona.

Joana, enfrente de Xavi, llevaba un vestido blanco de algodón sin mangas, por debajo de la rodilla. Un gran lazo de la misma tela hacía de cinturón.

—Fue un cataclismo, tienes razón. Al final hicimos un pacto. La llevé a mi ginecóloga y no le dije nada a su padre.

—Entonces, Andreu no sabe nada...

Indicó que no, cerrando ligeramente los ojos.

El cuello redondo quedaba oculto por un generoso collar de coral que se aferraba a todo el escote, el toque de color que le hacía falta a la fotografía.

Se encontraban cerca de un altavoz gigante que Darín había sacado al jardín para que todos pudiesen oír la música. Biosca, que sabía mirar a través del visor lo que otros no veían, apretó el disparador en el momento mágico. Joana hablaba y Xavi escuchaba, atento, sereno.

—Frank Sinatra. No hay vez que oiga su voz sin que piense en el abuelo. De hecho, lo que me viene a la cabeza no es mi abuelo Joan, sino su entierro. Fue el día que supe que nunca más volvería a ver a mi ídolo. Fue ese momento —nos llega a todos— en que te faltan las palabras para poder asumir que la muerte forma parte de la vida, pero de eso no te das cuenta hasta que eres mucho más mayor. Yo acababa de cumplir los quince y fue mi primer muerto. Todos tenemos uno que es el primero, ¿verdad?

»Una vez muerto, ya no quise volver a ver a mi abuelo Joan, y no me arrepiento. Juraría, además, que la caja estuvo cerrada en todo momento, por deseo expreso de él mismo, que era muy listo y lo dejó todo por escrito. Por ejemplo, lo que te decía... Quería que en el funeral sonase el *My Way* de Frank Sinatra, y sonó. De hecho, el abuelo tuvo una idea extraña, pero que nos marcó a todos los nietos para siempre. Es una historia muy bonita, Xavi, y creo que nunca te la he contado. Mi abuelo Joan, cuando los cuatro nietos teníamos entre diez y catorce años, nos reunió un día a todos en el garaje de casa y nos pidió que escribiésemos cosas bonitas sobre él. Al principio la propuesta nos hizo reír, pero enseguida, sin miramientos ni subterfugios, el abuelo nos dijo claramente lo que quería: "A la gente solo le dicen cosas bonitas en su entierro. A veces hacen subir a sus nietos al atril, que está al lado del altar, para que cuenten cómo era su abuelo. Las personas que están en el funeral no paran de llorar. El niño que lo lee solloza y sufre para terminar las frases. Y lo que es peor, el abuelo ya no oye ninguna de esas palabras escritas a vuelapluma, con el corazón. Yo quiero que todo eso me lo digáis en vida".

»Primero pensamos que estaba bromeando, porque el abuelo era un cachondo de antes de la guerra, uno de esos hombres con sentido del humor, de cuando no había televisión, ¿sabes a qué me refiero? Luego, con su insistencia, nos dimos cuenta de que nos lo estaba pidiendo en serio. Nos quedamos descolocados. "Pero, abuelo, no te vas a morir", le dijo mi primo pequeño. "No, no tengo ninguna intención." "Pero, entonces, ¿qué sentido tiene?" "Ya sé que el encargo es raro, pero os lo pido por favor. Yo también tengo derecho a saber qué vais a decir de mí, quiero escuchar qué os gusta de vuestro abuelo, quiero saber por qué me echaréis de menos cuando ya no esté..."

»Y ahí nos tienes a los cuatro poniéndonos a hacer los deberes. Primero hablamos de escribir un solo texto en común, pero surgió una discrepancia. Dos de nosotros vivíamos con el abuelo, los otros dos primos, en cambio, disfrutaban menos de él, y quizá tenían una visión más diluida, o puede que más real, de cómo debe ser un abuelo al que ves de vez en cuando, con una ilusión que cada vez parece nueva a estrenar. Al final, mi hermano, que era el mayor, se impuso y quedamos en que los cuatro nos daríamos una semana y que, cuando tuviésemos los discursos preparados, iríamos a decirle al abuelo que ya habíamos terminado. Al cabo de una semana, hasta él mismo se quedó impresionado por nuestra celeridad y por la predisposición a jugar, de buen grado, a aquella aventura macabra. Fue entonces, durante una conversación en el garaje donde guardaba todas las herramientas y donde se pasaba horas y horas, cuando nos pidió que no dijésemos nada de todo aquello a nuestros padres. Y menos aún a la abuela, que si se enteraba lo mataría, y entonces sí que tendríamos que decir nuestras palabras amables en público y él, de cuerpo presente, ya no podría escucharnos. Nos olimos que los cinco podríamos tener problemas, y le hicimos caso. Aguardamos a que él nos dijese día, lugar y hora para que le leyésemos las redacciones que habíamos escrito.

»Yo escribí con frases cortas. No porque hubiese descubierto que era la mejor fórmula para que las cosas lleguen al corazón, sino porque no sabía hacerlo mejor. Lo titulé "Carta al abuelo muerto ahora que está vivo". Le dije: "Abuelo, no sabes qué ilusión me hace cuando me vienes a buscar al colegio y me pongo delante en tu furgoneta del trabajo. Me siento la reina del mundo. Cuánto me gusta que me dejes poner la mano en el cambio de marchas del Renault 4 y que tú me pongas la tuya encima para meter la segunda. El gesto de poner la tercera, con el movimiento seco de muñeca, me hace sentir que estamos haciendo una cosa emocionante". Le dije: "Abuelo, me gusta que seas tan divertido. La semana de verano que vamos a Salou, sin los padres, para estar solos con vosotros en el hotel, es la mejor del año. Nos haces reír mucho con tus bromas cuando jugamos a cartas en la terraza o a fútbol en la playa y te tiras al suelo como si fueras Urruti. También haces que nos partamos de risa cuando cuentas historias de la guerra, como aquella de Regales, ese compañero tuyo del frente al que tuvieron que cortarle una pierna y le pusieron una de cristal con peces dentro. Lo cuentas de una manera que a veces incluso me creo que es verdad, y hay noches que sueño con la pierna y los peces de Regales. Me gusta que me enseñes a silbar fuerte, con dos dedos en la boca, del modo en que lo haces en el campo de fútbol, cuando el señor calvo de delante siempre se gira para decir que un día lo vas a dejar sordo. Y todavía me gusta más que vayas canturreando todo el día, porque así parece que eres más feliz. Me gusta poder ir contigo al garaje y jugar con el cepillo, o colocar los destornilladores y los martillos en el plafón donde están las siluetas de las herramientas dibujadas para que cada una esté en su sitio. Me gusta ayudarte con tus manualidades porque siempre me lo paso bien y me dejas colaborar y me explicas cómo hay que hacer las cosas. De mayor, abuelo, me gustaría ser tan manitas como tú". Le dije, finalmente, que de todas sus virtudes, la que más me gustaba era ver que todo aquel que se acercaba a él, siempre, automáticamente, estaba más contento. La abuela, mis padres, los amigos de Barcelona, los del Casino del Masnou, todo el mundo. Cuando mi abuelo estaba en medio de una conversación, terminaba con una sonrisa en la cara. Y yo había observado que eso les pasaba a pocas personas. Y mi abuelo era una de ellas. La mejor.

»Una vez que lo hubimos leído, después de desternillarnos los cinco, riéndonos de los textos de unos y de otros, a mi abuelo se le quedó congelada una mueca. Como si de pronto se le hubiesen indigestado las palabras que le diríamos cuando él ya no estuviese. Pero al instante volvió a ser el abuelo risueño de siempre. Con los años pensé que decirle las cosas en vida había sido una buena idea. Muy buena.

»Cuando mi abuelo se murió, tres años después, nos consoló saber que se había llevado puestas aquellas palabras, que tanto le habían gustado.

»El funeral, por expreso deseo del difunto, terminó con el *My Way*. Mi abuelo pensaba que la vida es mejor con Frank Sinatra. Puede que la muerte también. No hay vez que oiga el *final curtain* sin pensar en el entierro de mi abuelo. Hacia el final, cuando el rector de Sant Genís ya había terminado el responso, mi hermano se encargó de subir al atril y hablar en nombre de los cuatro nietos. Lo hizo con una serenidad que siempre le he envidiado. En vez de relatar las ocurrencias del abuelo Joan, que era lo que se esperaba que hiciésemos, contó una anécdota. Solo una. Delante de todo el auditorio y de una familia que se quedó con la boca abierta, decidió desvelar nuestro secreto. Mi abuela, con el pañuelo en la mano, no daba crédito y maldecía al tocapelotas de Joan, cómo había sido capaz de hacer algo así a cuatro niños pequeños. Los padres reían y lloraban al mismo tiempo y, al final de la ceremonia, todo el mundo se acercó a felicitarnos. Podía ser un día muy triste, pero mi abuelo lo convirtió en un día que nos hizo sentir especiales.

—¿Qué te estaba contando Joana en el momento de la foto?

Cuando se quedaron solos en la habitación, terminada la fiesta de los adultos, la primera pregunta de Mara a Xavi fue clara y directa.

—¿No tienes mucho calor? —Xavi se había quitado la camisa de lino.

—Ahí, con el horizonte, los dos juntos. Habéis salido de anuncio de Martini.

—...

—¿Puedo saberlo o no?

—Me ha contado... que se llama Joana por su abuelo Joan.

Al borde del mar, van y vienen las horas y los silencios. Por la ventana entraba un poco de aire. De fondo, solo se oía la voz ronca de las olas por la noche.

Mara decidió pasar a la acción.

19

Besos de vino blanco

Apagó todas las luces de la habitación y encendió solo la de una mesilla de noche. Preparó la penumbra de los momentos pequeños.

—Me preocupa Biosca. Volver conduciendo a estas horas... Todos hemos mamado demasiado.

—Yo lo siento por él... —Se crujió los dedos antes de desabrocharse el cinturón—. Darín se ha quedado hecho polvo.

—¿Tú crees?

—Nos ha pedido perdón mil veces por haber montado el espectáculo delante de todos. Me ha parecido que estaba más preocupado por el numerito y por haber estropeado la verbena que por que Biosca... —Xavi decidió soltarlo todo—. ¿Sabes lo que te digo?

Antes de la confesión, Mara ya había adivinado lo que iba a decir su marido.

—¿Que se ha quitado un peso de encima?

—En el fondo, sí. Una gran fotógrafa, Biosca, pero... —resopló.

—Los artistas sois así, cariño. Tenéis un carácter.

—No te burles.

—Sois geniales para unas cosas, pero a veces sois difíciles de aguantar.

—A mí no me compares con Biosca, ¿vale? —Acariciándose la cabeza lampiña, se hizo el ofendido—. A mí no me hace falta boina.

Mara lo abrazó por detrás. Aprovechó que Xavi se había quitado la camisa en cuanto entraron en la habitación, la suite de los Llobet, la joya de la casa.

—¿No crees que Joana estaba hoy muy guapa?

—¿Qué mosca te ha picado hoy con Joana? Sí, sí... —Sin concederle importancia.

—El coral era muy llamativo... Pero no sé si debería ponerse un collar así. El coral está prohibido, ¿no?

—¿Ah, sí? Puede ser. No lo sé.

Ella subió las manos para agarrarlo con ternura.

—No está mal, mi calvito. Aún tienes unos buenos pectorales...

—¿Qué te creías?

En cuanto Xavi se volvió, Mara lo sorprendió a media voz.

—¿Quieres que hoy durmamos desnudos?

Aceptó el reto. Por experiencia de pareja, sabía qué significaban aquellos ojos de loba. Conocía cómo terminaban esas noches, que, a fuerza de años, cada vez pasaban más de vez en cuando. Consciente de que los momentos de deseo eran tan buenos como escasos, de pronto se le pasó el sueño. Xavi le puso la palma de la mano sobre la punta de la nariz y, con complicidad, la aplastó repetidamente, como si rebozase croquetas.

—Me encanta tu narizota, señora Lincoln.

Él se puso de puntillas para llegar a sus labios y encender el fuego.

Los besos de vino blanco son diferentes. Más frescos, de lengua dulce. Se pasaron un buen rato besándose, de pie, con las manos nerviosas. Se aguantaban la nuca, se tocaban la cara y volvían a la nuca. O se asían a los hombros del otro para sentir los cuerpos muy cerca.

Mara, sin parar de besar, se las apañó para dejar caer su vestido a los pies. Cuando Xavi se desprendió de los pantalones, ella se tumbó en la cama con las bragas de verbena de san Juan. Le gustaba que fuese él quien, poco a poco, se las quitase.

—¿Cerramos la ventana?

—¿Por?

—Por el ruido...

—Los niños duermen en el otro lado, hoy no tenemos que preocuparnos.

—Pero Joana y Andreu están en la habitación de al lado. Y Darín...

De pie, desnudo sobre una alfombra de Nani Marquina, no sabía qué hacer. Mara no entendía que aquel hecho práctico lo retuviese a medio camino. O sí que lo entendía. Lo conocía demasiado. Sufridor, controlador y tiquismiquis en cualquier circunstancia.

—Olvídalo, venga. Cierra y ven.

Xavi entró en la cama por los pies, a cuatro patas, como un felino que trepa y se dedica a observar con prudencia a quien tiene debajo. Cuando le rozó el puente de los pies con la yema de los dedos, Mara se aguantó las cosquillas. Las retuvo milagrosamente, del modo en que se aguantan cuando el control del cuerpo, en la senda de la excitación, se blinda a todo.

—Date la vuelta —le propuso él—. Estarás mejor.

Obedeció. Mara sabía qué venía después, y se dejó llevar. Le encantaba notar el tacto de su lengua en las pantorrillas; cómo, con cautela, subía hacia las nalgas, con delicadeza. Por momentos, el felino se tumbaba encima para que notase la presión, el respeto, la huella conocida que dice estoy aquí, soy yo, y lo hago todo para que te sientas a gusto.

Xavi había aprendido que, en la cama, como en la arquitectura, todo debe construirse despacio. En la vida puede que también. Pero no era momento de filosofar.

Se concentró en los besos breves, en la columna, en los omóplatos y en los hombros morenos de Mara, que le gustaron desde el primer día. Cuando llegó al cuello, ella decidió volver la cabeza para reencontrarse con una tanda de besos. No pudo. Xavi, encima de ella, la tenía placada y se recreaba pasándole la lengua por detrás de la oreja, allí donde sabía que su mujer notaba unos escalofríos que no podía disimular.

Se tocaron sin prisas, para apreciar toda la piel. Supo quitarle las bragas con el respeto con que lo hacen los hombres que pasan de los cincuenta, como si agachasen la cabeza ante el altar. Después, los dedos de Xavi se anticipaban a aquello que Mara deseaba en cada momento. Primero uno solo, por el contorno. Luego, dos curiosos. Con el índice y el anular trabajaba con suavidad cada pliegue de los labios.

Mara, cuando se dio cuenta de que le convenía reposar para esperarlo, supo hallar la velocidad de los gestos que él necesitaba. Cada rincón requería su tempo. Unas veces, lengua. Otras, besos húmedos. Tal vez, un pellizco sutil. Era la ventaja de trabajar un sexo que conocían. La confianza de jugar en casa. La ausencia de vergüenza. La habilidad compartida de combinar pasión y curiosidad como si fuesen nuevas.

Cada vez que hacemos el amor tenemos la edad de la primera vez.

Lo había dicho Xavi en una ocasión, y Mara, en pleno éxtasis húmedo, le daba la razón. Entregada a un placer largo, se sentía de nuevo en Sa Riera, en mil novecientos no sé cuántos, como si fuesen jóvenes y como si por primera vez descubriesen sus intimidades. Los gemidos ahogados en la noche del cabo Norfeu poseían incluso cierto aire a censura de juventud, cuando conviene no hacer ruido para no levantar sospechas.

Fue allí, dando la bienvenida al verano, como invitados en la casa del arquitecto Llobet, en una habitación colgada sobre el mar, en la cama gigante de su mentor, cuando Xavi decidió jugarse el todo por el todo, como si solo hubiese una noche.

Con Mara boca arriba, el gato volvió a bajar por su cuerpo, como si retrocediese. Le besuqueó las areolas oscuras y, simétricamente, le pinzó los pezones con los labios, con cuidado de no hacerle daño. Cuando llegó al ombligo, se recreó con la lengua dura. Después, con clase, pasó de largo de la mata de pelo negro bien perfilada y bajó por el interior de las piernas. Al llegar a las rodillas, las manos fuertes de Xavi agarraron los tobillos de Mara. Con seguridad y sin palabras, se puso las piernas sobre los hombros. Lleno de fuego, el felino se dedicó a rebañar el plato con voracidad ardiente, como si hiciera meses que no comía. Pulió la perla. En aquel momento, Xavi la sujetó por las nalgas, colocó el torso de Mara a la altura justa y, suavemente, dejó que los dos cuerpos que quemaban encajasen. Uno dentro del otro. Con confianza. En silencio. Un placer conocido y largo. Con las rodillas sobre el colchón, ejecutó una primera embestida educada, una segunda todavía más lenta y, luego, se entregaron a un vaivén tranquilo hasta convertir aquella coreografía calmosa en un baile a dos, cadencioso y apasionado.

—Te quiero, Xavi.

Cuando se tapó la cara con la almohada, él entendió que se acercaba el fin del mundo. El de ambos. El reto —no expresado— de acabar juntos y en lo más alto lo que habían comenzado los dos. El orgullo de pareja.

Rendidos, no tardaron en dormirse. Se quedaron abrazados, desnudos, enredados uno en el otro hasta que Xavi, medio sudado, se levantó con desgana a abrir la ventana. El rumor del mar, en primer plano, los convirtió en dos maderos flotando en la noche.

Se despertaron más temprano de lo que habrían querido. No se acordaron de poner la pinza en las cortinas. El sol les dio en la cara y, con la calma de un nuevo día, les molestó hasta desvelarlos.

—Buenos días, amor mío...

Xavi se fijó en que una pierna de Mara había quedado, sexi, por encima de la sábana. Le puso la mano en el muslo, sin ganas de retirarla.

—Hola —murmuró ella, aún en la duermevela—. ¿Hace buen día?

El cerebro tardaba en reaccionar. Entre las preguntas y las respuestas volaba una mosca y volvía a detenerse.

—Un sol que ni pintado...

Otra mosca.

—Ya sé cuál es tu palabra favorita...

O puede que fuera la misma, que iba del ventanal a un lado de la cama.

—¿Cuál?

—Hacerse el remolón...

—Sí que apetece, sí... —Metió la pierna bajo la sábana—. No me movería de aquí en todo el día.

—Pues yo tampoco...

—Pero...

—¿Qué?

—Son tres palabras y has dicho una...

—Y yo diría que remolón no está bien dicho.

—¿Cómo que no? Tendremos que preguntarle a Darín... —Mara ahuecó la almohada, le dio la vuelta hacia el lado fresco y se acomodó—. ¿Sabes cuál es mi palabra favorita?

—¿Viaje?

—*Fernweh*.

—Ah. —Xavi se puso de lado, muy cerca, y le acarició la marca de la varicela. Luego le peinó una ceja—. ¿Qué significa?

—Exactamente, no sé, porque los alemanes tienen palabras que aquí no salen en el diccionario. *Fernweh* sería algo así como nostalgia de un lugar en el que nunca has estado.

—¿Una ilusión?

—No exactamente.

—¿Una añoranza preventiva?

—Puede...

—Es como lo de Proust... ¿Cómo era? ¿El misterio no es viajar a nuevos lugares, sino verlos con nuevos ojos?

—*Fernweh*.

—Más o menos.

—Es bonito, ¿verdad? Nostalgia de lugares que te gustaría conocer y a los que puede que nunca vayas.

—Tú has estado en todas partes. Y mil veces.

—En todas partes no.

—¿Cómo que no?

—Muy cerca de aquí hay un sitio donde nunca he estado. Y nadie se cree que no haya estado nunca.

—¡En Formentera! —Xavi hizo memoria. No era la segunda ni la tercera vez que su mujer lo había comentado.

—Sí, señor, en Formentera. He tenido ocasión de ir muchas veces y por una cosa o por otra...

La mosca se posó sobre la sábana fina, en la montaña de la cadera de Mara. Xavi intentó atraparla con la mano. Se acercó por detrás y, con un gesto seco, cerró el puño. Cuando lo abrió, estaba vacío.

Él se levantó primero. Le gustaba entrar en la ducha con el plato seco y sin vapor en el baño. Mara se inclinó la almohada para contemplar desde la cama el espectáculo marino que se presentaba ante ella. Hacía tiempo, puede que muchos meses, que no oía a Xavi silbando las canciones de siempre. Tenía un repertorio de ducha limitado, pero, entre el trabajo, la presión, la obsesión por la casa de Avakian y los líos judiciales que vinieron después sin previo aviso, hacía muchos días que su marido se duchaba en silencio. No obstante, Mara no se había dado cuenta hasta aquella mañana de felicidad.

Por San Juan, todo el mundo se levantó a la hora que le apeteció.

—Darín, buenos días... —Mara apagó la luz de la cocina. Con tanta claridad, no era necesario que estuviese encendida—. Eres el primero.

—Quería ir a bañarme... —Apagó la Nespresso cuando tuvo la taza medio llena.

—No la..., que también me voy a hacer uno —pidió, con un blusón de ir a la playa—. ¿Y has cambiado de idea?

—¿De qué?

—De bañarte...

—Es que... —Lo confesó—: No tengo bañador. No lo encuentro. Supongo que Biosca se llevó las cosas sin pensar y debió de...

—¿Quieres uno de Xavi?

—No me va a entrar. Yo tengo más... —Se dio una palmada en la barriga—. Estaba pensando en bañarme en pelotas. ¿Un *ristretto* te va bien?

Mara emitió un sonido gutural que fue interpretado como un asentimiento. Después de la cortesía de buenos días, había llegado el momento. El periodista Albert Casanovas, conocido profesionalmente como Darín, después de la escena de la noche anterior, debía responder a la madre de todas las preguntas.

—¿Cómo estás?

No le apetecía mucho hablar de ello. Nada, en realidad. Solo tenía ganas de cagarse en su mujer, o exmujer, o como fuera que tuviese que llamar a Biosca a partir de aquel momento, y vomitar todo lo que él consideraba que llevaba años aguantando y aguantando. Estaba harto de que le pusiera palos en las ruedas y harto de la convivencia con una diva del fotoperiodismo que vivía con la falsa modestia de quienes disfrutan del reconocimiento público, pero siempre quieren más. Dicen que les sobra, que les molesta, que ellos no están para halagos de calle, pero en el fondo nunca tienen suficiente. Todos los creadores son iguales. Nunca hay nadie mejor que ellos, pero todos tienen la sensación de que a los otros se les aplaude más. O durante más tiempo. Ego de artista, lo llamaba Darín. Fotógrafos, pintores, escultores, escenógrafos, poetas, había observado que, a la larga, todos se vuelven rancios, con el aliento reseco de un tío en el hospital.

—¿La verdad? —Se le escapó la mirada sarcástica antes de responder—. Pensaba que estaría más jodido. Ya no somos niños. Si quería largarse, pues ya está, pues adiós muy buenas. Mejor así. Sin alargarlo mucho y sin reproches, que ya somos mayorcitos. A Biosca el vino blanco le da dolor de cabeza, la pone de mal humor, tuvo esos cinco minutos, se cruzó y... Lo siento, sobre todo, por el *show* que montamos.

—No lo digas más... Por favor.

—No cantes victoria. Piensa que aún puede echarse atrás —dijo Xavi cuando puso un pie en la cocina.

—No creo que vuelva.

—Buenos días, amor.

Xavi y Mara se dieron un beso.

—Qué gustito a café...

Él también olía bien. Cuando salían de casa, se enjabonaba con el gel de chocolate que se llevaron del hotel Sacher de Salzburgo. Cada mañana, cuando arreglaban la habitación, les dejaban dos botellitas nuevas —gel y champú—, y Mara arrambló con todo. Tenían el neceser lleno. Hacía años que habían ido a Austria, pero aún les quedaban existencias. Cada vez que Xavi se duchaba con aquel jabón era como si le diese un bocado a un trozo de tarta de chocolate.

Salieron al porche, cada uno con su taza.

—Nosotros siempre le habíamos caído como el culo, ¿verdad?

Resopló. Le daba pereza seguir dando explicaciones.

—Oye, venga, olvídate de ella...

—No es que tu mujer disimulase mucho...

—Ella era así. —Darín se corrigió. Enseguida—. Es así, quiero decir. ¿Qué planes tenemos para hoy?

—¿Planes? —Mara, todavía en el séptimo cielo, respondió mientras picaba cereales de un bol—. Podéis estar seguros de que los chavales de la otra casa no se levantarán hasta la tarde. No sé qué hora era cuando aún se estaban bañando en la piscina. Los mayores iremos a comer un arroz negro aquí al...

—Hostia.

—¿Qué? —Mara se asustó por el juramento de su marido.

—Habíamos reservado para seis. —Le guiñó un ojo a Mara. Solo intentaba provocar al amigo abandonado—. Les diré que seremos cinco, no pasa nada. Dejaremos un sitio vacío en la cabecera, si te parece bien.

—Mira que eres gracioso cuando quieres. —Darín encajó el golpe bajo—. No todo el mundo puede ser la pareja perfecta como vosotros, ¿verdad?

—Por la tarde, cada cual a su aire. —Los cereales del bol creaban adicción—. Joana y yo iremos a Rosas a hacer esquí acuático con el Moreno. Le diré que tenemos que aprovechar este mar plano de hoy...

Darín miró al frente con la expresión de un capitán de embarcación.

—Tienes razón. No parece el mismo mar de ayer cuando llegamos.

—Es como una sábana.

—Irás con Joana si es que se levantan... Porque esos dos ya se quedan sin desayunar. Quizá deberíamos decirles que tenemos mesa en el primer turno, a las dos.

La primera siesta del verano, al aire libre, no tiene precio. Más aún después de un buen arroz. Los tres hombres, uno al lado del otro, cada uno en una hamaca, estaban de foto. Carla, cuando reparó en la estampa, les hizo una con el móvil. Los tres con la boca abierta. Para digerir la comida, el abogado, el arquitecto y el periodista estaban echando una cabezada en el porche, al abrigo de un viento ligero que no perturbaba el sueño. Darín incluso roncaba. Los tres chicos, cuando pasaban por su lado, se mofaban de su bañador, que le iba tres tallas estrecho. Las chicas, más prudentes, no se atrevían a mirar tanta materia estrangulada. Después de enviarse las fotos de la cabezadita de sus padres, los jóvenes entraron en la cocina para ver si encontraban algo de comer. A las cinco ponían agua a hervir para hacerse unos espaguetis blancos. Fue todo el tesoro que encontraron en la despensa de los Llobet. A la edad en que aún todo les parece bien, consideraron que, con un chorrito de aceite para que no estuviesen tan secos, eran una vianda suculenta.

En la bahía de Rosas, el Moreno era todo un personaje. Era un monitor de esquí acuático que trabajaba cuando le salía un cliente, aunque fuese festivo. Lo llamaban el Moreno no porque fuese su nombre —lo bautizaron en Almería como Pedro Rivera Ruiz—, sino porque, de pasar tantas horas al sol, se le había tostado la piel. Tenía un negocio de submarinismo, alquiler de motos de agua y clases de todo tipo, desde patín hasta *wakeboard*, pasando por pádel surf y esquí acuático. En los meses de invierno, cuando el centro náutico bostezaba, vendía helados cerca del barrio del call de Girona. Por el precio de la clase, el Moreno te prestaba el traje de neopreno, el chaleco y el casco, y él mismo pilotaba la motora. Mara, después de hacer unas cuantas clases, lo había probado media docena de veces.

—Tiene algo de montaña rusa. ¿Sabes esa sensación de velocidad en el estómago?

—No sé si atreverme...

—Cuando arranca, cuando te levantas, oh... Es una sensación de libertad como pocas cosas en la vida.

—Me hace gracia probarlo, pero hay que tener un equilibrio que yo no sé si tengo.

—Si sobre nieve esquías genial, esto aún es más fácil... Y hoy el agua está como un cristal.

Joana no estaba convencida.

—Primero una y luego la otra, no hay ningún problema... —El Moreno lo solucionó pronto.

—El único fastidio de estos deportes es que cuando te has disfrazado, te has puesto los esquís, y el agua y la lancha y todo está a punto, ya se ha hecho de noche...

Joana subió a bordo de la barca a motor, al lado del Moreno. Se volvió hacia la popa y preparó el teléfono para poder hacer un buen vídeo. Grabó todo el proceso. Registró el modo en que Mara se aferraba al trapecio, cómo se tensaba la cuerda a medida que arrancaba la lancha, cómo se quedaba erguida, levantaba la punta de los esquís y, con el culo un poco bajo, como si estuviese colgando de un balcón, se iba incorporando. Olé, se le escapaba a Joana de tanto en tanto. Le parecía que su amiga, con los brazos fuertes a los cuarenta y muchos, lo hacía con habilidad, sin miedo, pero con la prudencia de los novatos. Aquello no parecía el campeonato del mundo, pero tampoco tenía, en ningún momento, sensación de inseguridad. A medida que el Moreno iba dándole un poco más de alegría a la pasada, las mejillas de Mara se iban tensando y hacía fuerza con los brazos y con toda la musculatura del cuello, como si la inercia la arrastrase en contra de su voluntad.

Cuando Mara se soltaba y caía de culo en el agua, se oía reír a Joana. El Moreno, que conducía con una sola mano y miraba siempre hacia atrás, volvía a pasar a muy poca velocidad junto a la esquiadora, para recogerla. Le decía que lo había hecho muy bien y le daba un par de consejos que ella, entre el rumor del mar y la taquicardia del motor, no podía escuchar. Aguardaba a que ella se enganchase a la cuerda, dejaba que se recuperase y, cuando había cogido aire y Joana tenía el vídeo a punto, hacían otro viaje arrastrando a Mara por la estela que dejaba la motora. Cuando no podía más, se soltaba y volvía a hundirse en el agua.

La cuarta pasada comenzó mal. En el momento en que arrancó la lancha, Mara se despistó medio segundo y ya fue a remolque todo el rato. Un esquí entró bajo el agua, la pierna le pesaba un quintal y, por más que intentaba sacar el pie a la superficie, no podía. Desequilibrada y tragando las salpicaduras de agua, seguía intentándolo. Cuando lo consiguió, con un esfuerzo inhumano, la pierna le salió disparada hacia delante y, haciendo una extraña ese, en un abrir y cerrar de ojos notó que el tobillo se le enganchaba en el trapecio y no conseguía liberarse. Joana, alarmada, dejó de grabar, y cuando el Moreno oyó los gritos de una y de otra, redujo la velocidad. La barca había arrastrado a Mara durante unos cuantos metros con una pierna elevada y la otra retorcida como solo lo haría una contorsionista de circo de tres pistas. Había querido soltarse, como le habían enseñado en el cursillo, pero se había quedado enredada por un pie. Entre la velocidad y la desesperación, no pudo recuperarse. Con el pecho y la cara iba golpeando el agua, rebotando como un muñeco. La lancha aún dibujó una última parábola antes de detenerse completamente. Si Joana no hubiese dejado de grabar, habrían podido ver hasta el final del accidente.

El Moreno reaccionó rápido. La Cruz Roja de salvamento marítimo no tardó en llegar ni dos minutos desde el fatal revolcón. Mara —su cara lo decía todo— les dijo que nunca había sentido tanto dolor. Se le caían las lágrimas mientras le retiraban el esquí de la otra pierna y, con gran dificultad, la subían a la embarcación. A simple vista, la luxación de tibia y peroné era evidente. Joana trataba de que Mara no mirase cómo le recogían la pierna y, con sumo cuidado, se la estiraban para poder inmovilizarla con una especie de bota inflable gigante. El médico pensó que ojalá no fuese más que eso.

20

Te he enviado una canción alegre

Entrar por urgencias. Entrar en ambulancia. La peor manera de ingresar en un hospital. O la mejor, según se mire, dijo Xavi para animarla. De repente, se abren todas las puertas y sabes que todo el mundo corre, que todo el personal está pendiente de ti, que te sientes atendido y que —si no es cuestión de vida o muerte— todo está bajo control. Él, que había sostenido la mano de Mara durante todo el trayecto, del CAP de Roses hasta el hospital de Figueres, fue el primero en bajar de la ambulancia. No era el momento de quejarse, pero se había mareado como un pato. Por mucho que se hubiese partido la tibia y el peroné, por mucho que la pierna se le hubiese quedado mirando a barlovento y el pie a sotavento —en palabras textuales del médico de la Cruz Roja, que se sintió superado por la fractura—, Mara iba sedada, llevaba la pierna inmovilizada desde la ingle hasta los dedos del pie y quizá no habría sido necesario poner la sirena y conducir como si no hubiese carriles.

—¿Cómo está?

—Uf... —Con un hilo de voz—. Me duele mucho.

—Ahora, con mucho cuidado, la pasaremos a

esta camilla y la llevaremos a hacer unas placas, ¿de acuerdo? Estese tranquila... —La enfermera miró a Xavi y, sin tener nada contra él, no fue tan maternal—. Usted espere en la sala. Ya le avisaremos cuando tengamos un box.

Se reencontraron al cabo de media hora. El traumatólogo de guardia, de espaldas a la cortina, ni siquiera lo vio entrar. Observaba la radiografía a contraluz e iba haciendo el diagnóstico en voz alta, en directo, sin prisa. Mara Lincoln presentaba, a la altura del tobillo de la pierna izquierda, una fractura limpia, cerrada, sin herida. El doctor Llambrich, cirujano con piel de pescador, le palpó las dos piernas. Se tomó su tiempo comparando ambas rodillas. Las tocaba sin mirarlas, cerrando los ojos, con la concentración del violonchelista que afina el instrumento. Comprobó que la mala no estaba demasiado hinchada, que los ligamentos, por suerte, no parecían afectados, y les comunicó que lo más conveniente, según su opinión, era operar esa misma noche. Cuanto más pronto, mejor.

A Mara le bastó con cerrar los párpados con resignación para que Xavi y el doctor Llambrich entendiesen que adelante. Qué remedio.

Xavi salió a la calle. Llamó para avisar a Andreu y a Joana, que estaban esperando noticias con ansiedad en el casoplón del cabo Norfeu. Fue conciso. Habló telegráficamente, al estilo de los Vera cuando se presentaba un problema. Cuanto más grave era la situación, menos hablaban.

—La operarán en cuanto puedan, cuando haya un sitio en quirófano. Me parece que el doctor sabe lo que se hace. Me han dicho que tiene muchas horas de quirófano. Tendrá que estar ingresada tres o cuatro días, con la pierna en alto. Decidle a los niños que su madre está bien. Y Carla, si quiere venir, que coja ropa de Mara, el camisón y bragas y sujetadores, que aún lleva puesto el bañador, y os venís para acá. El hospital está a unos trescientos metros del museo de Dalí, no mucho más. Mara está mejor. Y dice que Carla le traiga el móvil, que lo tiene enchufado en el baño. No hace falta que corráis, que tenemos para rato.

Las horas de quirófano no se acaban nunca. Aunque abajo no pierdan el tiempo, en la habitación cada minuto se multiplica por seis. Miras el reloj y, como pasa en los aviones, las agujas no avanzan. Y lo vuelves a mirar como si quisieras que las manecillas corriesen por hipnosis, pero la realidad se vuelve cada vez más lenta y los pensamientos —todos malos— más graves.

Se habían llevado a Mara a las siete de la tarde y a las ocho y media aún no había vuelto. El equipo del doctor Llambrich se había puesto manos a la obra. Primero la sedación, el pinchazo para la anestesia epidural y, con la paciente en el séptimo cielo, comenzó el recital del solista. Llambrich tenía invitados a cenar en casa a las diez, en El Port de la

Selva, y después de la operación aún tenía por delante un buen rato de coche y curvas. Mara, que había entrado en el quirófano temblando de frío y nerviosa, oía ahora conversaciones lejanas, en sordina, como si todo aquello pasase en el quinto pino, como si la pierna no fuese suya, como si estuviesen destripando un trozo de corcho. Después de abrir, el cirujano certificó sus pronósticos: había que poner dos placas. Una en la tibia, con catorce clavos, y otra más pequeña para ayudar al peroné a soldarse mejor.

—Quien espera desespera. Qué gran verdad. —Joana había vaciado la bolsa que había preparado con Carla. Había colocado la ropa interior de Mara en los cajones del armario y había colgado un vestido y un camisón.

—Me voy a fumar un pitillo —dijo Andreu—. ¿Alguien quiere salir?

Ni Carla ni Xavi respondieron. Él, en las nubes, estaba pensando en cómo sería para Mara vivir en una casa con escalones. Su hija, echada en la cama, estaba mirando el Instagram en su Huawei. Nada más llegar al hospital, enchufó el teléfono de su madre detrás del cabecero y lo dejó encima de la mesilla de noche.

—¿Tú has visto el batacazo? —Joana se sentó en el sofá cama, al lado de Xavi.

—No, no... ¿Lo has grabado?

—Por supuesto. Si no fuera porque causa impresión, hasta daría risa. ¿Quieres que...?

Joana tenía la grabación preparada. En casa de los Llobet, se la había enseñado a Carla y a Sergi, a sus hijas y al resto de los jóvenes que se habían añadido a la verbena.

—Espera, que subo el volumen.

—No hace falta.

—Da más impresión.

Xavi, aguantando la pantalla de Joana, miraba aquello con la boca abierta.

—Hostia... —Se llevó una mano a la cabeza—. Pero si se le ha quedado el pie colgando...

—Sergi ha dicho que si lo presentásemos en un programa de tele de tortazos, nos llevaríamos el premio del viaje.

—Tenemos que enviarlo al *No te la pegues* —precisó Carla.

—No es solo la pierna... Es que se podía haber ahogado. —Volvió a darle al *play*—. Eso sí, la tía no se ha soltado... Ella, tozuda, agarrada al palo. Lástima que se corte el vídeo.

Le devolvió el teléfono.

—También he grabado las pasadas buenas, no te creas... ¿Quieres verlas?

Él volvió a mirar el reloj. No entendía por qué tardaban tanto. Se levantó.

—Luego, luego...

Joana comprendió que Xavi estaba de mal humor. Era el momento de guardar silencio y molestar poco. Carla, como si se lo oliese, se había puesto los cascos en las orejas y su música para blindarse al aburrimiento del hospital.

—¿Sabes qué? —Joana cogió el cesto y se colgó el asa al hombro—. Como no sabemos cuánto va a tardar, bajo al bar y compro bocadillos para todos, porque cuando la suban, que seguro que no tardarán, no estaremos para salir a cenar. Y no sé a qué hora cerrarán la cafetería del hospital.

—¿Quieres dinero?

—Ay, Xavi, por favor...

Él anduvo de un lado para otro por la 218. Al menos les habían dado una habitación para ellos solos. Se sirvió un gran vaso de agua y, en el momento de dejar la botella encima de la mesilla de noche, se encendió la pantalla del móvil de Mara. Miró qué ponía.

«Te he enviado una canción alegre.» Era todo lo que decía, y un enlace.

—¿Has sido tú?

Con la música en la oreja, Carla no lo oía.

—¡Hola! —Gesticuló—. ¿Le has enviado un mensaje a tu madre?

Cogió el móvil de la mesilla de noche, para que supiese de qué le estaba hablando.

—¿Yo? Sí... Para que se la encuentre cuando la suban. Es *Havana*. A mamá le gusta.

El móvil de Mara volvió a iluminarse.

—¿Otra?

—¿Qué? —Carla no sabía de qué le hablaba.

Antes de que el mensaje se desvaneciera, tuvo tiempo de leer una frase corta.

Mejor que la ducha de Temple Bar.

Llevaba una imagen adjunta. No se había fijado en quién se lo enviaba. En un instante, la pantalla había regresado a negro.

Al cabo de pocos segundos, el móvil silenciado de Mara volvió a iluminarse.

¿Para cuándo otro brownie juntos?

Firmaba Marcello S., y en cinco segundos se fundió de nuevo. Marcello S. Así lo tenía guardado Mara en sus contactos. Xavi no conocía a ningún Marcello S., ni le sonaba que su mujer le hubiese hablado nunca de ninguno. Pero conocía a tanta gente, de tantísimos viajes, que vete a saber. Aún no había apartado la vista del iPhone de Mara, aún no había entendido de qué iban aquellos wasaps, cuando llegó otro. Estaba en italiano. O en inglés.

Bacci and sex.

Solo decía eso.

De repente, la curiosidad pudo más que él. Una angustia irrefrenable lo llevó a actuar como nunca pensó que lo haría. Ellos no tenían nada por lo que espiarse. Pero en aquella crisis de extraña ofuscación, el ímpetu pudo más que los miramientos. De pronto, decidió utilizar el código. Nunca se lo habían dicho. En la familia Vera Lincoln cada uno tenía su iPhone, su código y su historia. De todas maneras, Xavi conocía la contraseña de seguridad de Mara, del mismo modo que Mara también sabía la suya, estaba seguro. La de él era muy fácil: 9999, el número más cómodo de teclear con el pulgar.

Sin desenchufar el móvil, Xavi se puso de espaldas a la cama. Se tapaba con su propio cuerpo para que Carla, que estaba tarareando su música, no se diese cuenta de que estaba manipulando el móvil de su madre. Tecleó dos veces 69. Era, dos veces, el año que había nacido. O eso había creído siempre.

Respiró hondo y recuperó, por orden, los tres mensajes. Sabía que si los abría, a Mara le constaría que alguien los había visto. Pero, llegados a tal embrollo, quería saber qué foto era esa que resultaba que era mejor que la ducha del Temple Bar. Primero no se atrevió. Luego pensó: qué coño. Mara, con la anestesia y los tranquilizantes, no sabrá ver si esos mensajes tienen el doble *check* y, con suerte, encontraré el modo de borrarlos y que nunca sepa que los ha recibido.

Abrió la imagen.

Era una fotografía de una catarata en una puesta de sol. No se veía a nadie. Solo una gran cantidad de agua en una especie de paraíso que podía ser de cualquier continente. Parecía más una imagen sacada de un catálogo que una foto hecha por Marcello S. No sabía cómo sería la ducha del Temple Bar, pero en la postal el agua caía a base de bien.

Sin volverse, Xavi le quitó un auricular a Carla.

—¿Tú te acuerdas de cuándo fue tu madre a Dublín? —dijo con una voz que pretendía sonar normal.

—Ni idea. —Ella misma, sin dejar de canturrear, volvió a encajarse a Ariana Grande en la oreja.

Decidió ir hacia arriba de la conversación. Lo hizo con la mirada perspicaz del alumno que entra en la sala de profesores para ver las preguntas del examen, con la precipitación del ladrón que debe robar la joya antes de que suene la alarma, con la inquietud del marido que tiene pocos segundos para detectar una realidad oculta durante vete a saber cuántos años.

En el momento más impensable, en un día absurdo, descubría una doble vida de alguien de quien pensaba que lo sabía todo.

Deslizaba hacia arriba la pantalla y no podía creer lo que leía.

Iba hacia atrás en el tiempo y quería morirse.

Cuando llegó a Navidad, renunció. No quería ver más. No borró la conversación. Se limitó a dejar el móvil donde estaba, se dirigió al sofá cama y se desplomó en él.

—No te preocupes, papá. —Carla vio su cara larga—. Ahora la subirán.

Llegaron antes Joana, Andreu y los bocadillos de jamón que Mara. Finalmente, la subieron pasadas las diez. Cuando entró en la habitación, despeinada y con los dos brazos por encima de una sábana verde, hizo un esfuerzo por poner buena cara. Carla fue la primera en acercarse a ella.

—Olé, mamá... —Le dio un beso—. ¡Eres una campeona!

Entre dos enfermeros forzudos y Andreu, la pasaron a la cama. El bulto de la pierna, en alto y vendada, ocupaba más que ella. Mara se agarró al loro para recolocarse como pudo y encontrar un punto de alivio. Le llevó un rato hallar la postura.

No habían pasado ni dos minutos cuando el doctor Llambrich, vestido ya de calle, entró en la habitación.

—Ha ido todo bien. Una fractura limpia. Ninguna sorpresa. A partir de ahora, una semana con la pierna en alto sin hacer nada. ¿Mi consejo? Quedaos aquí cuantos más días mejor. Si son tres, mejor que dos, no tengáis prisa por volver a casa. Y luego, poco a poco, a moverse con muletas.

—¿Y el pie en el suelo? —preguntó Joana.

El médico abrió las manos como un Mesías de pantocrátor.

—Ante todo, mucha calma. Cuando veamos que la pierna está bien y estable, poco a poco podrá poner el pie en el suelo, sin peso. Pero no queramos correr ahora. —Puso la mano en el hombro de Mara con gesto familiar, de médico—. Este año la maratón de Nueva York la verás por la tele. Yo pasaré mañana.

Cuando el doctor asió el tirador de la puerta, se fijó en que Xavi estaba de pie, recostado contra el armario de la habitación.

—¿Tú estás bien? —le preguntó.

—Sí, sí.

—Estás más pálido que tu mujer...

—Gracias. Ahora bajaré a tomarme una Coca-Cola.

Xavi respondió sin saber lo que decía. Él no tomaba Coca-Cola. Y menos aún de noche. Y menos aún esa noche, en que ya sabía, con toda seguridad, que no podría dormir.

21

El regalo de los sauces

Con la excusa de las llaves, Xavi Vera lo llamó para quedar y verse. Si podía ser hoy, mejor que mañana. Y él, creyendo que era una duda de trabajo que requería una solución técnica, dos consejos y un empujoncito, lo citó para pasado mañana. Hacía mucho tiempo que Llobet había descubierto que no era necesario correr. A punto de cumplir los ochenta, la prisa había dejado de ser una medida.

Le sorprendió la casa del maestro. En otro día, en otro momento y en otra circunstancia, Xavi se habría preguntado qué hacía todo un Bruno Llobet, uno de los padres de la arquitectura moderna, viviendo en una casa con columnas victorianas al lado del puente de Vallcarca. Si hubiese estado de buen humor, se habría detenido a mirar las piezas de anticuario —jarrones, lámparas y esculturas— desperdigadas aquí y allá. De no llevar tres días sumido en sus propios pensamientos, quizá habría notado que los altavoces clamaban en ruso una ópera de voces graves. Seguro que, gustándole como le gustaban los perros, si le hubiese quedado una pizca de humor, solo una pizca, le habría hecho alguna carantoña al beagle que se había acercado a decirle hola, quizá porque había olido su disgusto nada más entrar por la puerta.

Tomados del brazo, profesor y alumno atravesaron una galería de vidrieras emplomadas, salieron al jardín de los sauces, Xavi tomó asiento donde le indicó el bastón de Llobet, dejó la chaqueta en una silla, aceptó el vaso de limonada natural que le ofrecieron y forzó la sonrisa de aquí no pasa nada.

—¿Sabes lo que me gusta de la casa que le estás haciendo a Avakian?

Xavi, después de la última visita con Llobet y Joana, estuvo pensando en ello. Suponía que lo que valoraría sería, por encima de todo, la integración con el espacio natural y la sinceridad de la propuesta.

—Más incluso que la estructura, que es ciertamente original, me gusta que hayas creído en el instinto. Y eso se nota...

—Gracias.

El profesor, con voz ronca, meditaba las palabras. Apuntalaba su discurso como si construyese una casa.

—Es el instinto, sí. Quiero decir que no te has encasillado en ningún estilo, que te has dejado llevar más por la nariz y por el trazo que no por las soluciones racionales, que tal vez habría sido lo más fácil. —Desenvolvió un caramelo de café con leche y se lo metió en la boca—. Me gusta porque no has partido de una visión preconcebida, sino que has dejado que saliese una voz propia. Tu voz. Al final, ¿qué es la arquitectura?

Xavi regresó de un plumazo a los pupitres de la

facultad, treinta años atrás. Detestó la situación. Tampoco tenía ganas de responder.

—Es el arte de gastar el espacio. Eso lo decía Philip Johnson. Yo creo que la arquitectura es, más bien, disfrutar del espacio que habías imaginado. Si te pones en la piel del cliente, una casa solo es una cosa.

—...

—Una esperanza de felicidad. Es la alegría de vivir juntos. El resto...

Llobet se frenó, como si fuese a decir algo tan irreverente que lo obligara a pararse a tiempo antes de que viniesen dos puristas del gremio a detenerlo. La verdad, como sucede a menudo, era más prosaica. Tan solo necesitaba tiempo para desencallar el caramelo, que se le había quedado pegado al paladar. Percutía con la lengua para conseguirlo. Se afanaba en que nadie se diese cuenta —ni Xavi ni el beagle, que al parecer se llamaba Rufus, ni la sirvienta que rondaba por allí— de que la masa dulce empezaba a acoplarse y que, si tardaba mucho en arrancarla, quizá se solidificaría para siempre y tendrían que extraérsela, como un molde perfecto de su paladar.

Xavi lo inquirió con la mirada para que se viera obligado a rematar el argumento, que había quedado suspendido en el aire. Una vez desencajado el *toffee*, Llobet terminó la frase. En definitiva, tenía ganas de decir que el resto son teorías de medio pelo, pajas mentales de arquitectos estrella que necesitan montarse una teoría entera para justificar sus extraños edificios, para explicar grandes churros inhabitables, para montar relatos sobre iconos de ciudad que solo buscan la foto. Y los honorarios, añadió antes de deshacerse del caramelo.

—Toma. —Sacó el manojo del bolsillo del pantalón—. Antes de que se me olvide y me las vuelva a llevar.

Xavi dejó las llaves de la casa del cabo Norfeu sobre el velador, al lado de la jarra de limonada fresca.

—¿Ha ido todo bien?

—Una casa espléndida, ya lo sabes. Muchas gracias. La casa, espectacular. A todo el mundo le gustó mucho y estuvimos muy a gusto. La verbena, genial... Al día siguiente, bueno, ya lo sabes, te lo conté por teléfono.

—Qué mala pata, chico. Es muy raro romperse la tibia y el peroné haciendo esquí acuático...

—Mucho. Hay más lesiones de ligamentos, es verdad. Bueno, yo no entiendo mucho, pero eso fue lo que le dijeron a Mara en el hospital. Mala suerte, sí...

—¿Solución?

—Tiene para rato. De momento, una semana con la pata en alto. Luego, unos tres meses de paciencia, recuperación y poco a poco.

—Cuánto lo siento...

—Solo es una pierna. Quiero decir que...

—Ya te he entendido, hombre. —Llobet, con una sonrisa, quiso ahorrarle la justificación.

Xavi se mojó los labios en la limonada, hizo de tripas corazón y miró al cielo. El viento empujaba las nubes hacia el mar.

—Quería contarte una cosa. Es un poco delicada, no sé muy bien cómo...

Un silencio espeso lo invitó a continuar.

—No se lo he contado a nadie... Acaba de pasar y no sé cómo... Tampoco sé si hay que ir pregonando estas cosas en voz alta.

Llobet le sirvió dos dedos más de limonada y, con tres palabras, supo formular la pregunta que a más personas ha ayudado en la historia de la humanidad.

—¿Qué te pasa?

Xavi encontró el extremo de la hebra para ir desenredando la madeja.

—Mi mujer está con otro. —Se avergonzaba tan solo con decirlo en voz alta. Pero ya había comenzado—. Encontré unos mensajes en su móvil, así, sin querer, y se me ha caído el mundo encima. Es lo último que esperaba...

Se estiró de las mejillas con las dos manos, como si la vida se le hiciese una montaña.

—Vaya...

—Ella no sabe que lo sé.

—Chico...

—Aún no.

Llobet reaccionó al cabo de cinco segundos eternos.

—¿Puede ser un malentendido?

—Uf... —Ni siquiera quiso responder—. No me entretuve mucho, pero no es ningún malentendido, no. Estos días, con el accidente y todo, están siendo difíciles. Y no he sabido cómo afrontarlo.

Del bolsillo de la chaqueta que había dejado encima de una silla libre extrajo un papel doblado. Rufus, como si oliese que allí había una buena historia, alzó la mirada.

—Le he escrito... —Desdobló el folio—. No sé si...

Llobet se atusó la barba. Puede que hubiese llegado el momento de recortarla un poco, pensó.

—Le he escrito esta carta a Mara para dársela, pero...

El enmudecimiento de Llobet fue reconfortante, por respetuoso. Xavi se puso a leer para él lo que había escrito en caliente. Un folio y medio, por delante y por detrás, con letra apresurada. No había tardado más de... Leía para sí. Cabizbajo, con las piernas abiertas y el papel entre las manos. No movía un labio. Solo las pupilas recorrían lo que le había dictado un arrebato. Lo había escrito, lo había leído una sola vez, había doblado la carta, se la había guardado en el bolsillo y no había querido volver a verla. Tenía miedo de haber sido demasiado cruel o demasiado sincero o demasiado estúpido. Y, por encima de todo, no quería darse pena a sí mismo. Si había algo que no soportaba en los demás era la autocompasión. En él, todavía menos.

> Mara:
>
> ¿Qué nos ha pasado?
>
> Ni lo entiendo ni nos lo merecemos.
>
> De repente parece que todo se derrumba, y no me lo puedo quitar de la cabeza.
>
> Hay momentos en que, peor aún, pienso que nunca se disipará esta niebla que ahora me acompaña a todas partes.

De golpe, el azar. Tu accidente, la operación y Carla diciéndome que esté pendiente del...

Un italiano. Un viaje y un mensaje. Se llama Marcello.

Ya tenía bastante. «Se llama Marcello.» No quería continuar. Temía derrumbarse delante de Llobet si seguía adelante, y no era el momento de ablandarse. Bastante deprimido se había sentido ya después de escribirla y firmarla sin aire en los pulmones. Levantó la cabeza, la barbilla adelantada, como un niño que pide auxilio para salir de la cuna. No debía emocionarse en el jardín de los sauces, la primera vez que entraba en casa de su mentor. Dobló la carta, se aclaró la garganta y se puso de pie para que no le viese los ojos.

—No sé si debo dársela. ¿Puedo preguntarte cómo lo ves?

—Joder, Xavi... —Abrió la mano y la dejó caer al suelo para que Rufus le lamiese las uñas—. No sabría qué consejo darte.

—Le digo a Mara cómo me siento. Sin rodeos. Es la carta que nunca pensé que escribiría porque nunca pensé que en casa fuésemos tres. También sé que, si se la doy, nos hará daño... Pero no quiero pasar por tonto. De algún modo tengo que hacerle saber que lo sé, que me he enterado de su historia, pero estoy seguro de que si hablamos de ello...

¿Qué?, habría querido preguntar Rufus, tumbado a los pies de su amo.

—Saltará todo por los aires. —Lo tenía elaborado. Durante dos larguísimas noches de hospital, embutido en la cama del familiar de compañía, le había dado vueltas y más vueltas—. Si le digo que lo sé, saltará todo por los aires. Si no le digo nada, ¿cómo convivo yo con esto a partir de ahora?

—A ver, Xavi... Tú eres un hombre hecho y derecho, por el amor de Dios... Yo te tengo por un... —Hizo el gesto con las manos, para ayudar a que salieran las palabras—. ¿Cómo se llamaba aquel tenista sueco?

De repente, pasó un ángel por el jardín de Llobet. Iba con *shorts* de toalla y una camiseta de lino de manga larga que le iba grande...

—*Good morning*. —Al ver que el arquitecto no estaba solo, la chica de pelo negro hasta media espalda se disculpó graciosamente por su presencia.

—*Hi, Hiroki* —le dijo Llobet.

—Buenos días, buenos días —respondió Xavi cuando vio huir de puntillas a aquel ángel descalzo que pasaba de los treinta, no llegaba a los cuarenta y todavía sabía llevar los pantalones color café con leche sin que se notase que eran de pijama.

—Se llama Hiroki. Buena chica. Me ayuda mucho. —Se vio atrapado—. Hiroki Sugita, una arquitecta brillante. Está una temporada en nuestro despacho...

—¿Una estancia?

—Exacto. Una estancia. Es muy buena. —No dejó que Hiroki le quebrara las oraciones—. ¿Qué estábamos diciendo?

—El tenista sueco...

Ambos, elegantes, actuaron como si no hubiese pasado nada.

—Ah, sí. Uno rubio que lo ganaba todo...

—¿Edberg?

—No, el otro. El mejor de todos... Que han estrenado una película de él no hace mucho.

—Borg.

—Tú eres como Borg. Frío, controlador de las situaciones y las emociones. Un profesional hasta las últimas consecuencias. La rabia solo nos hace más vulnerables. ¿Cuántas raquetas viste que rompiese Bjorn Borg?

—No me gusta notar la rabia dentro de mí. Pero en estos momentos... Cuesta mucho, ¿sabes? —Se sentó de nuevo delante de Llobet—. He pensado en hacer las maletas. Aún lo pienso. Por eso necesitaba contarlo, supongo. Decirlo, verbalizarlo...

—En la vida pasan cosas muy gordas como para que ahora te me hundas por esto.

—Siempre he pensado que si tienes un problema y se lo puedes contar a alguien, se vuelve más pequeño. Aquí dentro —se tocó la cabeza— todo se hace más grande.

—No soy quién para aconsejarte, chico. No tengo ni idea. Con tres bodas y dos divorcios, quizá no sea el mejor de la especie para dar lecciones. Yo soy, para que nos entendamos, de monogamias sucesivas...

Llobet consiguió hacerlo reír. Xavi estaba tan rígido que le vino bien relajar la mueca. Sin ninguna raqueta cerca que romper, el humor es lo que tenía más a mano, aunque fuera de mala gana. Agarró a Rufus por la cabeza y le hizo la carantoña que él mismo habría necesitado.

—¿Puedo decir una cosa? —La mirada burlona de Llobet era peligrosa—. ¿Puedo?

—Claro...

—Yo pensaba que me ibas a decir otra cosa...

—¿Ah, sí?

—Cuando has empezado con que si era una noticia incómoda o una cosa que no sabía nadie...

—Miedo me das, Llobet.

—Con la confianza que existe entre nosotros y ya que hemos entrado en este terreno... —Dudó—. ¿Te lo digo o no?

—¡Suéltalo!

—En la última visita a la casa de Avakian, os vi muy a gusto a ti y a Joana...

—¿Joana y yo?

¿Quién es Joana?, pensó Rufus, que se arrellanó.

—Cuando os dejé allí solos pensé... Ella no te mira como se mira a un socio.

—Hombre, no fastidies.

—No pasa nada, muchacho... Permítenos caer en la tentación. En la vida, cada vez que he tenido que recitar el padrenuestro, cuando llego a esta frase, que es la más picante de todas, siempre siempre siempre he pensado lo mismo. Hay que caer en la tentación. De morros. —Levantó un dedo para que Xavi no lo interrumpiese—. La única manera de superar una tentación es caer en ella.

El nombre, de golpe, turbó la mañana. Había acudido a casa de Llobet con un problema y no quería salir de allí con dos. Xavi le pidió que, por favor, aparcasen el asunto de Joana, que no veía a cuento.

—¿Cuánto hace que estáis juntos? —preguntó—. Tu mujer y tú.

—Con Mara... Veinte años. Falta poco.

—Tu mujer tiene alas. No se las cortes.

—No sé qué quieres decir.

Rufus tampoco.

—Tú echas raíces, ella viaja. —La cara de Xavi lo decía todo. No entendía nada—. Tienes razón. Cualquier palabra que dijeses ahora sería hiriente.

—Pero...

—No puedes volver atrás y cambiar el principio, pero puedes comenzar donde estás y cambiar el final.

—No es fácil, y no sé si tengo ganas, francamente.

Se agarró a las hojas del árbol que colgaban a su lado y se le quedó toda la mano pegajosa. No se acordaba del regalo de los sauces. Llobet, como si tal cosa, le dio su pañuelo para que se limpiase la palma.

—Haz memoria de palabras que os hayáis dicho. Recuerda las cosas que habéis hecho juntos. Y, sobre todo, nunca olvides cómo te ha hecho sentir.

—Ahora mismo no me apetece mucho, qué quieres que te diga. —Aflojó y le devolvió el pañuelo—. De todas maneras, gracias por los consejos. ¿Y la carta? ¿Qué hago con ella?

—Nada de lo que digas ahora ayudará a que Mara y tú os deis una oportunidad. —Y lanzó otra pregunta de tres palabras, la fórmula mágica—. ¿Qué quieres tú?

Con Xavi mudo, Llobet respondió por todos. No le cortes las alas.

22

Tu piel en otro cuerpo

Mara:

¿Qué nos ha pasado?

Ni lo entiendo ni nos lo merecemos.

De repente parece que todo se derrumba, y no me lo puedo quitar de la cabeza.

Hay momentos en que, peor aún, pienso que nunca se disipará esta niebla que ahora me acompaña a todas partes.

De golpe, el azar. Tu accidente, la operación y Carla diciéndome que esté pendiente del...

Un italiano. Un viaje y un mensaje. Se llama Marcello.

Maldito móvil. Por el momento es todo lo que sé. Y, por un lado, me gustaría saberlo todo, pero, por otro, quizá no quiero saber nada más. Me duele demasiado.

Nos duele demasiado, a ambos, como pareja.

Por ahora me rondan mil preguntas. Intuyo que no es el momento de hacerte ninguna porque me temo la respuesta. Y eso es nocivo, Mara, porque cada escena que me imagino es peor que la anterior y la bola crece y crece mientras va rodando cuesta abajo. Con motivo o sin él, el nudo en el estómago también se retuerce y se hace más grande.

Preguntas y más preguntas. A borbotones. Mil. No sé cuántas por minuto.

Si pienso en la noche maravillosa de ayer, no entiendo nada. ¿No era de verdad todo lo que decías y lo que sentías?

«Cuánto me gusta acompasar nuestras respiraciones», dijiste. ¿Era mentira?

¿También sabes decir eso en italiano?

¿Se lo dices a él?

Y me pregunto inmediatamente: ¿qué siente tu piel en otro cuerpo?

Si pienso en tus ojos, en esos ojos que hacen que todo el mundo baile a tu alrededor, me pregunto si a tu amante también le sonríen.

¿Puedo llamarlo así, amante?

¿Debo creer que solo ha existido Marcello?

¿O ha habido más?

¿Quiénes? ¿Cuántos? ¿Dónde? ¿Cuántas veces?

¿Cuánto hace que dura esto?

¿Tan fácil soy de engañar, que estoy siempre en la inopia?

¿Cuánto voy a sufrir cada vez que salgas de viaje?

¿Sabré contenerme para no preguntarte con quién vas?

¿Qué te da él que no encuentres en mí? ¿En qué he fallado, Mara?

Estas dos son crueles. Duelen con solo escribirlas.

¿Es culpa mía, después de todo?

Perdona que no tenga tiempo de compadecerme, pero las preguntas espinosas, esas que pensaba que a nosotros nunca nos llegarían, continúan surgiendo en cascada.

¿Habrá un antes y un después de este descubrimiento?

¿Podremos recuperar algún día la confianza que teníamos hasta ayer?

¿Cuándo caducará esta pena?

¿Nuestro amor —yo aún quiero llamarlo amor— será tan fuerte como para salvar este escollo?

¿Por qué hasta hoy no me había dado cuenta de que los celos dormían dentro de mí?

Y ¿por qué no había pensado en que un sentimiento así podía despertarse de golpe y doler tanto?

¿Entiendes el porqué del nudo en el estómago, el abatimiento y la maldita niebla que no paran de crecer con cada pregunta que no me atrevo a hacerte?

Sé que tampoco es cuestión de hacer un inventario de reproches.

Pero necesito saber cuándo se nos ha secado la vida.

¿Tú lo sabes, Mara? ¿Me lo dirás algún día?

Seguramente, si fuésemos hacia atrás no sabríamos identificar el momento en que la pasión y la ilusión empezaron a convertirse en otra cosa. La convivencia, la cohabitación educada son, tal vez, las nuevas formas que va adquiriendo el amor. No es nada nuevo, ni nada extraño ni ninguna patología. El cariño está presente, pero en el día a día, año a año, se olvidan los detalles. No es cuestión de culpas. No me lo parece.

Estoy convencido de que cuando tenga la mente más despejada sabré detectar las causas de lo que nos ha pasado. En estos momentos todo está demasiado fresco.

Por ahora escuece demasiado, y bastante hago con identificar esta avalancha de sentimientos que, por resultarme tan nuevos, no sé ni reconocer.

Son los celos que decía antes. Pero sobre todo es tristeza. Es incredulidad. Es sorpresa. Por momentos yo diría que es una desesperación desconocida.

Quizá desesperado no es la palabra. De hecho, no sé cuál es la palabra. Son demasiadas las que no me gustan, y tengo miedo de que, si hablásemos de ello, las diríamos.

Engaño no me gusta. Implica sensación de culpa, y ya sabes que estas cuestiones morales que ha impuesto la religión para que nos sintamos mal siempre me han sacado de quicio.

Humillación tampoco es la palabra.

Traición, menos. Aunque no niego que es un concepto que, desde los mensajes del teléfono, ha estado rondando por mi mente más de lo que me gustaría.

No tengo palabras porque no sé escribir. La de la caligrafía perfecta eres tú. A mí solo se me da bien dibujar. Y cojo el lápiz y ahora mismo lo único que me sale son casas vacías, paredes desnudas, muros tan altos que no sé si alguien podrá saltarlos algún día. Ni yo mismo, Mara. Me has hundido.

Y, en este momento, me parece que si lo hablamos será peor el remedio que la enfermedad.

Algunos problemas, cuando se verbalizan, se hacen tan grandes que es más difícil que tengan solución.

No sé qué es mejor. O, mejor dicho, no sé qué es lo que más nos conviene para reunir cabeza fría, inteligencia y ganas de entendernos.

Sinceramente, me preocupa estar delante de ti y que notes algo, que no estoy bien, que me has dejado de piedra, que me tienes tan desorientado, tanto que hoy no sabría ni plantar una casa mirando al sur.

Por otro lado, tengo la necesidad de que nuestros ojos se encuentren de una vez y te des cuenta de lo jodido que estoy, para que me preguntes qué me pasa y, entonces, nos sentemos en el sofá, lo hablemos y tengamos una escena que jamás hubiera imaginado que nos pasaría a nosotros.

Nosotros, que habíamos sido alegría, música y una pareja de Hollywood a los ojos de tantos amigos, ahora nos sentaríamos en el sofá de casa, con la tele apagada y ¿qué?

No me gustaría que siguiésemos el ritual triste de tantas parejas por la noche.

Tú me darías explicaciones, yo te diría que la humillación la digiero como puedo. Tú me contarías la parte de la historia que me hiciese menos daño, y mi autoestima, en un estado muy precario, te lo agradecería.

Quién sabe si tú tendrías remordimientos y yo sacaría la rabia.

Tú plantearías una segunda oportunidad y yo te diría que... No sé qué te diría. Tal vez que la verdad no se borra.

Pero te respondería con la boca pequeña, porque me da que los remordimientos y la rabia no son una buena argamasa para los cimientos de futuro. No sé si podría decirte que sí, que sigamos adelante, porque ahora me he dado cuenta de que la confianza se derrumba más fácilmente que un edificio de siete plantas.

La confianza se construye a base de años, se quiebra en pocos segundos y puede que se necesite toda una vida para restaurarla.

A pesar de este disgusto, pienso en si estoy dispuesto a luchar. Si lo hago significará que te quiero mucho, porque este mazazo me ha hecho recordar aquello que el día a día daba por sentado. Al final puede que los dos seamos los que nos hemos dormido en los laureles, en la rueda del trabajo, mientras veíamos orgullosos cómo crecían las dos cosas que mejor hemos hecho juntos: Sergi y Carla.

Estamos satisfechos de haber creado a dos chicos independientes, inteligentes y que saben espabilarse solos. Se nos cae la baba con uno y con la otra. Con una mirada nos entendemos, solo tú y yo, cuando vemos que han tenido un pequeño éxito que para ellos es fundamental. Lo hemos hecho bien con los niños, Mara. Lo hemos hecho razonablemente bien porque juntos, como padres, hemos salido adelante mejor de lo que pensábamos.

¿Te acuerdas de aquel libro de Bertrand Russell que me recomendaste una vez? Afirmaba que lo más difícil de la vida es saber qué puentes hay que atravesar y cuáles conviene quemar.

Con el disgusto, no sé qué debo dinamitar y por dónde tengo que pasar para no sufrir más. En otros momentos, en cambio, me parece que lo tengo más claro. Es entonces cuando pienso que debo sobreponerme y luchar tanto como sea necesario.

No quiero convertirme en un hombre que vaya por la vida con los puños cerrados.

No sé qué va a pasar, pero sé que no quiero perderte.

Y no te lo digo por egoísmo, por miedo a convertirme en un solitario. Te lo digo porque contigo siempre estoy donde quiero estar. Siempre estoy con quien quiero estar. Y estoy convencido de que, tanto tú como yo, podemos hallar el modo de que el amor dure y volver a ser esa pareja de Hollywood, no ya a los ojos de los demás, que tanto me da, sino a los tuyos y los míos.

Te quiero, Mara, pese a todo.

Te quiero mucho.

Ahora que la vida nos ha puesto esta prueba, me doy cuenta de en qué proporciones.

Y también me doy cuenta, ahora que la crisis me ha puesto contra las cuerdas, de que tal vez hacía demasiado tiempo que solo nos decíamos con desgana esas cosas que deben decirse masticando cada una de las sílabas.

XAVI

PS. No estoy seguro de que deba darte esta carta. No en estos momentos, cuando te esperan unas engorrosas semanas de muletas y unos meses de recuperación. No sabes lo mucho que deseo que cuando Mara vuelva a caminar con la gracia de siempre, toda esta niebla se haya disipado.

Tal vez lo más sabio por mi parte sería romper esta carta y que nunca sepas cómo me he sentido de repente en estas horas graves.

Ahora mismo no tengo nada claro. Estoy tan triste que no sé distinguir el día de la noche.

23

La noche de las lágrimas de san Lorenzo

—No tienes edad de hacer esas cosas.

—Podrías preguntarme primero cómo estoy...

Mara recibió a su madre con las dos piernas encima del sofá, la cabeza en la almohada y las muletas apoyadas en la mesa de centro donde aún humeaba la infusión de media tarde. Se sentó a su lado, le dio un beso en la frente y le hizo dos caricias en la mano.

—No llevas el reloj de tu padre...

—Me lo he quitado estos días. Para andar con esto, voy mejor sin él. Una cuestión de comodidad. No le busques tres pies al gato, que te conozco como si me hubieras parido.

—No tienes muy buena cara...

Mara sonrió compasivamente.

—¿Te has fijado, mamá?

—¿En qué?

—Todavía no me has dicho ni hola, me has traído una bolsa de cerezas, muchas gracias, pero tus tres primeras afirmaciones han comenzado diciendo que no...

—¿Yo? No...

—No poco... Una que ya no tengo edad, dos que

no llevo el Omega y tres que no tengo buena cara. ¿Sí o no?

—Es que no la tienes...

—Agua al vino.

—¿Qué quieres, que te engañe?

—A ver, ¿hasta qué edad se puede hacer esquí acuático? Venga, dímelo tú, que parece que lo sabes todo... ¿Cuál es la fecha de caducidad de la tibia y el peroné?

—¿Quieres que me vaya? —Hizo el gesto de ir a abrocharse los botones de la rebeca.

—Ay, mamá, por favor.

No se le había agudizado con los años. No era una manía que hubiese cogido a los setenta. No era algo que hubiera llegado de repente, como la artrosis en las rodillas, la moda de cardarse el pelo a la antigua o la nueva costumbre, en casa, de beber vino tinto de avión, que era más barato. Mara la recordaba siempre así. Teresa era la mejor en una cosa: en quitar méritos a sus hijas. Agua al vino, habían comenzado a decir Mara, Lola y Emma cuando tenían más o menos veinte y su madre, inconscientemente o por sistema, les rebajaba la proeza del día. Era casi una consigna cómplice entre hermanas. Si Lola llegaba de la universidad con un notable y su madre decía que esperaba un sobresaliente, «agua al vino», gritaba Lola por los pasillos de casa para que sus hermanas supiesen que ya había recibido la dosis diaria de incordio. Cuando Emma se compraba una blusa nueva, que durante una época ocurría semana sí, semana también, su madre decía que aquel tono le hacía las facciones pálidas.

—¿No había en otro color, nena?

—Agua al vino —clamaba Emma, mientras metía de nuevo la blusa en la bolsa, para que todas supiesen que lo había vuelto a hacer.

El día que Mara dijo que estaba otra vez embarazada —le comunicaron que Sergi y Carla tendrían un hermanito o una hermanita—, su madre también le echó agua al vino. En vez de felicitarla y compartir la ilusión de abuela, le ordenó que no se lo contase a nadie todavía porque estaba de pocas semanas y estas cosas... Se lo podría haber callado. Más que nunca.

Su madre se dirigió a la cocina y volvió, canturreando, con otra taza de rooibos y un platito para poner el hueso de las cerezas.

—Son corazón de paloma. Están buenísimas...

—¿Ecológicas?

—Ay, Mara, yo qué sé...

Teresa se sentó en el sillón orejero de Xavi, el de las siestas de fin de semana.

—Me gustan así —dejó el hueso en el plato—, carnosas y muy rojas.

Mara había encendido la tele. Sabía por experiencia que cuanta menos conversación, mejor.

—¿Para cuánto tiempo tienes?

—No lo sé. El traumatólogo no se moja...

—En eso tienes razón. Tienes un tumor en la cabeza y te dicen que no pasarás del verano, y lo clavan. En cambio te rompes una pierna y...

—Ay, mamá, por favor.

—¿Y los viajes?

—Los viajes, ¿qué?

—Que qué piensas hacer.

—Pues ya lo ves, puedo organizarlos, pero no puedo hacerlos. Mejor. Estaba un poco cansada de tantas salidas.

—No me extraña... —Se quemó los labios con el rooibos—. Y ¿Xavi te ayuda lo suficiente desde que estás con la pata tiesa?

—Mamá...

—¿Qué?

—¿Has venido a verme o a buscar follón?

Teresa Bracons, sin darse cuenta, siempre había sido así, de fastidiar a sus hijas porque sí, aunque creían que se había agudizado con las canas. En cambio, nunca le reprochó nada a su marido. Ni siquiera, pongamos por caso, cuando la abandonó con tres niñas muy pequeñas. Evitaba hacerlo delante de ellas. No obstante, sí que lo maldijo cada día de su vida. Cuando se enteró de que Anthony estaba con otra mujer, y que le ocultaba una biografía paralela desde no sabía cuánto tiempo, le exigió que se marchara de casa de un día para otro. Ni una noche más. Fuera de Barcelona, fuera del país, y que no volviese en su puta vida. La amenaza fue clara. Si en los próximos años descubría que se había puesto en contacto con las niñas, ella se cortaría las venas y les dejaría una carta a sus hijas para que tuviesen claro, por siempre jamás, quién había sido el culpable de su decisión. Anthony dijo no serás capaz de hacerlo, y Teresa, con toda la rabia acumulada en las entrañas, le respondió que no se le ocurriese ponerla a prueba.

Mara tenía nueve, Lola acababa de cumplir siete,

y Emma, que parecía que no se enteraba de nada —el golpe le salió más adelante—, tenía cuatro y justo entonces había empezado a ir al colegio con sus hermanas. Los primeros meses, Teresa salvó el drama familiar como pudo. Los días se le hacían largos y las lágrimas de una y de otra pesaban demasiado. Medio año después tomó una decisión. Esquivó el duelo, tomó un atajo. Se detuvo ante un escaparate de una tienda de muebles de la calle Rocafort, entró, se compró una cama individual e hizo que se llevasen la de matrimonio. Aquella misma noche dejó de compadecerse con la almohada. Había que hacer de tripas corazón y sacar adelante a la familia, fuera como fuese. De día era una madre exigente, estricta, que no dejaba pasar ni una. Hacía de padre y de madre. Sin embargo, a medida que el día comenzaba a bostezar, se volvía menos adusta con las niñas, consciente de que por la noche las ausencias se hacen más presentes.

De las tres, era con Mara con quien siempre había chocado más. Era la mayor, y Teresa no tenía el manual de instrucciones de la experiencia cuando Mara, sin haber dado suficientes síntomas previos, llegó a la adolescencia. Durante tres años que se hicieron larguísimos, la chica iba a la suya y, de un mes para otro, dejó a su madre y a sus hermanas fuera de su campana. Tan solo, muy de vez en cuando, en los días en que no se encontraba muy bien o porque una fecha concreta la enternecía —la noche de Reyes, por mencionar una señalada—, dejaba que su madre entrase un rato. Pero enseguida cualquier presencia le resultaba molesta en el mundo que se estaba construyendo con sus propias normas.

Los días más negros entre Teresa y Mara llegaron unos años más tarde, justo cuando la personalidad de la hija ya se había destapado y parecía que una y otra compartían una complicidad madura.

Un mediodía, Mara llegó de la universidad media hora antes de lo habitual. Todo el piso, desde el rellano, olía al apio del caldo. El extractor de la cocina estaba encendido y cuando dijo «hola, mamá» nadie respondió. Teresa estaba sentada en la silla del escritorio, junto a la ventana con vistas al patio interior de la manzana. Era un secreter antiguo, de madera, que habían traído de Berga cuando ella y Anthony se casaron. Una reliquia familiar. Había sido el buró de no se sabe cuántas generaciones de antepasados y, con el tiempo, se había convertido en el despachito de Teresa. De espaldas a la puerta, no oyó entrar a nadie. Mara, todavía con la chaqueta puesta, se acercó por detrás para darle un beso. Del susto que se llevó, su madre dio tal brinco que por poco se muere.

—¡Hija! —La pluma estilográfica cayó al suelo sin despuntarse.

—¿Qué? —Se agachó a recogerla.

—Al menos podrías decir hola... —Teresa escondió un papel debajo de un fajo de folios.

—¿Qué haces?

—Nada...

—¿Qué es lo que escondes?

—Ay, no es nada, Mara... —Sintió que la habían pillado in fraganti.

—No poco.

Los ojos negrísimos de Mara, cuando estaba de mal humor, podían llegar a asustar.

—Deja que lo vea...

—¿El qué?

—Lo que fuera...

—Son cosas mías, Mara. Le estoy escribiendo a una amiga.

—¿A quién?

—Ay, Mara, por favor... —Resopló.

Con un gesto resuelto, la hija se aprovechó de que la madre había bajado la guardia para levantarle la mano que pisaba los papeles y, de debajo, le arrebató la hoja a medio escribir.

—No me lo puedo creer.

—Mara, ya...

—Es la letra de papá.

—No...

—Las cartas. —Leyó el encabezamiento. Iba dirigida a las tres hijas—. ¿Las escribes tú?

—No, yo...

—Mamá, pero ¿qué cojones haces? —Se echó a llorar—. ¿Cuántas cartas nos ha escrito él de verdad?

—No se lo digas a tus hermanas.

—¿Las has escrito todas tú?

—No. Dame eso —dijo, también con los ojos llenos de lágrimas.

Tardaron muchas noches en volverse a hablar.

Lola y Emma no entendían qué estaba pasando

en casa. De repente, mamá y Mara pasaban una de la otra. ¿A santo de qué esos silencios densos? Cuando tenían que decirse algo imprescindible, lo hacían a través de ellas. Preguntaban a una y a otra, pero no obtenían ninguna respuesta. Con aquel mutismo obstinado no había modo de saber el porqué de un inesperado cabreo a dos bandas.

—Lola, ¿qué puede ser lo que las ha hecho enfadarse de esta manera?

—Ni idea, Emma.

—Nada justifica, nada, que una madre y una hija dejen de hablarse.

—Cuando yo sea madre, te juro que nunca me pasará algo así...

Siete días, siete, después del inicio de la guerra fría, Mara dejó caer la bomba en mitad de la cena. Ni siquiera Teresa, ya sin fuerzas por el desgaste de toda la semana, trató de impedirlo. Puede que incluso fuese mejor que todas supiesen la verdad. Tarde o temprano se sabrá todo. Mara comenzó a hablar y la patata y las judías verdes se quedaron en el plato. Por culpa del cataclismo, nadie pudo seguir cenando en casa de los Lincoln Bracons.

—Nuestro padre, ya lo sabéis, vive en Alemania con otra mujer. Se fue de casa sin decirle nada a nadie. De un día para otro dejó a mamá tiradísima y a nosotras nos abandonó. Todo esto, aunque nunca hablemos de ello, es conocido y nos ha marcado a nosotras y a esta casa. Podía haberse enamorado de otra mujer, pero no tenía por qué renunciar a sus hijas. Como han hecho muchos hombres, supongo... Él lo hizo de otro modo. Durante muchos meses, nadie supo nada de él. Como si hubiese muerto, como si hubiese desaparecido y se lo hubiese tragado la tierra. Pero un día mamá nos reunió alrededor de esta mesa y nos dijo que papá nos había escrito una carta a nosotras tres. Mamá la sacó de un sobre, la desdobló y nosotras la escuchamos y la camisa no nos llegaba al cuerpo. No sabíamos qué querría decirnos aquel hombre que nos había hecho llorar noches enteras, ya sabéis de qué hablo. Mamá comenzó a leer una carta que decía «Mara, Lola, Emma, queridas hijas mías». No me acuerdo de cómo seguía, ni tampoco recuerdo qué regusto nos dejó. Sí, en cambio, que justo un año después, día arriba, día abajo, el 10 de agosto, siempre por san Lorenzo, mamá nos vino con otra carta en la mano. Quise leerla yo. Y empezaba diciendo...

—Mara, Lola, Emma, queridas hijas mías...

—Aquella carta nos hizo ilusión. Más que contarnos cosas suyas, que es algo que nunca ha pasado, escribía cómo se imaginaba que nos había ido el año a cada una de nosotras.

—Sí.

—Siempre cosas genéricas, pero adivinaba un montón. Nos quedábamos boquiabiertas con la intuición que tenía papá, con cómo nos podía conocer en la distancia... Pasaba de nosotras, pero éramos sangre de su sangre. Y así desde aquellos dos primeros años, y tres y cuatro, y siempre en la noche de las lágrimas de san Lorenzo, nos cogemos de las manos y esperamos la carta de papá... Pues bien, tengo que decir que he descubierto una cosa. Una cosa fuerte... ¿Estáis preparadas?

—Ay, señor... —Lola no podía abrir más los ojos.

A Emma se le había congelado el rictus. Necesitaba saberlo ya. Su madre tenía la mirada puesta en los pies.

—Ninguna de esas cartas las escribió papá. —Agarró las manos de sus hermanas—. Ni una...

—Pero ¿qué dices?

El silencio era tan espeso que se podía cortar con un cuchillo.

—Entonces...

Lola fue la primera en atar cabos.

—¿Tú?

Teresa dejó que Emma también atase cabos, ella sola.

—¡No fastidies! No puede ser...

—Lo he hecho por vosotras. Todo lo he hecho por vosotras.

—Pero, mamá...

—Hostia. ¿Nos has engañado? —Emma se levantó de la mesa.

—Lo he hecho por...

—Pero ¿qué es esta mierda? —gritó.

—Perdonadme, perdonadme, perdonadme. —Miraba a una y a otra con serenidad, sin implorar clemencia.

—Hostia puta. —Emma iba y venía de la mesa a la ventana sin ser consciente de ello.

—¡Siéntate! —Mara, seca, a su hermana pequeña—. ¡Siéntate, Emma, por favor!

Le hizo caso. Teresa se cubrió la cara con las manos.

—Perdonadme, hijas. Yo...

—¿Qué quieres que te diga, mamá? Qué decepción, hostia... Nos has engañado.

—¡Ahora entiendo que Mara no te hablase! —Emma, echando espumarajos por la boca, miró a su hermana—. Y tú, cuánto tiempo hace que lo sabes, ¿eh?

Mara se había concentrado en aplastar la patata de su plato con el tenedor. Cuando la hubo convertido en puré, cuando vio que Lola y Emma se habían desfogado, cuando intuyó que se habían ido recuperando del impacto inicial, cuando escuchó a su madre, de nuevo, de corazón, pedirles perdón a las tres, cuando reparó en que las judías verdes estaban tan frías que ya no se las comerían, dejó el tenedor en paz y les dijo lo que le salió de dentro.

—No hay nada que perdonar, mamá. Yo, ya que me lo preguntas —tocó la muñeca de Emma—, hace una semana que lo sé. Hace justo una semana que pienso en ello. Me ha costado digerirlo, como os costará a vosotras, pero dejadme decir una cosa. He entendido a mamá. La he entendido y quiero deciros cómo lo veo, porque os llevo unos años de ventaja y una semana de información sobre este tema. He pasado, seguramente, los peores siete días de mi vida, no lo he hablado con ella, mamá no quería que os lo dijese, pero, llegados a este punto, no solo creo que os lo tenía que decir, sino que os lo quería decir, con todo el convencimiento, porque lo que ha hecho mamá todos estos años, con una carta cada año, ha sido un acto de amor como ningún otro que pueda imaginar. Mamá se ha puesto en la piel de papá para...

—Todavía no puedo creer que papá nunca nos haya escrito ninguna.

—Ni una.

—Vi que la primera os hizo tanta ilusión... —se excusó con las palmas hacia arriba—. Luego no supe cómo dejarlo.

—¿Cuántos años son, diez, once?

—Doce.

—Doce cartas de mentira.

—Doce cartas de amor. Dentro de unos días, o dentro de unos meses, lo verás así.

Emma resopló. Era imposible, por más años que pasasen, que pudiera verlo de ese modo. Pero Mara no había terminado.

—Mamá se encontró sola de un día para otro, con tres niñas de nueve, siete y cuatro años, y se volcó en nosotras. Él, el amor de su vida, había volado, el padre de sus hijas, el gran piloto de Nebraska que la enamoró, huyó y no tuvo ni la decencia de dar explicaciones. Ni explicaciones ni señales de vida. Y mamá, en lugar de lamentarse, de hundirse, no pudo permitírselo, por nosotras. Por nosotras tres. Cualquiera se habría revolcado en su drama, y ella no. No podía permitírselo. Pensó más en nosotras que en ella misma. Siempre ha pensado más en nosotras que en cualquier otra cosa. Y es el momento de reconocérselo. A mí tampoco me gusta saber que nos ha engañado. También me jode, y mucho, que estas cartas no fuesen escritas ni dictadas por el corazón de papá, que seguramente es algo que no tiene. Pero mamá sí, y grande. Y debió de escribir aquella carta de buena fe, y la segunda, y después no ha sabido frenarlo porque veía el efecto que nos causaba. Necesitábamos, aunque fuese un día al año, que aquel señor nos dijese hola y que nos quería, aunque fuese mentira. Cuando la vida es una mierda necesitamos que alguien nos diga te quiero. Y mamá lo ha hecho todos los días de su vida, y lo hizo poniéndose en el lugar de un padre, que es el nuestro, pero que es un padre que no existe.

No convenció a sus hermanas, que tardaron años en asumir que su madre hubiera suplantado a su padre. Desde el momento en que supieron la verdad, no veían el amor por ninguna parte en aquellas cartas. No entendían que su padre, el padre de carne y hueso que se había ido de casa, nunca hubiese tenido la delicadeza de decirles nada. Una carta al año ya era poco. Pero entre poco y nada había demasiada vida. Lola y Emma aún entendían menos que la falsificación de su madre hubiese durado tantos años. Era como si se hubiera trastornado y hallado placer en escribirlas y comentarlas. Qué extraño cinismo. Se la imaginaban redactando la carta en su buró, a escondidas, como el ladrón que planea el robo antes del golpe, y la veían pensando en el efecto que causaría cada frase en cada hija. Emma la repudió. Es más, en una sobremesa de San Esteban que Teresa jamás olvidaría, su hija pequeña le llegó a decir, con la hiel en los labios, que ella era tan retorcida que quizá su marido había hecho bien en dejarla. «Papá huyó en defensa propia, quizá.»

Fue soltarlo y, de repente, el drama se sentó a la

mesa. Ese adverbio de matiz no atenuó la dureza de la afirmación. Ese «quizá», añadido por compasión a última hora por Emma cuando se dio cuenta de que aquello sonaba demasiado fuerte, tampoco serenó los ánimos en casa de los Bracons.

Como pudo, Teresa les hizo saber que no hay nada peor que una hija que busca las palabras justas para hacer daño. Sin embargo, íntimamente sabía que existía una cosa peor: que el secreto más grande de su vida no se lo podría revelar jamás.

—El otro día estuve pensando... ¿Qué pasó con las doce cartas famosas? —preguntó Mara, que notaba picor en la pierna y no sabía cómo rascarse.

—¿A qué viene eso ahora?

—Esto del yeso es un fastidio.

—No lo sé... —Teresa no tenía ganas de volver tantos años atrás.

—Puede que ahora nos hiciera gracia ver lo que escribiste...

—No están. Las quemé... Supongo.

—No fastidies... —Se puso de lado, aunque solo fuera por cambiar de postura en el sofá—. No tenías derecho a hacerlo.

—Una aguja de tejer te servirá...

—¿Para?

—Para rascarte... —Teresa no quería regresar al episodio que la incomodaba, pero la curiosidad pudo más que ella y finalmente entró—. ¿Por qué no tenía derecho?

—No tengo ninguna aguja, mamá. Porque las cartas iban dirigidas a nosotras.

—Pero las había escrito yo...

—Las había escrito papá, las destinatarias éramos Lola, Emma y yo, y tú no tenías nada que ver.

Teresa no tardó mucho en marcharse. Dijo que no le gustaba conducir de noche, la hija le dijo perdona que no te acompañe a la puerta en estas condiciones, y ambas entendieron que Mara había sacado un tema delicado para que su madre captase que ya se había cansado de la compañía.

—Gracias por las cerezas, mamá. A Xavi y a Carla les encantarán.

—Sergi debería comer más fruta. Come poca fruta este chico.

24

Serenade in te cloisters

Un cuarteto de cuerda es una conversación de sabios en la que nadie quiere imponer sus ideas. Dos violines, una viola y un chelo charlan entre ellos, sin prisas. Mara tenía entradas para el concierto del Quartet Gerhard en el claustro del monasterio de Sant Cugat y no quiso que se desaprovechasen.

—*La muerte y la doncella* de Schubert.

—No lo conozco.

—Yo tampoco, pero me han dicho que son muy buenos. ¿Por qué no vas con Joana?

—¿Yo? ¿Con Joana?

—Con la pierna así, cariño, no me veo capaz...

—Regala las entradas. No pasa nada —respondió Xavi, desconcertado. No entendía que Mara le estuviese organizando una actividad nocturna para un viernes de julio.

—Pero estoy segura de que a Joana le gustará. El claustro del monasterio es un sitio único, y quizá no lo conoce.

—Pero...

—Al aire libre, de noche, se está muy bien. Estuvimos hace tres o cuatro años, y te gustó.

—Aquel góspel de blancos, ¿no?

—Cantaban bien, Xavi, no hables así...

Media hora antes del concierto, el claustro mostraba su quietud secular. La simetría imperfecta del románico se hacía evidente en las dobles columnas que sostenían los quince arcos de medio punto en cada lado, en los capiteles que los adornaban y en los cipreses, que, a diferentes alturas, apuntaban al cielo. En el suelo, un foso enigmático que se comía más de medio jardín dibujaba la planta de la iglesia visigótica que un día se alzó allí. En el ángulo opuesto, sesenta sillas blancas, plegables, de boda civil, aguardaban alineadas al público que, a cambio del pago de una entrada, aún se permitía emocionarse con la música en directo. Entraban despacio, con la calma de los viernes por la noche, cuando la semana ya ha caído del lado del ocio. A Joana le encantó la combinación de la piedra fría, el césped y la paz. Arquitectura y paisaje, todo en uno.

—Hagámonos un selfi, Xavi. —Le dio el móvil, que sacó de un *clutch* que parecía antiguo.

—¿Nosotros?

—Y se lo enviamos a Mara. Le va a gustar...

—En estas fotos nunca salimos bien. —Él estiraba el brazo, buscando un encuadre que pillase algún capitel—. No nos va a hacer justicia.

—Habla por ti. —Los dedos largos de Joana tiraron de su muñeca hacia arriba—. Si no lo subes un poco, solo se ve cielo...

Xavi, en primer plano, había salido deformado.

—Es divertida.

—Solo se me ve cabeza. Tú sí que estás bien.

—Ya te lo había dicho. Unos pendientes grandes lo disimulan todo. —Le arrebató el teléfono de las manos—. Trae, que se la envío...

Joana llevaba un mono de seda negro sin mangas, que se cruzaba en la nuca y se anudaba sobre el tatuaje de la *Sweet Juliet*. El pelo recogido y los hombros salían en la foto. La espalda descubierta, no. Mientras se arreglaba, con el armario abierto de par en par, se acordó de Coco Chanel. Viste vulgar y solo verán el vestido. Viste elegante y solo verán a la mujer. La máxima no le había fallado nunca.

—Me he puesto estas alpargatas. —Suela alta de esparto, con tacón de cuña—. Tenía miedo de que se me clavasen en el césped. A los conciertos hay que ir cómodo de pies.

—Yo he cogido la americana, por si refresca...

De manera insospechada, a Xavi le dio por charlar. Había recuperado la serenidad que le había faltado los últimos días, cuando le hervía la sangre desde que... No era el momento de pensar en eso. Se concentró en contarle un cuento a Joana. Un verano, cuando ni siquiera había pensado aún en ser arquitecto, sus padres lo convencieron para que fuera a Inglaterra a estudiar un curso intensivo de inglés de tres semanas. Lo enviaron a la Universidad de Kent, en Canterbury. Una noche, para celebrar el final de la estancia, la profesora se llevó a todos sus alumnos a la ciudad. Eran dos italianas del Torino, unos primos austríacos —que decían que eran primos para poder dormir en la misma habitación del Rutherford College— y un portugués que iba más salido que el pico de una mesa. Acudieron a la catedral para escuchar un concierto al aire libre. *Serenade in the cloisters*, decía el folleto. Más allá del programa del concierto de música clásica —no recordaba las piezas ni los compositores—, la peculiaridad era que no había sillas para el público. La gente se sentaba en el suelo. Al cabo de un rato, se tumbaba en el césped del claustro y escuchaba el concierto observando cómo corrían las nubes mientras se hacía de noche. El público local, que sabía de qué iba la película, se había traído una manta de casa para evitar las humedades de la noche. Al terminar el concierto, a más de uno sin manta tuvieron que arrancarlo del suelo, por el reúma.

—Por lo menos aquí tenemos sillas. —La voz turquesa de Joana.

—¿Prefieres que nos tumbemos en el suelo? —Xavi, comediante ocasional, fingió que se levantaba y se iba a tumbar—. Podríamos hacer un pícnic.

—No seas burro. ¿Qué tal la experiencia por Inglaterra?

—Aprendí muchas cosas... Con dieciséis años, imagínate.

—Me refería al inglés.

—Ah, no, de inglés no tantas. —Se crujió los dedos mientras atenuaban la luz del claustro. El público guardaba silencio y apagaba los móviles cuando ya no tenía más remedio. Los cuatro músicos se acomodaron en unas sillas de madera que debían sostenerlos durante una hora larga—. Aprendí una que me hizo mucha gracia. «Rómpete una pierna», dicen. *Break a leg*.

—¿Rómpete una pierna?

—En lugar del que tengas suerte, o el mucha mierda que decimos aquí, allí desean que te rompas una pierna. —Calculó que aún tenía tiempo para una apostilla—. Estos días, con lo de Mara, he pensado en ello...

—¿Se lo has dicho? —Ella, susurrando.

—¿El qué? —Aún más al oído—. ¿Que se rompa una pierna? No, mujer, no fastidies, que solo le queda una.

Se rieron muy bajito. Schubert estaba a medio silencio de comenzar. El cuarteto de cuerda número catorce en re menor. *Allegro, andante con moto, scherzo* y *presto*. Les habían advertido que no se podía aplaudir entre movimiento y movimiento.

La cuerda frotada es el equilibrio delicado de la existencia. La fragilidad de los violines, cuando se alborotan y gritan, responde a la voz grave del chelo, introspectivo y sereno como el abuelo de la familia. Entre unos y otros, la viola consigue fumar la pipa de la paz con sus notas más dulces. El concierto pasaba bien. Los músicos se dedicaban miradas cómplices, de cuarteto joven con toda la vida por descubrir, con tanta música todavía por tocar. Ni el agua de la fuente ni las campanas que daban las diez ni algún pájaro despistado consiguieron interrumpir el espectáculo.

El público aplaudió con la corrección de un cuarteto de cuerda. A manos llenas, pero sin aspavientos ni estridencias. Los músicos, tres chicos y una chica, saludaban con el arco disparando a las nubes.

—Quien compuso esta música solo podía ser buena persona.

—Este movimiento, el último, es el que más me ha gustado —dijo Joana sin dejar de aplaudir—. Eran las convulsiones de Schubert antes de morir.

—¿Es que lo has notado? —Xavi, sorprendido.

—Me he informado. He buscado qué era eso de la muerte y la doncella antes de venir. Parecía una tarantela, ¿verdad?

—Sí que tenía un aire italiano.

—¿Sabes qué es una tarantela?

Ni idea. Los aplausos se prolongaron hasta la pregunta de Joana. El público, en pie, comenzó a marcharse. Quien más quien menos, quería irse a cenar.

—Es la música que expresa las convulsiones de la picadura de una tarántula. La música es la terapia contra la locura.

—Vaya. —Xavi no movió una ceja cuando Joana se cogió a su brazo—. Estás helada. ¿Quieres la americana?

—No, no...

—Quartet Gerhard, ¿no? Oiremos hablar de ellos.

—Me han parecido fantásticos.

Fueron los últimos en salir del claustro. Observaron cómo Lluís, Judit, Miquel y Jesús guardaban los instrumentos en sus fundas. El chelo siempre tarda más en volver a su caparazón. De repente, el silencio se había instalado de nuevo en aquel pórtico románico.

—¿Cuántos siglos llevarán aquí estos cipreses?

—¿Sabes cuál es la manera fácil de contar la edad de los árboles?

—Yo creo que los cipreses quedan muy bien en un monasterio. Y en los cementerios, todavía más.

—Porque apuntan a Dios. Tenía razón un profesor que tuve en paisajismo, en Burdeos. Él siempre decía una gran verdad: al final, los árboles mandarán.

Estaba orgullosa de haber recordado una frase que Xavi ni siquiera escuchó. Una trabajadora municipal con las llaves en la mano los invitó a salir. Tenían que cerrar. A aquella hora —hacía un rato que habían sonado once campanadas— en el claustro solo quedaba un gato. Lo soltaban allí cada noche para que no hubiese ratas.

—¿Tienes prisa?

—No... —Joana miró su reloj de esfera enorme—. Es pronto.

—¿Te apetece... una Perrier?

—¿Una Perrier, Xavi? Mira que eres antiguo, por favor... Yo soy más de San Pellegrino. Me encanta el anuncio de esos que no pueden dormir, van a la cocina del hotel y se preparan unos *spaguetti* con *pomodoro*. ¿Lo has visto?

—Mara se llevó la tele de casa. Nosotros somos más de ver el microondas.

—Te veo muy suelto hoy...

—El Auditorio tiene un bar que abre hasta tarde. Está aquí mismo... Lo hicieron los dos Ramones,

Artigues y Sanabria, dos amigos míos. Buenos arquitectos, ¿los conoces?

En el café del Auditorio, los viernes tocan un jazz sin pretensiones. Música de acompañamiento, improvisaciones que no molestan en un local de techos altísimos y con dos ventanales tan grandes, de una sola pieza, que más de una vez Xavi había envidiado la solución técnica que habían hallado los dos Ramones para colocarlos en aquellos dos muros.

Joana fue a pedir al mostrador. Invitaba ella. No habían querido cobrarle la entrada del concierto y se sentía obligada. Ni Perrier ni San Pellegrino. Pidieron dos gin-tonics rebajados, que tenemos que conducir. Xavi eligió la mesa más alejada del piano y dispuso las dos sillas juntas, una al lado de la otra, como si tuviesen que mirar al escenario, como si fuesen a tener una conversación íntima, de las que conviene mantener muy cerca. Cuando ella regresó a la mesa con las dos copas de culo grueso, él ya había preparado el tenderete y el guion para lo que restaba de noche.

—¿Puedo contarte una cosa?

—No sé por qué me pides permiso, si ya has decidido hacerlo.

Joana le dejó el camino libre con tanta naturalidad que le sorprendió el cataclismo que llegaría a continuación.

—¿Te acuerdas del fin de semana en el cabo Norfeu? Tú nos avisaste del accidente de Mara, la rescataron y la llevaron al hospital de Figueres. Por la noche, cuando la operaron, mi hija y yo la estábamos esperando en la habitación. Pues, plaf. Creo que tiene un amante. —Se lo soltó todo, sin preámbulos. El móvil, los mensajes y Marcello. Tal cual.

Las facciones suaves de Joana resistían la historia sin inmutarse. Los ojos, asustados, delataban la gravedad del caso, que Xavi narraba con la frialdad de un comercial de tanatorio. Finalizado el relato de los hechos, Joana dijo que le costaba mucho creerse eso de Mara; él insistió en que no cabía ninguna duda.

—Llevo unos días desquiciado. En casa intento actuar como si no pasara nada, pero estoy a un tris de mandarlo todo a paseo. He pensado en un montón de cosas, como puedes imaginarte. La primera idea fue marcharme unos días, largarme para digerirlo, pero con Mara recién operada nadie habría entendido nada.

—Hiciste bien.

—También he pensado en si ella querrá separarse, si no sabe cómo hacerlo, o cómo decirlo... Y me atormenta la imagen de separarnos. Hacer la mudanza. Uno u otro yéndose de casa.

—Eso es un disparate, hombre...

—¿Por qué? —Se crujió el pulgar—. Tú que conoces a Mara, tú que sabes cómo soy yo, ¿qué te parece esta historia?

No quiso precipitarse. Joana, en falso, tenía que hacerse de nuevas. Debía ponerse en la toga del juez que se toma su tiempo para escuchar a las partes, analizar las evidencias que aportan una y otra y, finalmente, siempre más tarde que pronto, acabar dictando una sentencia.

—No sé qué decir, Xavi... No te pregunto si estás seguro porque entiendo que sí. Tienes pruebas de ello...

—Las he visto. Y las he oído.

—No sabría qué aconsejarte. Me has dejado...

Se humedeció los labios con el hielo de la copa. Se lo pensó un instante. El jazz tranquilo, de fondo, no estorbaba. Tan solo encubría la incomodidad.

—No sé qué decir, Xavi. Que no te precipites, eso seguro. No pierdas el control. Te diría, Xavi, que no pierdas el norte. Es una expresión muy de nuestro ramo, ¿no?, y también de los arquitectos, claro... No perder el norte es básico para orientarnos siempre según el sol.

—Cuesta no perderlo, la verdad. Y mira que yo soy...

—Un hombre tranquilo —lo interrumpió—. Andreu y yo siempre lo decimos: Xavi es el hombre tranquilo. La procesión debe de ir por dentro... No sé qué decirte, chico.

—Gracias. Quizá solo tenías que escucharme. Pero...

—¿Qué? No te lo guardes...

—De repente tengo miedo de no conocer a Mara lo suficiente. Esto, hablemos claro, es una infidelidad. Son unos cuernos como una casa.

—No te lo plantees así.

—Y ¿cómo cojones quieres que me lo plantee? —Se estiró una oreja como si fuese a arrancársela—. Ya ves, ¿eh?, un hombre tranquilo, hundido.

Ella no le dio importancia. De pronto, veía a Xavi como nunca antes lo había visto. Vulnerable.

—Todos lo sabemos. Al principio las relaciones son siempre juego y alegría. —La generalización de Joana servía para quitar hierro al caso concreto—. Estás en un sitio con cien personas y solo se te ilumina una. Solo la ves a ella. Después... Todos hemos aprendido de qué va la vida. Mira a Andreu. Cuando cumplimos quince años de casados, llega a casa y me regala un vestido estampado, con unas flores y unas cosas... La talla la clavó, pero ¿de verdad que en veinte años juntos no se había dado cuenta de que siempre llevo ropa lisa, con vestidos como este, sin ningún dibujo? ¿Qué cara le pones?

—¿No te gustan los estampados?

—No. Me parece que imitan a la naturaleza.

—¿Y? —Xavi mordió el anzuelo.

—La naturaleza ya es perfecta en sí misma. ¿No te parece que los paisajes tienen unas combinaciones de colores que no se pueden reproducir?

—Me estás cambiando de tema con mucha habilidad, pero ¿puedo decir una cosa?

—¿Que tú tampoco te habías fijado?

—Me suena de algo, pero...

—Lo dijo Darín, allí en la nieve, cuando nos hizo aquellos perfiles.

Joana había conseguido romper el hielo. Pero ni ella quería ser el centro de la conversación ni él podía quitarse de encima sus preocupaciones.

—¿Sabes qué he hecho los últimos días? —Xavi, sin saber hasta qué punto debía avergonzarse de ello—. Me he bajado de internet docenas de estudios sobre la infidelidad. Pregúntame lo que quieras. Lo sé todo.

»El cincuenta y siete por ciento de los hombres y el cincuenta y cuatro de las mujeres admiten haber sido infieles. Estas son las cifras confesadas en una encuesta con un margen de error del más menos mucho por ciento. Ellas lo son, en primer lugar, por la atracción que sienten hacia otra persona. Ellos, según el mismo estudio de la Universidad de Kansas, porque quieren tener más sexo. Dos de cada tres infidelidades ocurren en el trabajo. En eso coinciden muchas páginas web. Otra, especializada en música y psicología, revelaba que las personas que escuchan *heavy metal* son las más fieles de todas a su pareja. Quién lo iba a decir, ¿verdad? Datos para todos los gustos. Tres de cada cuatro personas piensan en sus amantes cuando escuchan su música favorita. Según la National Library of Medicine, la responsable de la infidelidad es la hormona vasopresina. Si tienes doblada la variante 334 de este gen, cuentas con el doble de números para tener relaciones con parejas que no son la tuya. En otra publicación científica de prestigio leí que la causa principal era, en cambio, el aburrimiento y la aversión a acomodarse en una relación. Lo demostraba un trabajo realizado con mil mujeres y hombres durante veinte años. En una revista para señoras que miran con lascivia a los señores descubrieron, también, que los sagitario y los libra son los que tienen más relaciones fuera del hogar. Los aries, en cambio, eran los más fieles. En principio. Porque cuando un aries deseaba algo, llegaba hasta las últimas consecuencias.

Navegaba, leía y no imprimía nada. Le parecía, eso sí, que en todas partes hablaban de él.

—Xavi, ¿tú qué eres?

—Soy de noviembre. Del diecisiete, soy escorpión... Pero no soporto el *heavy metal*.

Se rieron.

—Supongo que eso no es grave.

Desde que Xavi había mirado el móvil de Mara, había tenido que saltar rejas puntiagudas. Se había colado en un jardín donde hacía tiempo que no ponía un pie. No estaba acostumbrado a la mirada interior. Y aquel episodio desgraciado le obligaba a hacerlo. La conversación de una noche, sin prisa, ayudaba.

—¿Otro gin-tonic?

—Para mí es suficiente, gracias.

El modo de escuchar de Joana, también.

—Al principio todo es juego, has dicho antes. Sí, todos sabemos cómo derivan las relaciones de pareja, pero cuando eres joven te crees que estás muy por encima de la fidelidad sexual y que es de carcas no entenderlo. Y piensas que la monogamia es imposible, que somos animales irrefrenables, que un cuerpo tira de nosotros, que un olor nos arrastra, que todo, en definitiva, es placer, es gimnasia. Pero una cosa es decirlo y otra, luego, es que te toque a ti. Esa es la trampa de la vida.

—Te entiendo.

—Todos somos muy modernos hasta que es otro quien toca los muslos fuertes de Mara. Se me hace difícil soportar que sea otro quien la bese detrás de la oreja. Y me cuesta asumirlo, qué quieres que le haga. ¿Con qué cara me quedo yo ahora en casa cuando Mara me vuelva a decir que se va de viaje? ¿Tú te crees que hay que llegar a los cincuenta para saber qué son los celos?

El bolso pequeño de Joana vibró.

—A esta hora, una de las niñas...

Anna le pedía por WhatsApp que le enviase dinero para pagar el taxi a Alella. El que llevaba se lo había gastado en la cena con sus amigas y se había quedado sin nada para volver. De móvil a móvil, le mandó cincuenta euros. Con eso debía tener suficiente, y de sobras. Xavi aprovechó la gestión para ir al baño. Cuando volvió, enumeró las virtudes que veía en su mujer y decidió compartir una conclusión.

—Mara es una persona importante para mí... La quiero mucho. Son muchos años, muchas vivencias, mucho amor. Estos días estoy haciendo repaso, y pienso y me doy cuenta de cosas. Por ejemplo, ella pasó por lo que pasó, lo pasamos juntos, lo superó, y puede que en estos años ella y yo hayamos hablado poco de aquel episodio. Hemos actuado como si no existiera. Puede que porque ya teníamos a Sergi y a Carla, y pensé que con su cambio de trabajo ya iba todo sobre ruedas, y, de hecho, yo a ella la he visto bien desde entonces.

—¿Mara? Es la alegría de la casa, claro que sí. Luego cada uno lleva la pena como puede... Yo la conocí más o menos cuando pasó todo aquello, pero ella es tan fuerte que ha sabido contagiar esa alegría a todo el mundo. Cuando entra en un sitio, todo se ilumina. Es expansiva. Es risueña, es alegre.

—¿Me estás contando a mí cómo es Mara?

—Xavi, ya sé que lo sabes, ostras. Solo intento

ayudarte... Tu mujer nunca pasa desapercibida. Es atractiva, en todos los sentidos. Quiero decir que es un polo que atrae. Pero...

—Puede que mucho, sí.

—No. Un momento. No me malinterpretes. Por ejemplo, tú eres más misterioso. —Hacía falta una sonrisa y un tono, y Joana encontró el grado de confidencia—. Además de tranquilo, cosa en la que me gusta insistir, tú eres un hombre reservado, sabes más cosas de las que dices... Ahí está tu gracia. Tu altura, que impone, que te da seguridad... Esos ojos que has entrenado para que no te delaten y que aun así hablan por ti. Tú eres un señor interesante. —Le puso la mano encima de la muñeca—. En el trabajo, y no solo. También fuera del trabajo. Cuesta creer que un arquitecto como tú, un hombre que ha viajado, que ha conocido a tanta gente, con tu sensibilidad y tu aire un poco así, intrigante, no quiero meterme donde no me llaman, pero vaya...

—Vaya, ¿qué?

—Soy tu amiga, pero no me digas lo que no quieras decirme...

Xavi se adelantó.

—Tú crees que yo me he tirado a alguien en todos estos años...

Se hizo el ofendido. Pero no coló. Joana, de pronto, se sintió valiente.

—¿Lo has hecho?

Serio, áspero a más no poder, le sostuvo la mirada. Ella no podía creer lo que acababa de preguntar. Había podido más el orgullo de aguantar el tipo que la curiosidad. Con las mejillas contraídas, esperó la respuesta. Un instante que fue media vida.

—No.

Xavi respondió con toda la convicción que le quedaba. Tenía la negativa ensayada, por si alguna vez llegaba el momento de tener que utilizarla. Sabía que si en alguna ocasión Mara insinuaba algo, él debía ser taxativo, rotundo, sin dejar margen a la duda. Sin embargo, no esperaba que fuese Joana quien le hiciese sentir como si lo sacasen a gritos del coche, lo obligasen a poner las manos sobre el capó, lo despatarrasen con un golpe de porra y lo cacheasen de arriba abajo en busca del pecado. No podía creer que fuese Joana quien estuviese a punto de destriparlo. Y, pese a todo, jamás diría nada. Así había quedado con Berta Cros, después de un fogoso fin de semana en un hotel de dos estrellas. Sexo y nada más. La ocasión hace al ladrón. Siempre lo negarían todo, en todas partes. Simplemente no había pasado, y ya está. Nunca habían estado en aquella triste habitación de playa en invierno. Nunca habían puesto un pie en Calafell. No le habían hecho daño a nadie. No significaba nada ni para ellos mismos. No había existido. Así lo acordaron Xavi y Berta, y pensaban cumplirlo. La verdad puede doler.

Abatida, Joana se sintió mal por haber dudado de su socio. Con un hilo de voz le dijo perdona.

—No pasa nada. No hemos venido a hablar de mí... —le restó importancia, antes de escoger las palabras que hacía rato que se le resistían—. ¿Tú crees que debo decírselo?

—¿Decírselo? ¿El qué?

—Que lo sé. A Mara. Que he leído unos mensajes de su móvil, que no me puedo quitar de la cabeza las frases de Marcello...

Joana notaba que las pupilas inquietas de Xavi necesitaban una salida de emergencia, pero no quería precipitarse en decir según qué cosas y luego tener que arrepentirse. Él había dormido con esa pregunta y ella reclamaba su tiempo para sopesar lo que le convenía expresar. Tenía ganas —todas las ganas del mundo— de decirle mira, Xavi, si tenéis problemas, ya os apañaréis vosotros solos, ¿para qué coño me metéis a mí en medio de esta historia, cuando la que va a salir mal parada voy a ser yo? ¿Por qué la una y el otro me contáis cosas que preferiría no saber? Su único temor en aquel momento, con dos tragos aún en la copa, era que Xavi le preguntase si Mara le había confesado alguna vez su historia. Pero el hombre misterioso volvió a sorprenderla.

—¿Tú podrías hablar con ella?

—¿Con tu mujer?

—No sé... Quizá sea más fácil que tú le digas que yo pienso que... No sé. Estoy improvisando. ¿Y si le dices que yo...?

—No me metas en esto, por favor.

—No, solo decirle que ves que estoy demasiado centrado en el trabajo, que me he volcado demasiado en la casa de Ava, que estoy haciendo la Sagrada Familia y que tal vez ella se ha sentido sola o... No sé. A ver si a ti te cuenta algo...

—Xavi...

—¿Qué?

—Nada. Da igual...

—No, dime... —Viendo que Joana se cerraba en banda con una mueca, él siguió desenredando la madeja—. Al final he llegado a pensar que si ella ha buscado o ha encontrado algo fuera de casa ha sido por mi culpa, porque yo no he...

—Xavi, Xavi, un momento. Yo no sé qué ha hecho Mara con el italiano, yo no sé qué pasa en vuestra casa cuando cerráis la puerta, yo no sé cómo es Xavi Vera Martín, el gran arquitecto a quien todo el mundo reverencia, cuando está solo en casa. Conozco la parte de ti que dejas que los demás conozcamos. Sé, eso sí, cómo es trabajar a tu lado muchas horas al día. Sé, también, y perdona que sea tan clara, pero este tema tenía que salir algún día, que tú y yo tuvimos que frenar a tiempo, puede que cuando menos ganas teníamos de reprimirnos. Tres besos y a casa.

—Joana, yo...

—No, un momento. Yo tengo claro qué significa Andreu para mí y que todos tenemos secretos, misterios y cosas que las parejas no se han contado para mantener aquello que pensamos que vale tanto la pena. Un día, cuando no pasábamos por nuestros mejores momentos, Andreu se presenta en casa y me regala un proverbio japonés. Viene y me dice: «El bambú que se comba es más fuerte que la encina que resiste». Y tenía razón. Cuanto más crece el bambú, más puede doblarse, ni el vendaval más fuerte puede romperlo. Es una planta bien acabada, pulcra, limpia y que lo aguanta todo porque se deja un margen para la oscilación, para que no sea todo tan estricto, para que exista la posibilidad de cierto movimiento antes de que todo vuelva a su sitio. Las relaciones desgastan, claro que sí. En algunos casos, devoran. Pero...

Los ojos marrones que la escuchaban necesitaban que continuase. Xavi no soportaba las casas adosadas de ladrillo visto, ni las frases a medias ni los puntos suspensivos.

—Dime.

—La casa, la obra de tu vida, el trabajo, todo eso son excusas. Nunca dejes de enseñarle a alguien lo que significa para ti.

—A nadie. Tú lo has dicho, Joana.

Congelaron la mirada y los gestos, por lo que pudiera pasar. Dejaron que el *cool* jazz improvisase melodías hasta las doce y media. A la salida del Auditorio, el fresco había teñido la noche. En la calle no quedaba un alma. Sentados en un poyete, una pareja de adolescentes estaban fumando un cigarrillo que les hacía sentirse mayores.

—Una única cosa, por cierto... —Xavi, bajando peldaño a peldaño, de nuevo con Joana del brazo.

Él se sentía a gusto. Ella temía aún la pregunta que había estado acechando toda la noche.

—¿Cómo se calcula la edad de un árbol vivo?

—Ya me extrañaba que no quisieras saberlo. —Los ojos azules de Joana se afinaban aún más cuando sonreía. Qué peso se había quitado de encima—. A ver... La única manera fiable es contar los anillos del interior del tronco. Pero si no quieres matar el árbol, existe un juego aproximado que siempre funciona. Mides la circunferencia del tronco a ciento treinta y siete centímetros del suelo, calculas el diámetro, lo multiplicas por el factor de crecimiento del árbol y entonces vas a ver a un vecino y le preguntas si sabe cuándo lo plantaron.

—No me tomes el pelo... Cómo eres.

—Te he hecho reír. Lo he conseguido. —Le tocó el mentón con un dedo—. Te has reído, que te he visto.

Ella se frotó los brazos con las manos, para entrar en calor. Xavi no esperó a que Joana le pidiese la americana.

—Toma. Se ha levantado viento.

Se la quitó y se la puso encima de los hombros. Le sobraba americana por todas partes. Las mangas, vacías, permanecían colgando como las de una marioneta desinflada después de la función.

25
La batalla de las horas

Un jueves al mes, después del gimnasio a primera hora, los dos amigos quedaban para desayunar en el bar del mismo Metropolitan. Xavi, saliendo de la ducha con la toalla enrollada por debajo del ombligo y las zapatillas mojadas, vio que Darín entraba en el vestuario. Estaba ofuscado.

—Ya pensaba que no vendrías... —Se crujió los dedos.

—La mierda de la calle Iradier. Han metido un carril bici y han dejado uno solo para los coches. Me he quedado atrapado en el semáforo de la Bonanova. —Arrojó la bolsa de deporte encima del banco—. Estoy negro...

En los meses pares, el periodista pagaba el desayuno; en los impares le tocaba al arquitecto. Cuando uno de los dos no podía presentarse —fuera cual fuese la causa, no estaban obligados a revelarla—, quien faltaba a la cita recibía un castigo que ya habían pactado: le tocaba soltar el dinero durante dos meses seguidos.

—Hoy ya ni me cambio. —Resopló—. Directo al cruasán, qué cojones...

Xavi abrió su taquilla con la llavecita. Dentro, debajo de las perchas para la camisa y los pantalones, se había hecho unos cajoncitos a medida. Un sitio para el reloj y las monedas, uno para los zapatos y uno para el desodorante, la colonia y el gel. Hacía años que no necesitaba usar champú.

—Te está vibrando algo... —le avisó Darín.

Xavi sacó el móvil del bolsillo izquierdo de los pantalones. El teléfono siempre en el izquierdo, con el pañuelo limpio. Los billetes a la derecha. Todo cuadriculado.

—No me ha dado tiempo a... —Miró la pantalla—. Es una perdida de Andreu.

—El mejor sitio para tener un segundo teléfono es aquí, en la taquilla del gimnasio. Seguro que tu mujer no entrará nunca. Si yo tuviese una amante, también lo haría.

Ni siquiera lo escuchó. Con el tiempo justo para secarse y ponerse los calzoncillos, recibió un mensaje.

—Es Andreu. —Cogió el móvil y alargó el brazo, para leerlo mejor—. Dice que si estamos en el gimnasio, que no nos movamos. Tengo que darle unos papeles para una escritura de unos terrenos en la montaña. Y dice que tiene novedades de Avakian...

—¿Sabes de qué va?

—No. Dice que se planta enseguida aquí con la moto.

—Que no suba por... Bueno, si viene en moto nada, que vaya por donde quiera. Te espero en el bar.

—Ve pidiendo, que ya voy.

Darín se sentó a la mesa de los jueves. Era un rincón del bar bastante discreto, pero con vistas a la recepción del gimnasio. Les gustaba ver quién entraba, quién salía y cuántas toallas le daban a cada socio. Un sitio lo bastante alejado del grupo de señoras sin prisa y de la mesa de los jubilados que, en la batalla de las horas, empezaban el día jugando al dominó y podían quedarse allí hasta el almuerzo. Cuando Xavi llegó, con la camisa todavía húmeda —por el sudor tozudo que rebrota después de la ducha—, ya les habían servido el pan con tomate, el jamón de bellota y una copa de tinto de la casa, de Montsant. Los cruasanes pequeños, de cortesía, ya no estaban. Darín se había comido los dos. Después le pidió al camarero del Metropolitan que retirase el platito, para que no se notase tanto.

—Si has llegado tarde es porque no has dormido solo.

—Hostia, Xavi, tío, si tú supieras...

—Me alegro. —Se sentó enfrente—. Eso significa que lo de Biosca está superado...

—Siempre hay que abrir nuevos frentes. Hay que intentar ser feliz, hombre, que son cuatro días. Según cómo vea, la llevo para Nochevieja. —Darín alzó la copa para brindar—. Por cierto, ¿Mara ya ha decidido dónde nos va a llevar este año?

—Sí. Bueno, creo que sí.

—Lo de los Alpes del año pasado fue una pasada.

—Es una sorpresa... No me deja que lo cuente. Quizá es porque aún no lo tiene cerrado...

Darín se dio cuenta de que Xavi tenía la cabeza en otra parte y se esforzó en despejársela.

—¿Sabes qué me dijo un día Biosca? Que en la vida

hay dos tipos de personas. Las que buscan la felicidad y las que ya saben que no la encontrarán nunca. Y ella era de estas. Es más, yo diría que se sentía orgullosa de ello.

—Eso no puedes reprochárselo. Sería por el inconformismo de los artistas. Era una buena fotógrafa. Lo es, vamos, seguro que lo sigue siendo.

—No se lo echo en cara. Pero tú no eres así.

—Es distinto. Los arquitectos no somos artistas.

—¿Podrías desarrollarlo?

Se vio obligado a concentrarse.

—La arquitectura es funcional y, por tanto, si sirve para algo ya no es arte, por más que algunas vacas sagradas se las den de... Sería un debate largo. —Hizo sitio en la mesa para que les sirviesen dos zumos de naranja fríos, colados, recién exprimidos—. Otra cosa es que, sabiendo que tiene más que ver con la construcción que con el arte, sabiendo que al fin y al cabo estamos luchando contra la fuerza de la gravedad para levantar un edificio, nunca deberíamos abandonar cierto principio poético.

Xavi solo se embalaba cuando hablaba de su pasión.

—Supongo que los ordenadores, el 3D y toda la pesca os ha facilitado mucho el trabajo.

—Ni te lo imaginas. Pero la base sigue siendo la misma. Tener un buen lápiz.

Darín vació medio vaso de zumo de un solo trago. Xavi no le quitaba ojo a la puerta, por si veía pasar a Andreu.

—En el periodismo es diferente. La tecnología y las redes sí que nos han cambiado la perspectiva y la manera de trabajar de la noche a la mañana... Hasta anteayer vivíamos día a día. Ahora vamos minuto a minuto.

—Supongo que en las agencias de noticias no tanto...

—A nosotros no nos ha cambiado tanto como a los periódicos, tienes razón. Pero en los digitales, por ejemplo... Las noticias se empujan unas a otras para hacerse un hueco. Si no estás en la pantalla, ya no sales. Si no estás en la parte alta del móvil, ya no te ven. Las noticias se empujan, ya te lo digo yo. ¿Sabes un peaje de autopista cuando hay atasco? Pues igual.

—¿Cuándo calculas tú que se venderá el último periódico en papel del mundo?

—Mira, ya tenemos aquí al motorista...

Andreu llevaba el casco en una mano. Con la otra hizo un vago gesto de saludo.

—Buenos días. Hace fresco por las mañanas...

Caminaba como si aún tuviese la moto entre las piernas. Se quitó el buf y lo dejó al lado de las dos bolsas de deporte. Repitió la operación con la chaqueta de entretiempo. Cuando se abrió la cremallera, sacó un sobre beis, de los grandes, que llevaba acoplado al pecho para que no se arrugase.

—Siéntate, coño. ¿Qué pasa? —preguntó Xavi.

Andreu Fonseca, vestido de abogado, con la corbata azul de abogado y la expresión de aquí nunca pasa nada grave de abogado, dejó el sobre encima de la mesa, con cuidado para que no se manchase.

—Has dicho Avakian.

—Sí. Dos cosas. —Se sentó al lado de Darín—. Una... Ya sabemos, finalmente, de qué lo acusan. Es lo que nos temíamos. Tráfico de armas.

—Joder. —El periodismo interpretativo de Darín.

—Eso, más o menos, ya lo sabíamos...

—Sí. Ahora tenemos detalles de la acusación. Cómo creen que lo hacía, desde cuándo, a través de quién...

—¿Todo eso nos afecta?

—En principio, no.

—¿Nos favorece de algún modo?

—Tampoco.

—¿Y la segunda?

Andreu se atusó la barba con la mano antes de responder.

—Esta sí que nos toca de cerca. Os afecta a ti y a Joana. Tienen tus correos electrónicos y hay dos, entre no sé cuántos miles de Avakian, que te los envía a ti. Habla contigo de la casa y, en el otro, habla también de Joana. No menciona el apellido, pero la policía no es tonta.

—¿Y? —Xavi, más sorprendido que asustado—. En esos correos hablábamos de detalles de la casa. ¿Acaso estaba prohibido? ¿No podíamos construirle una casa?

—Sí. Por supuesto. ¿Y las facturas? ¿Los pagos? Él se ha comprado un terreno cerca del mar, lo ha escriturado, ha ido al notario y alguien le hace la casa. ¿Es que tú trabajas gratis para él? ¿Eres de una ONG de arquitectos y hacéis casas gratis para los millonarios?

—Pero no todo ha sido en negro...

—Os llamarán a declarar. Como testigos. No tiene por qué pasar nada, pero tendréis que ir. Prepararemos una buena estrategia con su defensa, pero ir a Estados Unidos a dar la cara no os lo quita nadie. Ya sé que es un fastidio.

—¿Debemos preocuparnos?

—En principio, no. Pero no podemos distraernos. La justicia estadounidense es muy puntillosa con los de fuera. En Miami no lo sé, nunca he tenido ningún juicio allí. Pero que querrán buscarnos las cosquillas, eso dalo por hecho.

—¿Lo sabe Joana?

—He quedado con ella para comer. Se lo diré a mediodía.

—¿Quieres que vaya?

—No, no es necesario. —Andreu puso una mano sobre el muslo de Darín—. Todo esto no hace falta que se sepa, ¿de acuerdo?

—Perdona, pero todo esto no es para redactar una noticia. —Se hizo el ofendido—. Es para escribir una novela.

Andreu abrió el sobre y extrajo unos folios grapados para que Xavi les echase un vistazo. Antes de tocarlos, se secó bien los dedos, para no pringarlos de aceite.

—¿Qué es? —Creyó adivinarlo—. ¿Nuestros correos electrónicos?

—No. Toma, lee. Son las acusaciones de Avakian.

Los ojeó en diagonal. Miraba el papel, pero apenas entendía nada.

—¿Me lo puedes traducir?

—¡Pero si tu inglés es mejor que el mío?

—Explícamelo tú, por favor. Todo esto es demasiado técnico.

Frank Avakian era un ciudadano estadounidense de origen armenio. Su padre había nacido en Ereván cuando aún formaba parte de la Unión Soviética, y emigró a Estados Unidos. Su hijo había aprovechado sus buenos contactos en Armenia, y su influencia, para conseguir armas que después de la disolución de la URSS quedaron en desuso o, sencillamente, fuera de control. Así comenzó el comercio ilegal de armas. Entró en el mercado negro de fusiles, pistolas y ametralladoras. Las adquiría en alguna antigua república soviética y las vendía en México. Los cárteles de la droga necesitaban armamento, y la estructura que había montado Avakian se lo proporcionaba. Cada vez más. Cabezas de mortero, granadas, cohetes para abatir los helicópteros de la policía. Armas cada vez más sofisticadas que, de otro modo, no estarían al alcance de los narcotraficantes. Él no se ensuciaba las manos, pero desde Florida había montado un entramado de corredores de armas que se reunía con los compradores y decidían el precio, el transporte de la carga y el modo de entregar la mercancía. De Rusia a México, directamente. Y él, en Miami, sin mancharse. El lavado global de dinero se hacía a través de islas del Caribe que mantenían el secreto bancario. Los rusos habían abierto bancos en Aruba y Antigua para que los ricos, las mafias y los oligarcas pudiesen mover grandes cantidades de dinero. Avakian se aprovechaba de este chanchullo financiero. Luego, mediante la compra de obras de arte, pasando por ser uno de los más grandes y más prestigiosos coleccionistas privados de Florida, blanqueaba una buena parte de estos ingresos fuera de control.

—¿Y la casa del Ampurdán? —preguntó Darín.

—Una gota prácticamente insignificante en su océano de inversiones.

—¿Puede perderla?

—Sí. Y se la pueden embargar...

Xavi no daba crédito.

—En las reuniones, os lo juro, era un hombre culto, refinado, nunca habrías dicho que... Yo aún no me lo creo. No quiero creérmelo, vaya. Todo el mundo es inocente hasta que no se demuestre lo contrario.

—Con las redes sociales se le ha dado la vuelta al argumento. Ahora todo el mundo es culpable, aunque demuestre lo contrario.

—Y no solo eso. Ya estás marcado por los siglos de los siglos.

—¿Queréis saber qué es lo mejor de todo esto? —Darín no pudo evitar inmiscuirse—. Que la culpa ya no es nuestra, de los periodistas.

26

Se habría llamado Maria

Un domingo de lluvia. Dos motivos para no salir de casa aquella tarde. Tres, si tenemos en cuenta que Mara aún necesitaba muletas, pese a que la evolución de la pierna operada seguía su curso, según las palabras optimistas del doctor Llambrich. Muletas y paraguas, al mismo tiempo, eran incompatibles.

—Como en casa, en ninguna parte.

Sergi, que pocos días antes le había dicho a su padre que quizá le gustaría ser también arquitecto, había pedido cincuenta euros para ir a jugar a los bolos con sus amigos. Le habían dado treinta, y haz el favor de devolver el cambio. Carla, ante el espejo de su habitación, se había mirado los pechos recién estrenados y se había arreglado para salir con Jerome. Salir. Era el verbo que había oído conjugar a muchas de sus compañeras de clase, y ahora, por fin, le tocaba a ella. Salir. Salir con alguien. De pronto, tomaba las riendas de sus sentimientos. Sin hacerlo a escondidas de nadie, ni siquiera de sus padres, que arrugaban la nariz en su ausencia pero, delante de ella, dedicaban palabras amables a esa temprana experiencia.

Mara y Xavi se amodorraron en el sofá. Ella se durmió leyendo el periódico, él abrió el ordenador para echar un vistazo a las páginas de grandes arquitectos. Se colocó un cojín en el regazo, se puso el ordenador encima y exploró los edificios de los demás. Navegó por la ligereza de Kazuyo Sejima y por las fantasías de Rem Koolhas, de la iraquí Zaha Hadid a las últimas locuras de Jõao Armentano en Miami. Se recreó con Renzo Piano. Le gustaba más el nuevo edificio del *New York Times* que el Centro Pompidou, que quizá no había soportado tan bien el paso del tiempo como pensaba. De Renzo Piano, más que las fotos y los planos, se quedó con una sentencia. Afirmaba que cuando tienes dieciocho años lo más importante es la rebeldía, dedicarte a algo diferente que tu padre. Se lo iba a comentar a Mara, pero estaba sesteando. Cuando se le acabó la batería del portátil, él también se adormeció.

Después, para pasar las horas, decidieron que hacía demasiado tiempo que no tomaban un té juntos, de domingo por la tarde.

Fue entonces, en aquella tarde lluviosa que no acabó en tormenta, cuando Mara sorprendió a su marido.

—Lo sé todo de ti —dijo como si nada, mientras sacaba las bolsas de la tetera y llenaba las dos tazas.

»Lo sé todo de ti —repitió—. Que eres más de callar que de hablar, que llevas tus debilidades con dignidad, que estás haciendo la casa de tu vida, que te gusta leer artículos sobre tu obra, aunque te pongas de mal humor porque al final los periodistas nunca acaban de decirlo exactamente como tú querrías, que nunca usas los marcapáginas porque siempre te quedas al final del primer párrafo de la página izquierda, que cada domingo te cortas las uñas de las manos... Las de los pies, cada tres semanas. Sé que crees que hay gente que tiene la voz equivocada, y me hace gracia cuando me avisas. Sé que te embriaga el olor del botiquín de casa. Sé que no soportas las almohadas cuadradas de hotel. Y todavía te dan más rabia esas tan duras, de rulo, que antes nos encontrábamos en todos los hoteles de Francia. Que no tienes ningún problema en comerte siempre la última croqueta, la de la vergüenza. Que te gusta más la comida de san Esteban que la cena de Nochebuena. Sé que has recibido un sobre en negro de algún cliente porque, de pronto, pagas en efectivo en los restaurantes. Sé, también, que antes de desnudarte te sacarás las monedas de los pantalones y aparcarás las de uno y dos céntimos para no volver a guardártelas nunca más en el bolsillo. Y así se van formando pilas de moneditas encima de la cómoda. Sé que son sagradas las dos mañanas a la semana en el gimnasio. Sé que te gusta ducharte primero, para que el vapor no empañe el espejo. Sé que te gusta que nos enjabonemos juntos con el gel de chocolate del Sacher. Sé qué calcetín te pones primero, y dices que es por costumbre, no por superstición.

—¿Cuál es?

—El derecho. Siempre el derecho.

Xavi estiró el labio inferior para dar la respuesta por correcta. Mara, embalada, continuó con una salmodia que parecía preparada. Él recordó un viejo proverbio. Cuanto más larga es la explicación, más grande es la mentira. Diría que era chino.

—Sé que te gusta conducir siempre por las mismas carreteras. ¿Para qué ir por un atajo si puedes volver por el mismo camino por donde pasaste con no sé quién, no sé cuándo? Solo yo sé cómo te revitaliza la nostalgia. Sé qué rabia te da haberte quedado con cosas que decirle a tu madre. Sé lo orgulloso que estás de cada frase que suelta Sergi cuando estamos todos juntos, sentados a la mesa. Sé que no dormiste aquellas tres noches que tuvimos a Carla ingresada. Sé que te da tanta cosa como a mí que Carla ya salga con un chico que aún no hemos decidido si nos gusta poco o nada. Sé, aunque nunca me lo hayas dicho, que sufriste tanto como yo cuando perdimos a la niña. Se habría llamado Maria. Pero te hiciste el fuerte para ayudarme a mí y te lo agradezco, porque ese fue mi peor momento y tú sabías que si nos derrumbábamos, estábamos perdidos. ¿Cuántos años tendría ahora Maria? Seguro que tú también piensas en ella cada día, y a veces me pregunto si no hemos hablado más de ello para que no nos haga daño. O si nos duele más, precisamente, porque no lo hablamos lo suficiente. También sé, Xavi, cuánto me quieres. Sé cuánto me quieres pese a que la convivencia no sea el mejor invento de la historia. Sé cuánto me quieres, aunque seguro que tú también piensas que tengo mis cosas y que tal vez un día al año te mandaría a paseo, como tú a mí... Y quien dice un día, dice tres o cuatro. No me digas que no. Pero, por encima de todo, sé una cosa que no sabe nadie más: que Xavi Vera Martín, mi arquitecto favorito, el padre serio, el profesional impecable, el hombre que está haciendo un proyecto de esos que perdurarán, es feliz cuando estamos los cuatro juntos. Aunque sea en casa, en el sofá, cada cual con su móvil o su libro... No te hace falta nada más. Tienes allí contigo a todas tus ovejas, controladas, y no hay nada que te dé más paz y tranquilidad.

—No está mal, Mara.

—¿Sí o no?

—Parece que me conoces bastante. —Sonrió—. Tienes razón en un noventa y ocho por ciento de lo que has dicho. Ni Darín me habría hecho un retrato tan...

—Solo faltaría que te conociera tanto como yo.

—Tú tienes información privilegiada.

—¿Y tú? —Mara hizo explícita la segunda parte de la pregunta—. ¿Tú lo sabes todo de mí?

—¿Hay algo que deba saber?

Las pupilas negrísimas de Mara tardaron en responder. Xavi, sofocado, le sostenía la mirada. Las miradas se inventaron para ahorrarnos las palabras cuando pueden herir. Sentía que tal vez se encontraban a pocos segundos de un cataclismo que pusiera fin a todo. A pesar de ello, como el saltador de ala delta que corre hacia el precipicio sin que nadie lo empuje, prosiguió.

—¿Hay algo de ti que deba saber y que no sé?

El mundo se detuvo.

—No.

Se reinició cuando Mara, con la pata tiesa, hizo un esfuerzo por enroscarse al cuello de Xavi. Él tardó en abrazarla. Lo hizo con más recelo que pasión, sin dejarse llevar. Ahora que el día se había puesto incómodo, no quería dejarlo pasar. No podía actuar como las azafatas de vuelo que, compulsivamente, corren la cortina una y otra vez, como si de su gesto dependiese la seguridad del avión. Cuando iba a dejarlo todo a la vista, Mara volvió a desconcertarlo.

—Yo estoy en un momento en la vida en que, ¿sabes lo que quiero?

—¿...?

—Conversación.

—Ah, coño. —Él le quitó los brazos de encima.

—No me refiero a ahora, que también. Quiero que hablemos, que conversemos, que te cuente cosas y que te interese. Que hable y me escuches. Conversar, quiero conversar con mi marido. Que yo te cuente no sé qué y tú des tu opinión. No hace falta que sea trascendental. Quiero esto, tomar un té y charlar. Hablar de la vida, de las cosas que nos pasan, del noviete de Carla, de una aplicación para el móvil que...

—Soy más de callar que de hablar, me lo acabas de decir.

—Por eso me gustaría que... Ay, bueno, da igual.

—Di un tema. Conversemos, venga...

—No te burles, hombre, que te lo decía en serio...

—Perdona —aflojó. La broma, cuando es inoportuna, maldita la gracia.

—Es que ya está bien...

Mara se acurrucó de nuevo en el pecho de Xavi. En los momentos de tensión, la piel es la frontera.

—¿Qué nos está pasando, Mara?

—¿Puedo hacerte una pregunta?

—Claro. —Se crujió los dedos cuando no debía.

—¿Tú te volverías a casar conmigo?

—Vaya...

Xavi, muy lentamente, expulsó el aire por la boca de un cigarrillo que debió fumarse de joven. En aquel momento delicado necesitaba tiempo y tacto para no responder con el primer exabrupto que se le pasase por la cabeza.

—Veo a mucha gente que se ha casado con la persona equivocada. No es mi caso. ¿Volvería a casarme con Mara Lincoln? Por supuesto. Creo que sí.

—Eso lo dices ahora porque sabes que es lo que quiero oír.

—Lo digo porque no soportaría sacarme las monedas de los bolsillos sin ti... ¿Quién iba a reñirme cada noche por el ruidito?

—Es que...

—Me casaría contigo mañana mismo. Pero eso no quita que...

Él se puso de pie, como si le estorbase el sofá, los pantalones, la costura de los calcetines.

—¿Qué? Dime.

—No sé dónde quieres ir a parar... —Xavi volvió a sentarse a su lado—. Yo no lo sé todo de ti, es evidente que no. Pero también sé muchas cosas. Y sé alguna que me habría gustado no saber. O, mejor dicho, que me habría gustado que no ocurriese.

—¿Qué quieres decir?

—Mara, por favor...

—Todos los grandes amores tienen secretos.

—Mujer...

—Cada uno debe tener los suyos para que una pareja sobreviva. He pensado mucho en ello.

—Pues a mí, la verdad, me pillas en fuera de juego.

—Pero tan humano debe de ser guardarte un secreto para ti solo como tener la necesidad de contarlo y compartirlo, cuando sea. Un secreto, si se revela, automáticamente deja de serlo.

—Mira, Mara, no estoy para teorías. Y hace demasiado rato que andamos mareando la perdiz sobre algo que tú no quieres decir y que yo no necesito preguntar. ¿Por qué? Porque tengo miedo de la respuesta, ¿sabes? Tengo miedo de que me haga daño y de que nos haga daño.

—Xavi, un momento...

—Pero no sería yo si no fuese de cara y no te dijese que cuando estabas en el hospital, en el quirófano, vi en tu móvil un mensaje que no debería haber visto. Era eso, ya está. Ya lo he dicho.

Mara clavó la nariz en la barriga de su marido. Instintivamente, por vergüenza, para ganar tiempo, para maldecir que Xavi se hubiese enterado, para recordar la respuesta que había pensado que daría si llegaba el momento.

—¿Quién es Marcello?

La conversación. Ahí la tienes.

—Era un guía. Lo conocí por el trabajo, pero ya no es nadie. Lo he eliminado de mis contactos. Toma... —se sacó el teléfono del bolsillo trasero de los vaqueros y lo dejó encima de la mesita—, puedes comprobarlo tú mismo.

—No hace falta. No pienso mirar tu móvil.

—Hoy no..., querrás decir.

—Oye, te estaban operando, Carla me dio tu teléfono por si... Da igual. A ver si ahora voy a ser yo quien tenga que darte explicaciones.

—Lo siento, Xavi. No sé qué me pasó. Lo siento...

Él le acarició el pelo. Despacio, una y otra vez. Mara se aguantaba el llanto hasta que ya no pudo más. Debajo, notaba que el corazón de Xavi latía como si estuviese pasando por el kilómetro cuarenta y uno de la maratón de Montreal.

—Se ha terminado. No fue nada y se ha terminado.

—Te escribí una carta. Sentía demasiada rabia. Me desfogué. No llegué a...

—Lo siento muchísimo.

—Me habría largado. Pensé en si tenía que hacer las maletas.

—¿Me dejarás leerla?

—La rompí. Puede que sea mejor así.

—Puede... No sé. Lo siento. Lo siento mucho.

Ella, de pronto, ya no quería charlar. Demasiadas cosas que esconder como para que se volviesen en su contra. Con cada segundo espeso que pasaba, agradecía que no le preguntase nada más. Cuando la verdad molesta, a veces es mejor permanecer callado. Él, recluido también en el silencio más adusto, temía que Mara revelase más detalles de los que estaba dispuesto a escuchar. Como dos equipos que amañan un partido por conveniencia mutua, Xavi Vera y Mara Lincoln firmaron el empate eterno de las parejas sabias.

No puedes volver atrás y cambiar el principio, pero puedes comenzar donde estás y cambiar el final. Xavi se había quedado con la frase que Bruno Llobet había leído en algún sitio. Cinco minutos después, ella dio el primer paso hacia el futuro.

—¿Sabes lo que me gustaría?... —Se secó los ojos con los dedos—. Que me enseñases la casa de Avakian.

Alguien introdujo la llave en la cerradura. Por el modo de cerrar la puerta de casa, solo podía ser Carla.

—¿Hola? —preguntó al ver que había luces encendidas en la casa.

Xavi y Mara se incorporaron en el sofá, como si alguien los hubiese pillado. Ella volvió a secarse los ojos para que Carla no notase que... Él cogió el periódico y se le abrió por la sección de economía. En cada página, la foto de un hombre con corbata. Como si nada, ella cogió el móvil que estaba sobre la mesita baja y, de reojo, asegurándose de que Xavi no se diera cuenta, aprovechó para borrar los últimos wasaps de Marcello.

—Eh, papás, he venido con Jerome.

—Hola, hija. Un beso...

—¿Qué tal, chaval? —preguntó Xavi, levantando la vista por encima de la cabecera del periódico.

Respondió con un sonido gutural. El flequillo le caía exageradamente hacia un lado. El jersey le iba largo de mangas y, en cambio, las perneras eran tan cortas que dejaban al descubierto buena parte de calcetín de cebra.

—¿Qué hay para cenar?

—¿Tú te quedas, Jerome?

Volvió a decir algo, rasgado, que no entendieron. No sabían si hablaba en inglés, en francés o, sencillamente, era la moda adolescente de la pereza de vocalizar. Xavi soltó el periódico grueso de domingo, se levantó y le dio dos besos a Carla.

—¿Este se queda o no? —le dijo al oído.

—No, no, dice que pasa.

—Voy a hacer arroz hervido para todos, ¿os va bien?

—A la cubana, *porfa*, con huevo frito, papá... —De lejos, gritó—: Estamos en mi cuarto, ya me avisarás.

Se perdieron más allá del pasillo. Nunca habían visto a su hija de la mano de alguien que no fuese de la familia. Carla, ufana, se lo comía con los ojos. No era porque fuesen sus padres, pero estaban de acuerdo en que ella ya parecía una mujer. La piel fresca, las piernas altas y la vida en los pómulos, que eran los de Mara. A él se le veía más niño, como si aún tuviera que esconder la pelusilla. La madre es inglesa, quizá por eso es tan blanquito. Pero a Carla le gusta, ¿qué le vamos a hacer? Era el primer amor. El ansia de los primeros besos, la curiosidad de una mano por debajo de la camisa, la sensación de un tacto nuevo, los ojos de par en par. Cuerpos, a punto de madurar, instalados en la despreocupación. Bromas y risas, revueltas y emociones. La belleza. La perfección de la juventud. La vida descarada. Un diario donde empezar a escribir las páginas más íntimas. Por delante, un libro en blanco para imaginarlo todo y para ilusionarse. Qué envidia. Qué lejos les quedaba aún la convivencia, la rutina y el día a día de las avellanas rancias en la despensa de casa.

Con los chicos en la habitación y Xavi poniendo el agua al fuego, Mara volvió a mirar el iPhone. Con un gesto rápido de dedos y dos deslizamientos furtivos se aseguró de eliminar a Marcello de sus contactos.

Él salió de la cocina con el delantal puesto.

—Diecisiete minutos, ¿no?

—¿El qué?

—Cocer el arroz.

—Sí, sí. —Se guardó el móvil en el bolsillo.

—Algún día tendremos que contarle a Carla lo que decía siempre Eudald de Ripoll.

—¿Cómo era? No me acuerdo. —Se rio nerviosamente.

—Que el primer amor siempre es como el agua de los espárragos, que hay que tirarla.

27

Cuando todo esto sea un mar de lavanda

Mara se empeñó en conducir. Le habían quitado las muletas hacía una semana, tenía mono de coche y, además, no hacía falta que moviera la pierna izquierda para nada con el cambio automático del Lexus. En la autopista le gustaba correr. Nunca cometía ninguna imprudencia. Sencillamente le gustaba correr cuando consideraba que se podía correr. Solo entonces, y de forma calculada, traspasaba los límites permitidos de velocidad. De Barcelona a Girona sabía dónde estaba situado cada radar y levantaba el pie jugando siempre con el margen exacto de la multa, asegurándose de no perder puntos del carné.

—¿Sabes qué me gusta de ti?

No supo adivinarlo.

—Que nunca se te olvida poner el intermitente.

—Qué romántico. —Justo en ese momento regresaba al carril central con el parpadeo anaranjado—. Pensaba que ibas a decirme otra cosa, la verdad...

—Es muy importante. Seguro que Sergi y Carla se fijan. Los hijos conducen como han visto hacerlo a sus padres. Es mejor un ejemplo que mil consejos.

Mara subió el volumen de la radio.

—Esta me encanta.

Tarareó *I Say A Little Prayer*. Con el estribillo, llevaba el ritmo. Golpeaba el volante con el pulgar como si fuese una baqueta.

—¿Esta no se acaba de morir?

Ella no le prestó atención. Solo dejó de cantar para añadir una apostilla evidente.

—¡Me pone de tan buen humor Aretha Franklin!

Poco a poco, Xavi se unió para tararear el *forever and ever*, sin saber exactamente qué decía la letra. Mara no lo había oído cantar en el coche desde que los chicos eran pequeños. No había aprendido en todos estos años. Seguía desafinando, como su suegro.

—¿Estás segura de ir a Venecia para Nochevieja?

—No es Venecia, Xavi.

—A mí en invierno... Eso de que se inunde San Marcos y que tengas que andar con los pantalones arremangados por encima de cajas de cerveza colocadas del revés... —Le puso la mano sobre el muslo—. Y tú, vete a saber cómo estarás de la pierna.

—Yo estoy bien. ¿Es que no ves que estoy conduciendo...?

—Para los arquitectos, Venecia es un lugar especial, pero para la cena de Nochevieja... Por cierto, ¿te dije que es posible que Darín venga acompañado?

—Sí.

—¿Venecia? Tú eres la experta, pero yo no lo veo claro. Que conste.

—Venga, que no. Es Torcello. Vamos a una isla

pequeña, más allá de Murano y Burano. Solo hay una iglesia y un hotel que está muy bien. Es una islita solitaria. En media hora a pie ya la has visto entera. Os va a encantar. —Por un instante levantó la mirada de la línea discontinua—. ¿Es que no te fías de mí?

Xavi tenía la respuesta en la punta de la lengua, pero dejó que se esfumara. Hacía tiempo que ambos habían aparcado la ironía. Habían aprendido que en las conversaciones delicadas era un arma demasiado peligrosa, y, cuando la discusión se descontrola, termina por volverse en tu contra. Para no mortificarse, hay parejas que han aprendido a guardar la ironía para los momentos de complicidad.

—Sí, sí —dijo Xavi—. Tú eres la profesional.

—Seguro que Joana sabrá apreciarlo.

—Tienes que salir por la próxima.

Mara puso de nuevo el intermitente para entrar en el carril de desaceleración antes de detenerse en el peaje de Girona-Nord. A partir del siguiente cruce, Xavi la guio durante treinta minutos por una carretera con más rectas que curvas hasta llegar a la casa de Avakian, que había quedado camuflada en el paisaje. Había conseguido que desde la carretera no se viese nada de nada.

Xavi se encontró con la puerta del patio cerrada a cal y canto. No entendía que dentro no hubiese ningún operario. No lo había comprobado y, de pronto, estaba muy sorprendido de que un martes a media mañana, a pocas semanas de terminar la obra, no hubiera nadie trabajando.

—Pensé que habría alguien... Es muy raro.

Llamó al timbre de la casa con insistencia. Nadie.

—¿Te imaginas que no podamos entrar?

—Deja que llame. —Abrió la puerta del coche para recuperar el móvil—. A ver quién demonios tiene las llaves.

—No hace falta.

Antes de que él pudiera mirar la agenda de contactos, Mara se había subido y, con los dos pies al otro lado de la verja, estaba a punto de saltar dentro del jardín.

—Pero ¿es que quieres romperte la otra? ¿Qué coño haces?

—Venga. No seas aburrido.

—Ten cuidado, no saltes, por favor...

Xavi, a fuerza de brazos, se encaramó al muro de la manera más ágil que pudo. Primero pasó una pierna y luego la otra, intentando no engancharse los pantalones en ningún sitio. Calculó dónde pondría los pies cuando saltase, sin paracaídas, desde más de un metro. No se lo pensó, echó el resto y enseguida estuvo abajo, orgulloso de una peripecia al filo de los cincuenta y dos.

—Sobre todo, tú no saltes. Mara... Agárrate a mi cuello.

A ella le pareció la mejor manera de entrar en casa de Xavi. Tal vez aquella fuera la casa de Avakian, o de quien fuese cuando tuviese que venderla o cuando se la embargase la justicia estadounidense, pero para ella siempre sería la casa de Xavi, porque la arquitectura siempre sobrevive a su cliente y porque aquella era la obra de su vida. Por eso le había pedido que se la enseñase.

—Tranquila, de momento no hay alarma, ni dóbermans.

—Uno, dos y...

Mara, con un jersey grueso de color ciruela claudia y unos pantalones negros que no le tiraban de ningún sitio, se dejó caer. Xavi la cogió al vuelo con los pies anclados al suelo. Ella se enroscó a su cuello, y él la abrazó como pudo entre la espalda y la cintura. Por la inercia, le dio tres cuartos de vuelta en redondo antes de ponerle los pies en el suelo, con un aterrizaje suave.

—¿Estás bien?

—Perfecta. —Se dieron un beso en los labios—. Y ahora, mejor.

Mientras esperaban a que el carpintero de La Bisbal les llevase las llaves para poder entrar, Xavi le explicó el porqué de las líneas suaves de una casa serena, que no inquietaba. Le habló de la gracia de la austeridad cubicular y del techo original, entendido como una piel que protege el edificio de las inclemencias del tiempo. Se tomó su tiempo argumentándole cómo, a través de la ubicación y la elección de materiales y de colores —un ocre oxidado que les había traído de cabeza—, había integrado la obra en el paisaje. Le recordó una frase que Mara le había oído decir mil veces: el setenta por ciento del éxito de una casa es su ubicación.

—¿Qué te parece?

—Que es magnífica.
—¿Sí?
—Un diez, Xavi. La mirada pasa y no se impone.
—Me gusta mucho eso que dices.
—Te veo a ti en ella.
—¿Qué quieres decir?
—Las tres eses. Sinceridad, sensibilidad y sueños.
—Como levantar castillos en el aire, vamos.
—No, no... No pongas en mi boca palabras que yo no he dicho. Xavi, es una casa apabullante. Si no te conociera, me enamoraría del arquitecto que ha sido capaz de hacer algo así.
Xavi, inmóvil como un pasmarote, no supo qué decir. Satisfecho, se acarició la cabeza. La risa floja de un grillo quebraba el silencio.

En una mañana de viento, el levante barría las nubes tierra adentro y limpiaba el cielo de finales de otoño. De vez en cuando, alguna ligera bruma que se resistía a marcharse proyectaba su sombra sobre una casa de casi ochocientos metros cuadrados dentro de una finca de diez hectáreas. El cuadro estaba listo para la foto.
—Nada desentona... La casa y el paisaje, todo está muy logrado. Mucho.
—Eso es mérito de Joana. Su reto era que fuese armónico, que no hubiese fronteras, que existiese un diálogo fluido entre la casa y el paisaje, y creo que lo ha conseguido.
—Con nota.
Xavi le contó que, para empezar, Joana había

volcado ciento veinte toneladas de tierra para provocar aquellas dunas y, a partir de las sutiles ondulaciones, ir creando espacios que transmitiesen energía positiva y que se intuyese la proximidad del mar. Juntos, habían trabajado la lejanía. Desde la entrada, desde la piscina o desde cualquier ventanal de la casa, Joana había pensado dónde había que plantar unos árboles, un emparrado o una flor determinada. Se había imaginado el efecto que causaría desde cada punto de vista. Como buena paisajista, Joana había originado un retazo de naturaleza.

—En junio, cuando todo esto sea un mar de lavanda, será muy bonito. Joana siempre firma sus paisajes con lavanda. Más allá del aroma y de ese violeta suave de la floración de verano, dice que la lavanda es un buen repelente de mosquitos.

—No lo sabía.

—También dice, no sé si creérmelo, que atrae a las mariposas.

—¿Joana? —Teatralmente sorprendida.

—El aroma de la lavanda.

—Ha hecho un buen trabajo.

Sin ser consciente de ello, Mara se sentó en el rincón que Llobet habría elegido para leer el periódico. Y allí, a la intemperie, consideró que era el momento ideal para hablar de Joana, la mujer de Andreu, la amiga a la que había confesado alguna de sus aventuras. De pronto, estando con la pierna enyesada y con tiempo para pensar, se dio cuenta de que tal vez se había equivocado al sincerarse con ella.

En los últimos días, Xavi y Mara habían hablado mucho. En el sofá, en la cama o cuando habían quedado para almorzar y charlar con la tranquilidad de saber que ni Sergi ni Carla podrían oírlos. Ambos sabían que el deshielo no se produciría de un día para otro. Los recelos se fundían muy lentamente y era preciso buena voluntad y serenidad y paciencia y generosidad y pañuelos de papel y lo que, sin hacerlo explícito, les pareció más difícil: recuperar la confianza. En esas conversaciones se habían dicho la verdad hasta donde era tolerable. Un pacto tácito. Él no había preguntado cuántas veces y ella no había contado cómo. Se habían ahorrado los detalles, el fuego que es capaz de devastarlo todo. En esos días de conversaciones duras, nunca, en ningún momento, había aparecido el nombre de Joana. Mara no se había atrevido a preguntar si... Con Xavi sentado a su lado en una escalera de obra, se preparó el terreno.

—A mí Joana me ha abierto los ojos. No sé cómo decirlo... Por un lado, te he visto tan entregado a la casa, al proyecto, al paisaje... Joana por aquí, Joana por allá...

—Todo profesional.

—Pero, por otro lado... No sé. También he visto que te miraba con cierta fascinación. Con una atracción creciente.

—Mara, por favor.

—Déjame hablar. El año iba pasando, esta casa no se terminaba nunca y he visto cómo te miraba y, después, cómo te admiraba. Profesionalmente, si tú quieres, vale. Supongo que por ser el gran arquitecto que eres. Pero esto me ha hecho abrir los ojos. ¿Te acuerdas de San Juan? Antes del accidente, la noche de la verbena, antes de cenar...

—No, la verdad.

—Tú y ella estabais bebiendo champán rosado cerca de la valla sobre el mar. Se te veía feliz charlando con ella, y Joana estaba seducida por tus encantos, tú te reías, y pensé... Hostia.

—No puede ser que estés celosa de Joana...

—No es eso. Ya te digo, fue como un clic. Vi que ella te miraba como seguramente yo te miraba antes y pensé: a ver si...

—Pero qué dices, Mara... Todo es mucho más normal. No compliquemos más las cosas.

—No pasa nada, Joana es tan guapa... —Le clavó la mirada con sus ojos negrísimos—. ¿Te puedo preguntar una cosa?

Xavi se levantó de la escalera con el culo del pantalón ligeramente húmedo.

—Dime.

—¿Te quedaste pillado por Joana?

—Por favor... ¿Cómo puedes decir eso?

—¿Sí o no?

—¡Mara! Nos hemos entendido muy bien, en este proyecto y en otros. Me gusta trabajar con ella, me siento cómodo, pero no fastidies. Somos amigos. Joana es la mujer de Andreu. Jamás se me pasaría por la cabeza.

Él le ofreció las dos manos para ayudarla a levantarse. Una vez de pie, Mara recostó el rostro contra su pecho.

—No le digas nada de esto a Joana, ¿de acuerdo?

—Claro que no.

—¿Me lo prometes?

El aprendiz del carpintero dejó la moto en marcha, tenía tanta prisa por abrirles la casa que ni siquiera se quitó el casco. Xavi y Mara no entendieron qué era lo que balbuceaba aquel chico dentro de su esfera, pero intuyeron que, cuando terminasen la visita, ellos mismos podían llevarse el llavero con todo el juego.

Por dentro, la casa era mucho más grande de lo que parecía vista desde el jardín. La naturaleza sugería la forma. Las paredes y el techo pintados de blanco proporcionaban amplitud a habitaciones, salas y rincones, que se intercalaban sin pasillos. Los espacios, diáfanos y aún sin muebles, tenían algo de caja que llenar de vivencias y sueños. Era como si Xavi hubiese concebido aquella casa de dentro afuera, y no de fuera hacia dentro, como había hecho en todos sus proyectos anteriores. Llobet le había dicho esa frase unos meses antes y, como si fuese un vendedor que se aprovecha de las buenas ideas de los demás, esa mañana la hizo suya para deslumbrar a Mara, que andaba de un lado para otro con la boca abierta. Entre todas las habitaciones, ella se habría quedado con la más pequeña, la de la chimenea, la que le contó Xavi que sería para leer y escuchar música. Y para hacer caligrafía, remató ella.

Estaba contenta de haberle dicho vayamos, quiero que me enseñes la casa de Avakian. Él había visto en los ojos de Mara que la casa la había cautivado más de lo que esperaba. Había percibido aquello que Xavi llamaba la huella silenciosa de las casas. Cuando una cosa le gustaba mucho, no podía disimularlo.

No obstante, la sorpresa del día aún estaba por llegar.

—¿Vamos?

—¿Adónde?

—Ahora conduzco yo.

Cerró la casa con llave y, con un mando junto al interfono de entrada, abrió la puerta de la salida de coches. Comprobó que, treinta segundos después, se cerraba sola. Fue suficiente con un botón para que el asiento del conductor del Lexus se deslizara hacia atrás solo, se situase a su medida y con la reclinación de la espalda que le resultaba más cómoda. Los tres retrovisores también se movieron como por arte de magia para adecuarse a su altura. A los pocos minutos de arrancar, Mara reparó en que no volvían a Barcelona.

—¿Se puede saber adónde vamos?

—Preguntas demasiado.

—¿Es que me llevas de fin de semana?

—¿Un martes, de fin de semana?

—Nos lo mereceríamos, ¿sí o no?

Xavi miró el reloj.

—Tienes que darme una hora de margen, y te aseguro que merecerá la pena.

—Okey. Pero no te olvides de que la dueña de Keep Exploring soy yo.

Con canciones de Aretha Franklin y echando un vistazo a las bagatelas de Twitter, que Mara leía en voz alta, el camino se hizo más corto. Atravesaron La Selva, recorrieron los primeros contrafuertes de la sierra de las Guilleries y pasaron por Santa Coloma de Farners sin detenerse a comprar galletas, pese a que Mara lo propuso. Xavi tenía prisa por llegar. Bordearon el Montseny y, cuando lo tuvieron a la espalda, subieron hacia la plana de Vic. Una vez en Osona, desanduvieron el curso del Ter, dejaron atrás Manlleu y Roda y tomaron las curvas cerradas, todo cuesta arriba, hasta Esquirol. De repente, Xavi levantó el pie del acelerador. Iba mirando a ambos lados, para no pasarse de largo el desvío que andaba buscando. Solo había estado allí dos veces y no estaba seguro de saber encontrar el camino. Giró a la derecha y, conduciendo despacio por una pista forestal, llegó hasta el extremo de un risco.

—Es aquí. —Apagó el motor y abrió la puerta.

Mara salió antes que él.

—Es aquí, ¿el qué? —Miró hacia delante, a la nada. Cielo, verdor y montañas dulces enfrente—. Bonitas vistas.

Xavi dejó el coche en la pista y entró en un terreno sin acotar.

—Pertenece a Esquirol. —El sotobosque y las hierbas le llegaban a los tobillos—. Allí abajo, lejos, debe de estar Roda de Ter. ¿Te gusta?

—Mucho. Es impresionante... Pero ¿hemos venido hasta aquí para ver el paisaje?

—No.

—No, ¿qué?

—Es un regalo...

—¿Qué quieres decir?

—Un refugio para ti. Si quieres.

—¿Cómo?

—Aún no puedes verlo, pero es un refugio para ti. Y para mí. Nuestro refugio. Aquí construiremos, juntos, nuestro lugar, para venir cuando nos apetezca. Aquí no tenemos ningún vínculo, ningún recuerdo. Yo diría que nunca has estado aquí, así que vendremos con la mirada limpia. Me ha parecido que es un buen lugar para que escribamos, los dos juntos, un nuevo capítulo de la vida.

—Eres una caja de sorpresas, Xavi Vera.

—En principio no se lo podemos contar a nadie, si te parece bien. Será nuestro sitio, pequeño, secreto, para tener la niebla a nuestros pies. Vendremos aquí, leeremos, encenderemos el fuego, abriremos una botella, haremos el amor si nos apetece y miraremos el cielo y este verde salvaje mientras esperamos que se disipe la boina de niebla de la plana. Cuando la bruma se desvanezca, volveremos a encontrar los caminos.

—No sé ni qué decir. Me has dejado de piedra...

Se abrazaron como si hiciese años que no se hubieran visto. Mara, acurrucándose dentro del abrigo de Xavi, deslizó las manos hasta reencontrarlas bajo sus hombros.

—¿Te hace ilusión?

—Claro, muchísima. —Mara clavaba los pies en el suelo como si sus botas quisieran conquistar el nuevo territorio—. Esto sí que no me lo esperaba. Y a ti, ¿te hace ilusión?

—Ahora mismo lo dejaría todo y no haría otra cosa. Tengo ganas de que empecemos. Tú me irás diciendo y yo cogeré el lápiz. Ya ves que hay poco espacio, un refugio con una cocina mínima; me lo imaginaba casi como una cabaña nórdica, de madera por fuera y aquí, delante, solo una pieza de cristal gigante, de punta a punta.

—¿Puedo preguntar por qué? ¿Por qué todo esto? ¿Por qué hoy?

Él se decidió a decir lo que había pensado que diría cuando escrituró la compra del terreno.

—Porque es ahora, porque tenemos la edad que tenemos, porque nos lo merecemos y porque te quiero. ¿Por qué, preguntas? —Meditó cómo había pensado comenzar la declaración. Se crujió los dedos y encontró el hilo que debía seguir—. Porque yo no tengo palabras, pero puede que sepa hacer casas. Porque lo que nos ha pasado este año, Mara, nos ha puesto a prueba, y me he dado cuenta de una cosa muy importante. Me he dado cuenta de que tú me das lo que nadie más puede darme. Y sé que a ti te pasa lo mismo conmigo. ¿Acaso no es motivo suficiente para seguir juntos?

—Sí, desde luego que lo es.

Los ojos de Mara se humedecieron.

—Ya tenemos edad como para saber que en la vida hay tentaciones. Todos hemos pasado por ello. Unos las han superado, otros han caído en ellas, que tal vez sea el modo más efectivo de superarlas, ¿verdad? Con la cantidad de gente interesante que todos conocemos, es difícil que, fuera de casa, no se abra un resquicio que nos haga ilusión. Y quizá está bien que la vida nos ponga ante esta circunstancia. Llega la seducción por una voz nueva, la atracción por el secreto y, enseguida, la duda y la elección. Y las elecciones nunca son perfectas. Pero yo he hecho una y estoy seguro de que no me arrepentiré. Quiero volar y quiero seguir volando contigo. Mi porqué es este, el de la ilusión. Por eso te propongo, si tú lo ves como yo, con el mismo entusiasmo con el que ahora te estoy hablando, que, si quieres volar conmigo, este es un lugar magnífico. Echemos raíces en nuestra casa y volvamos a empezar.

—Xavi, yo...

—Un momento. —Le puso un dedo en los labios—. Hacer que una relación crezca es como construir una casa. Por pequeña que sea, debe tener unos buenos cimientos y debe hacerse de abajo arriba, cada paso requiere su tiempo y mucho cuidado. Por más que lo hayas calculado todo, en el momento de la construcción surgen mil y un problemas que hay que ir solucionando. Después de veinte años juntos, tenemos herramientas para corregir las desviaciones. Si la estructura es sólida, se superan todos los obstáculos. —Xavi reparó en que Mara, con sorna, levantaba una ceja—. Ya me callo, ya me callo...

—¿Puedes dejar de hablar como un documental de arquitectura por un momento?

—Que conste que te he avisado: yo soy más de construir que de charlar...

Fue Mara quien puso tres dedos en los labios de Xavi, antes de apartarlos y darle un beso a presión, breve, con la boca cerrada. Luego le rodeó la nuca con ambas manos y, sujetándolo, estabilizó la respiración para poder hablar justo frente a los ojos de Xavi, que pedían clemencia.

Salieron de su parcela y pasearon alrededor del que, a no mucho tardar, debía ser su nido. Caminaban colgados del brazo, con Mara recostándose en él para no dar un mal paso. Se tomaron su tiempo. Descubrieron rincones, un bosque inesperado, y contemplaron panoramas nunca vistos. Se hicieron tres selfis y Mara preguntó, socarrona, si desde su risco verían las islas Medes. En la hora violeta, cuando la vida se esconde y las montañas comienzan a delegar todos sus verdes, decidieron dar la vuelta. La casa más próxima se encontraba demasiado lejos para llegar hasta ella.

—El año pasado, en Crans Montana, jugamos a contar cuál había sido la mejor noche de nuestra vida, ¿te acuerdas? Ganó Biosca diciendo que un día, en África, había visto el parto de una leona.

—No me lo creí.

—¿Sabes qué dije yo?

—Tú dijiste... —La memoria lo salvó en el último momento—. El día que volvimos a casa del hospital y tuviste a Sergi recién nacido en los brazos.

—Era mentira. —Sonrió—. Hombre, Xavi, por favor... Era mentira, yo quería ganar el juego. Queda muy bien decirlo, pero, después de parir, es imposible que el mejor momento sea ese... Estás físicamente agotada, toda tú hecha una piltrafa, con un primer animalito que no sabes ni cómo coger... Pregúntale a cualquier mujer que haya tenido hijos y te convencerás. ¿Sabes por qué te digo todo esto?

Xavi prefirió no aventurarse. Alzó las cejas y esperó a que los ojos brillantes de Mara lo sorprendieran.

—Porque puede que no haya nada más revolucionario que un amor largo.

—¿Veinte años es un amor largo?

—Para algunos puede ser una cadena perpetua... —Soltó una carcajada—. Conocemos a más de uno.

—Y, entonces ¿qué es llegar a los cincuenta años

de casados y hacerse la foto, en la escalera de un restaurante, con todos los hijos y los treinta nietos?

Mara se rio y le estampó otro beso decidido. Luego llegó otro, de lado, mordiéndole los labios. Las botas, de puntillas, se iban enfangando sin que le importase lo más mínimo.

—¿Sabes qué? Hoy hemos recordado qué nos gusta a uno del otro.

—Me parece que el refugio ha dado resultado...

—De todo lo que has dicho, Xavi, estoy de acuerdo en una cosa. Quizá es el momento de volver donde estábamos. Después de tanto viajar, aeropuerto por aquí, aeropuerto por allá, angustias y siempre deprisa y corriendo, puede que sea cierto que necesitemos un poco de serenidad para ver dónde estamos. Aquí arriba tendremos tiempo para nosotros, y para mirarnos dentro y ver que el viaje que merece más la pena es el viaje interior.

Xavi masticó aquellas palabras para saber qué le estaban diciendo.

—¿Qué tiene que ver el juego de Crans Montana con todo esto, Mara?

—Quería decir... Es verdad que al final no lo he dicho. Iba a decir que quizá sea hoy, ahora y aquí, el mejor día de mi vida. Hacía muchísimos años que no me sentía así.

Aquella tarde no tuvieron prisa. Nadie los estaba esperando y las horas se negaban a avanzar. Regresaron a la ciudad sin poner la música del coche, borraron la niebla del camino y se reencontraron con la paz de saber que ya no tenían más preguntas urgentes que hacerse. Condujo Xavi. La pierna de Mara comenzaba a resentirse de andar todo el día en danza. Se acordó de que, afortunadamente, al día siguiente a las nueve de la mañana tenía hora con el fisioterapeuta al lado de casa.

28

La laguna de agua espesa

De pronto les entró frío. Por mucho que estuviesen abrazados, por mucho que se hubiesen puesto las chaquetas de plumas que habían comprado para su primer viaje juntos, el viento y el frío les helaba la cara. Les hacía gracia quedarse fuera, de pie, en la parte de atrás del *motoscafo* que debía llevarlos desde el aeropuerto de Venecia-Mestre hasta el hotel. Cosas de pareja, la novedad. Pero en cuanto el taxi comenzó a ganar velocidad sobre la laguna de agua espesa, claudicaron y se sentaron en el interior de la cabina.

—No me gustan los años que acaban en lunes. ¿Sabes por qué?

—Ni idea. —A veces hacía preguntas que lo desconcertaban.

—Porque el año nuevo empieza en martes.

Darín no pretendía comprender la lógica de Ivette. Se habían conocido en una página de contactos, habían follado con nombres falsos y, en la tercera cita, cuando vieron que se entendían más allá de la cama, Albert Casanovas confesó que era periodista y que todo el mundo lo llamaba Darín. En aquella misma cita, Ivette —que hasta entonces se llamaba Elisabet y había ocultado que era doctora en finanzas y que cada noche practicaba una hora de esgrima— le confesó que ella podría enamorarse de una persona catorce años mayor que ella si el hombre merecía la pena.

Hacía cinco semanas que Ivette se había instalado en casa de Darín, y les hacía ilusión pasar la primera Nochevieja juntos, en Venecia, aunque no estuviesen solos. Tenía ganas de conocer a sus amigos. Mara, Xavi, Joana y Andreu ya estaban allí. Con más lluvia que sol, habían pasado el fin de semana en Torcello.

Los cuatro amigos se habían dedicado a pasear por una isla plana que estaba vista en un pispás. No entendían que aquel lugar diminuto, con una catedral, un campanario del siglo XI, la iglesia de Santa Fosca y nada más, fuese la cuna de la civilización veneciana. Ni Xavi, con explicaciones más técnicas, logró convencerlos de que en aquel islote de nada hubiesen llegado a vivir, muchos siglos atrás, unas veinte mil personas. Hoy los habitantes de Torcello se contaban por docenas.

Cuando se hartaban de sostener el paraguas, volvían a la *locanda* que había escogido Mara para dar la bienvenida al 2019. La Locanda Cipriani no tenía el lujo de los otros hoteles que les había buscado para Nocheviejas anteriores, de los cuales tan solo quedaban jaboncitos cuadrados en algún cajón de casa, dos recuerdos desdibujados y cuatro fotos en el teléfono móvil. Pero, quizá, de toda su colección, este fuera el más auténtico. Ni el servicio ni las habitaciones ni el envaramiento eran tan primorosos. Y lo agradecían. Cuando un hotel consigue que te sientas como en casa, la felicidad se calza las zapatillas y te atrapa para siempre.

Por fuera, el establecimiento continuaba manteniendo el aspecto de la modesta tienda de vinos y de aceites que había sido antiguamente, antes de que la familia Cipriani la convirtiese en una *osteria* para los viajeros de paso. El porche de entrada, tan mediterráneo, se aguantaba sobre columnas de madera verde, repintadas, a juego con los postigos venecianos de las ventanas. En el suelo, una hilera de jardineras cerraban el conjunto. Por lo menos separaban la calle de las tres mesitas que habían instalado para que los clientes pudiesen salir a echar un cigarrillo —o a fumar una pipa lenta— sin quedar expuestos como una pieza de museo. La fachada parecía haber mantenido el color original, de almendra salada. Era un edificio apaisado, más largo que alto, de planta baja y primer piso que permitía ver, fuera cual fuese el ángulo desde el que lo fotografiasen, con qué atrevimiento el campanario asomaba la nariz por encima del tejado. El contraste de la pared de la *locanda* con el edificio contiguo, de un siena alborotado, otorgaba a la fonda la serenidad que buscaban los huéspedes. La que debió de encontrar Ernest Hemingway cuando se encerraba aquí a escribir, comer y beber. El orden no importa.

Después de las presentaciones con los cuatro amigos, las maletas todavía en la calle y las mejillas encendidas por el frío, Ivette sacó su móvil de un bolsillo de la chaqueta de plumas.

—Poneos aquí —dijo con voz melosa. Darín había definido así su timbre, y a ella, del ramo de la alimentación, le gustó—. Hagámonos un selfi y lo colgamos en Instagram.

Xavi, con el brazo más largo de todos, se prestó a disparar tres veces, por si acaso alguien salía con los ojos cerrados. Darín, payaso, rozaba con su barba el rostro aterido de Ivette, o simulaba que le iba a dar un beso o, directamente, se lo daba plantándoselo en los morros. Ella aguantaba la broma como si tal cosa, como una modelo con los ojos abiertos que descolgase un labio carnoso sin vergüenza por mostrar dos dientes blancos y relucientes. Ivette —ojos claros, pelo tornasolado y nariz asustadiza— lucía un flequillo que le caía exageradamente hacia la derecha. La nuca despejada, bien a la vista, a la francesa, le daba un aspecto juvenil que no pasó desapercibido a los amigos de Darín, que la habían conocido hacía cinco minutos.

Mara les tenía la llave preparada y les enseñó el hotel. El establecimiento combinaba un ambiente de buen gusto a la antigua con algunas estancias húmedas, cutres, como si no estuviese previsto que alguien abriese según qué puerta. Detrás de los ventanales del comedor había una terraza donde en verano se disponían algunas mesas para almorzar a la sombra de un pórtico lleno de flores y racimos de uvas. De noche solían ofrecer cenas con velas y servilletas rosas de lino. Más allá del pequeño jardín sin pretensiones, un huerto esperaba el buen tiempo, con los surcos y las lomas de tierra perfectamente alineados.

—La cena y la fiesta de Nochevieja se celebrarán

aquí dentro. Nos han pedido que a las nueve en punto estemos sentados a la mesa.

Las tres parejas tenían la habitación en el primer piso. A Darín y a Ivette les había tocado la más pequeña, pero con vistas al orgulloso campanario. Entraron para deshacer las maletas y darse una ducha. No volvieron a salir.

—Son agradables tus amigos.

—Ya te había dicho que te gustarían.

—Mara, muy simpática. ¿Qué nombre es Mara?

—Mara.

—¿Qué crees que han pensado de mí?

—Todo bueno, amor mío. No te preocupes... —respondió Darín—. La libertad es que te importe un pimiento lo que los demás piensen de ti.

—Ya. —Trasteando con el móvil—. ¿Cómo se escribe este sitio...?

—Torcello. Con una ce y dos eles.

—Lo subo a Insta. —Le puso el móvil en las narices. Darín, en pelotas, ya iba hacia la bañera—. ¿Con qué filtro te gusta más?

No respondió. Tampoco le dijo que Biosca consideraba que los filtros eran el pecado de nuestro siglo. Dado que no podemos cambiar a las personas ni la sociedad, las retocamos para hacernos la ilusión de que son mejores de lo que son.

—He traído las sales de jazmín que te gustan. Las voy echando y lleno la...

—Pongo una foto del taxi y voy... Hemos quedado muy bien, amor mío.

Biosca tenía razón. Con las redes sociales, ya no hay lugar para los secretos.

—Hostia, me he quemado. El agua sale ardiendo.

Justo enfrente en el pasillo, en la habitación que daba a la plaza Santa Fosca, Joana remató la tarde hablando con sus hijas por Skype. Anna y Sònia celebraban la Nochevieja en casa y su madre quería saber quién iría, qué cenarían, qué llevaría cada uno. Y a las tres de la madrugada se acabó el ruido, que ya sabéis cómo son los vecinos de Alella. De vez en cuando orientaba el visor del ordenador portátil para que las niñas viesen a su padre, que estaba durmiendo la siesta con la boca abierta sobre el colchón. Solo le había dado tiempo a quitarse los zapatos y encender la tele, y se había quedado dormido como un tronco.

—Luego dice que no ronca...

—Ay, mamá.

—Pero si apenas os escucho.

Las niñas, a cambio, le enseñaban a Jazz jugando en la alfombra. Estaba entretenido con un ratón de goma que le habían dejado en el árbol de Navidad. Una semana después —qué gato tan agradecido— la novedad aún le interesaba.

—Os dejo, que tenemos que empezar a cambiarnos.

—Feliz Año Nuevo, mamá.

—Os quiero.

—Nosotras también. Mucho.

—A ver si este año no me dais tantos disgustos.

—Ay, mamá... Ponte guapa.

—Vosotras también.

—Recuerdos a papá, si es que se despierta.

En cuanto la isla se quedó a oscuras. Xavi y Mara subieron a leer. Su habitación era la esquinera, al final del pasillo. Lo mejor, una cama donde habrían podido dormir tres personas y un montón de cojines blanditos. Tal vez les faltaba un poco de luz para leer. El arquitecto detestaba las bombillas cansadas de las mesillas de noche. Ella había empezado el último de Murakami, que, de momento, no le convencía. Le habían recomendado *La muerte del comendador*, pero se encontró, para empezar, con que hurgar en la vida de un pintor al que abandona su mujer no era lo que más le apetecía leer. Lamentó haberse equivocado en la elección. Precisamente ella, que en no pocas ocasiones había comentado a sus clientes que las vacaciones son el lugar donde vas, la compañía que tienes y el libro que lees. Qué rabia. Xavi, en cambio, había ido a tiro hecho. Los cuentos de Sergi Pàmies. De vez en cuando dejaba escapar una risa y Mara, levantando la vista de su papel, quería saber a toda costa qué le hacía gracia. No paraba de incordiarlo hasta que él volvía atrás y le leía el párrafo entero. Y se reían los dos.

A las siete y media sonó la alarma del móvil. Mara se había puesto la alerta para tener tiempo de ducharse y acicalarse.

A las ocho y media en punto, de pronto, sin que sonase señal alguna, las miradas de Xavi y Mara se encontraron y, arreglados y perfumados, se vieron muy guapos.

Las ganas de hacer el amor, cuando coinciden en el tiempo, el espacio y con la persona que quieres, se convierten en magia de cerca. Cada gesto esconde un truco. Cada roce, una emoción nueva. Mara, que ya se había puesto el vestido sin mangas de cuello redondo, notó que Xavi, por detrás, le volvía a bajar la cremallera hasta media espalda. Enseguida la seda cayó arrugada hasta los tobillos. Con destreza, mientras le besaba los hombros desnudos que desde siempre le habían vuelto loco, le desabrochó las tres presillas del sujetador. Él, por corresponder, dejó que Mara se volviese y le abriese la hebilla del cinturón con ojos de loba. Desnudos los cuerpos, se abrazaron y se dejaron caer sobre el colchón. Labio a labio, reptaron a besos hasta que lograron poner la cabeza encima de las almohadas frescas del Cipriani.

—No hagas nada —pidió ella.

Se puso de rodillas a su lado y le acarició las pantorrillas de sus piernas fuertes. Le gustaba notar el contacto.

—Déjate llevar —insistió Mara, mordiéndole la oreja.

No hizo falta que Xavi le respondiese. No pensaba llevarle la contraria. Ella le besuqueó el cuello y, con ganas de tomarse su tiempo, bajó por el torso. Primero lo acariciaba con las palmas, luego le rozaba la barbilla y remataba cosiéndolo a besos. Los pezones de Xavi se endurecieron para reclamar la atención. Mara, sin embargo, había pasado de largo y ya estaba jugando por debajo del ombligo. Con la cara, como si no tuviese manos, movía aquel muñeco vigoroso de lado a lado, como si fuese un cambio de marchas que chocara contra sus mejillas. Cuando lo dejó en punto muerto, lo acarició con los labios y entró a saludar. Clavó los dientes en la raíz. Suavemente, una y otra vez. Él, con los ojos fijos en el techo entelado, alzó la nuca para ver cómo Mara insistía en el dentro-fuera de su boca. El enorme poder de la belleza.

Antes de desbocarse, Xavi solicitó una tregua y ayudó a Mara a tenderse a su lado, bocarriba. Con una mano que ardía, se hizo un hueco entre el rosado de sus muslos.

—Despacio, por favor...

Cuando suena la música delicada, el deseo habla bajito.

—Me gusta mucho.

Los dedos, de pronto, son el arpista virtuoso que sabe qué cuerda tocar para cada nota. Con qué intensidad. Con qué intención. Y con agitación creciente, para extraer el mejor sonido. Mientras le acariciaba el punto y se recreaba en la gloria del chapoteo espeso, Xavi buscaba simetrías. Con la lengua le humedecía los pechos, con los labios le mordisqueaba los pezones. Las areolas, como dos botones grandes de abrigo de gala, hacía ya rato que pedían Vivaldi. Afinados los instrumentos, se entregaron al *concerto grosso*. Con amor y mucha calma, cada uno en su tempo, los dos solistas habían alternado su momento y ahora solo faltaba un final de orquesta apoteósico.

No tardaron en girar la página de la partitura. Él se tumbó para que Mara, encaramada encima de él, pudiese penetrarlo al ritmo que más le conviniese.

Ajenos al mundo y a todos. Xavi, quieto, cerraba

los ojos para notar todos los sabores, para escuchar cada gemido. Ella se afanaba, despacio. No existía nada más. Los besos y el tacto suave. El morreo ardiente, el latido frenético y el sexo, cada vez más agitado, por el vaivén de un deslizar dulce e insondable. El uno en el otro, el uno con el otro hasta el último grito de la victoria. Ellos dos —música celestial— habían hecho el amor.

29

Unas servilletas limpias y calientes

Bajaron a cenar poco después de las nueve y cuarto. Darín, Ivette, Joana y Andreu ya habían devorado el primer aperitivo. Las copas vacías del Bellini ni siquiera estaban ya en la mesa. El servicio del Cipriani funcionaba como un reloj.

—¿Os ha pasado algo? —Darín amortiguó el reproche.

—Una llamada de última hora.

—Nada grave. —Mara, radiante, con su vestido color berenjena de estreno, le guiñó un ojo a Joana—. ¿Nos habéis dejado para presidir la mesa?

Mara y Xavi se sentaron en los dos únicos sitios que quedaban, uno frente al otro. Ella se sujetó el plisado *soleil* de doble capa para que no se le arrugase bajo los muslos. Con los seis en la mesa, un camarero les llenó las copas de blanco con un Corte Giara de 2013. Antes de que les sirviesen los *antipasti* de Nochevieja —carpaccio de pulpo y paté de conejo—, Andreu miró debajo de sus platos. No encontró nada.

—Darín, hombre... Hoy nos esperábamos otra cartita.

—Por supuesto. —Joana se sumó—. El año pasado nos gustó mucho que nos hicieses la pelota a cada uno.

—Si queréis puedo improvisar algo...

—Adelante —dijo Mara—, pero sobre ti.

—¿Perdón?

—Aunque sea un párrafo. Háblanos de ti, que el año pasado nos dejaste sin tu propio perfil.

—¿Qué hicisteis el año pasado? —Ivette se había quedado en fuera de juego.

—Nada, nada... ¿Queréis que hable de mí? —Darín se puso en pie—. Bueno, los que estáis aquí ya me conocéis. Si algo tengo en la vida son exmujeres. Pero eso acaba de cambiar...

El oh de admiración de todos se escuchó hasta en la cocina. El resto de los comensales —cuatro mesas, amigos y familia— se volvieron a mirar. Darín, que no se sentía observado, continuó improvisando.

—Ahora, a pocas horas de que termine este 2018 tan extraño, debo deciros que nada me haría más feliz que Ivette fuese la mujer de mi vida. De hecho, estoy convencido de que lo es. Me gusta su manera de ser, me gusta cómo me hace sentir, y quizá, con estas dos premisas, no hace falta complicarse mucho más la existencia. Al final me he dado cuenta de una cosa. *La deuxième vie commence quand tu comprends que tu n'en as que une.*

Ivette se apartó las manos de la cara y se levantó para darle un beso como no recordaba haberle dado ninguno. Llevaba un vestido de verbena que Joana y Mara aprovecharon para repasar sin disimulo. Era muy corto, de un lamé plateado de aire festivo con escote asimétrico, a juego con el flequillo. Resultaba muy alegre, juvenil, pero con clase. Les pareció, sin decírselo, que era más elegante por el lado que tenía una manga que se cerraba en la muñeca. Eso de llevar un brazo y un hombro al aire y otro no...

Con Darín e Ivette en el séptimo cielo, se entabló una conversación sobre la vida en común. Entre unos y otros, sin dejar de charlar, animados por un *risotto all'arancia* bien regado, concluyeron que a una pareja se le pedían demasiadas cosas. Que sea el mejor amigo, un buen compañero de viaje, tener una vida sexual satisfactoria, la logística de la casa, que sea chófer, cocinero, contable. Que sea previsible, que no nos venga con ideas extrañas, con el que sea fácil convivir.

—Parece que estemos hablando de un sofá.

Se echaron a reír.

—Todo eso, en una sola persona, son demasiadas expectativas.

—Demasiada presión, es verdad.

—A un amante no le pedimos tantas cosas.

—Mujer, Mara... El amante es la sorpresa, la acción, el secreto, la aventura, lo imprevisto.

—Lo que tienes en casa, a la larga, siempre es más erótico que lo de fuera.

—Los humanos somos contradictorios. Por un lado, queremos una familia estable y, por el otro, querríamos satisfacer todos nuestros deseos sexuales.

—Tienes más razón que un santo, Andreu.

—Perdona. ¿Estáis hablando de los seres humanos o de los hombres?

—Y ¿por qué no las mujeres? —preguntó Ivette—. ¿Por qué no podemos tener nosotras los mismos deseos? ¿Verdad, chicas?

Mara y Joana asintieron con un movimiento de cabeza.

—Claro, claro...

—Alguien dijo que si reprimes los deseos acabas culpando a tu pareja. —Darín, haciendo memoria—. No sé de quién es la frase, pero puede que tuviese razón.

—*Amore* —saltó Ivette—, no sé si pega mucho lo que acabas de decir con la declaración de amor de antes.

Darín sacó la pata de donde la había metido. Joana se fue a la Edad Media, cuando los sentimientos no se tenían en cuenta y casarse era un negocio. Explicó que, antes del romanticismo, sexo y amor no iban de la mano. La cultura sitúa el amor romántico en el siglo XIX, cuando decían que era posible que el enamoramiento durase para siempre...

—Sí, pero la esperanza de vida era mucho más corta.

Mara los hizo reír de nuevo.

—Es verdad, las parejas no tenían que aguantarse tanto tiempo.

—La palmaban antes de cansarse uno del otro.

—La pega es que nuestra cultura hace que sea casi imposible querer a tu pareja y tener infidelidades sexuales.

—Darín, déjalo ya, hombre... —le advirtió Xavi.

—Este *risotto* con ese punto ácido de la naranja me parece muy refrescante.

—Sí, venga, cambia de rollo.

—¿Por qué nos gustará tanto hablar de sexo?

—Porque ya estamos en esa edad en que lo hacemos menos. Y por eso hablamos más de ello.

—Habla por ti, guapo...

El capón relleno llegó para presidir la mesa en el momento oportuno. La ceremonia de cortarlo zanjó el tema. El perfume de la trufa negra impregnaba la sala y la conversación. Mientras dos camareros trinchaban, emplataban y servían el pollo con sorpresa, Mara hizo tintinear su copa con una cucharilla. Quería hacer un anuncio.

—Año nuevo, vida nueva, dicen. Os quiero comunicar una cosa que ni siquiera Xavi sabe... He tomado una decisión.

—Ay...

—Tranquilos. No pasa nada. He decidido que dejo el trabajo.

—¿Dejas Keep Exploring?

—Un momento, hombre. Déjala que termine.

—No. La idea es mantener el negocio, pero ya no viajaré más. He convencido a mi hermana Lola para que sea ella quien dé vueltas por el mundo. Yo lo organizaré todo, rutas y clientes, pero el viaje que se lo chupe ella. Yo ya me he movido bastante.

Xavi puso los ojos como platos.

—Mara y sus sorpresas.

Ella, de cabecera a cabecera, alzó la copa y miró a Xavi. Se leyeron los labios. Te quiero. Yo también. Los cinco se pusieron en pie para brindar por su nueva vida.

—¿Lola es la que sale con el mecánico de Rover?

—Darín, te enteras de unas cosas... —Joana, pasmada.

—No, ya lo han dejado. La historia no terminó como... Es lo que decíamos. Le pedimos demasiadas cosas a una pareja, y el deseo es efímero. Por eso mismo le irá bien ver mundo. Mi madre protestará un poco porque Lola tenga que estar viajando, pero eso no es ninguna noticia.

—Tu madre siempre reniega por todo —subrayó Xavi.

—Oye, guapo, eso solo puedo decirlo yo.

Ivette, que se había aprendido la profesión de cada uno, decidió intervenir con su voz de miel.

—Parece que aquí todos tenéis trabajos de artista. Paisajistas, arquitectos, periodistas, exploradores... Comparado con el vuestro, el mío es tan aburrido...

—Tú te dedicas a...

—Soy directora financiera de una empresa de mayonesas y salsas de tomate. ¿Os suena Heinz?

—No te preocupes, yo tengo un curro más convencional y también me dejan ser del grupo. Soy abogado.

—No te creas, Andreu, redactar un contrato tiene supunto. —Mara, que se había quitado un peso de encima—. La letra pequeña a mí me excitaría...

Darín, robando las ciruelas que Joana había dejado en el plato, le hizo una pregunta que no supo responder.

—Al final, ¿el paisajismo se hace por el paisaje o se hace para las personas?

—Huy... Eso es casi filosofía.

Después de disgustarse y mientras se lo pensaba, Xavi acudió en su auxilio.

—El paisajismo no es el acompañamiento del edificio, si es eso lo que insinúas...

—No somos la patata frita del filete, vamos —remachó Joana, ligeramente sonrojada.

Todos se rieron con la alegría floja de Nochevieja.

Joana explicó que, al contrario de lo que la gente cree, visitar jardines no es un pasatiempo de gente mayor, y que, por suerte, podía ir empalmando un proyecto con otro. Ahora que había dado por terminada la casa de Avakian, le habían encargado el paisaje del nuevo tramo cubierto de la Ronda de Dalt de Barcelona. El reto era apasionante. Pensaba crear una nueva rambla para cubrir los seis carriles. Aplaudieron su idea.

Xavi dijo que están llegando nuevas formas de vivir. En Estados Unidos ya hay edificios exclusivamente para solteros. Es como una residencia de ancianos, pero para solteros y solteras, cada uno con su apartamento, pero con espacios comunes. Si tienes pareja no te dejan vivir allí.

—Un arquitecto es un retratista de las formas de vida. Terminas sabiendo si cenan en la cocina, qué olores les molestan, si les da reparo compartir el baño... Después de escuchar al cliente, de reunirte con él y charlar durante semanas para comprender qué quiere, a veces acabas conociendo su vida en pareja mejor que ellos mismos.

Mara comentó que viajar sola es una tendencia al alza entre las mujeres. Dijo que con la masificación y los vuelos baratos, los viajes serán cada vez más emocionales o no serán, y esta era la clave del éxito de su empresa. Joana preguntó si la última moda eran las matemáticas del turismo. La gente sabe cuántos adoquines hay en el puente de Carlos, pero no mira los cielos recortados de Praga. Ahora ya solo se cuentan los mil seiscientos sesenta y cinco escalones de la Torre Eiffel, el millón y medio de euros al año que se recuperan en la Fontana de Trevi, las cuarenta mil visitas que se permiten al día en el Taj Mahal, los dos millones de personas que murieron para construir la Gran Muralla china, que, por cierto, aún no se han puesto de acuerdo sobre los kilómetros que tiene.

—No es exactamente eso. Lo que se lleva ahora es, por ejemplo, ir a Madrid a ver la estatua ecuestre de Felipe IV en la plaza de Oriente y comprobar que, gracias a los cálculos de equilibrio de Galileo, el caballo puede mantenerse en corveta sin que las patas se sostengan en ninguna parte.

—¡Cojones!

—No, los cojones no se aguantan solos. Ha dicho las patas.

—Tienes un humor de antes de la guerra, Darín.

Mara se mojó los labios con el Masari *rosso* mientras pensaba en otro ejemplo.

—Aquí mismo, en los mosaicos bizantinos del ábside de Santa Maria Asunta, alguien podría preguntarme cuántas piedrecitas forman el cordero de Dios. Pero el turismo matemático ya no se conformaría con eso. La gracia está ahora en buscar respuestas científicas para todo. Querrían saber los motivos ocultos de la geometría del mosaico.

—La gente está fatal.

—Fatal es poco. En Japón, lo leí en el avión viniendo hacia aquí... En Japón, la deshumanización ha llegado a tal punto que la gente alquila amigos para ir a cenar.

—¿Qué quieres decir?

—¿Os imagináis...? Para pasar la Nochevieja, si no nos tuviésemos a nosotros, ¿a quién alquilaríamos?

Era a ver quién la decía más gorda. A una hora escasa de terminar el año, ya no había nada que fuese realmente importante.

—¿Hacen un cásting para escoger a los amigos o se encuentran con lo que se encuentran?

—Imagínate que no te gusta la compañía, ¿tienes que pagar igualmente?

—El año que viene, Mara, sobre todo no nos lleves a Tokio.

—No, irá su hermana, que ella ya no viaja.

—Ay, me parece que de tanto reírme se me ha corrido todo. —Joana, separándose las pestañas con una uña roja, se levantó de la silla—. Ahora vengo...

Mara le calcó el gesto. Dejó la servilleta en el brazo de la silla, salió detrás de ella y se dirigieron juntas al baño. Siempre hay uno al lado de la recepción. Joana se miró al espejo mientras se lavaba las manos. Hasta ese momento, Mara no se había dado cuenta de que el vestido gris perla de Joana, largo hasta los pies, tenía una gran abertura en la pierna, hasta arriba.

—Este crepé de seda te hace una caída preciosa.

—Ivette es una muñeca.

—Esta le pega más a Darín. Se le ve pilladísimo.

—El donjuán cazado, qué gracia.

—Por un momento, cuando se ha levantado, he pensado que le iba a pedir que se casase con él.

—¿Te imaginas?

—No se lo cree ni él, que está con... ¿Cuántos años tiene?

—Treinta y cuatro, ha dicho. —Joana destapó el pintalabios, rojo como las uñas—. Este ha pasado de una de cincuenta y ocho a una de treinta, con doctorado...

—No me extraña que se le caiga la baba. Si hasta se ha abrillantado los zapatos...

—¿Darín?

—¿Alguna vez has visto a un periodista con los zapatos relucientes?

—Hace mejor pareja con Ivette que con Biosca.

—¡Y tanto! Eran la noche y el día.

—Biosca... —Guardó silencio un momento para no salirse del contorno—. Hay mujeres que no están preparadas para convivir con nadie. Alguna vez lo hemos comentado Andreu y yo. Si te has pasado la vida huyendo de los sitios, también huirás de las personas.

—Un día estuve a punto de decirle a Biosca: ¿has intentado sonreír más? Creo que te quedaría muy bien.

—Darín la admiraba.

—Era unaendurecida. Nunca lo vi enamorado. No como ahora.

—Está pilladísimo, el calavera.

Joana se alejó dos pasos del espejo. Sacudió la cabeza de un lado a otro. Su pelo rubio la siguió a destiempo.

—¿Qué tal?

—Perfecta, guapa como siempre...

—Mujer, que no soy la novia de Darín... —Se levantó la falda hasta arriba, para imitar el vestido corto de Ivette.

Se partieron de risa.

—No podemos quejarnos. Ya veremos cómo está ella dentro de diez años. Puede que entonces le guste estar como nosotras...

Se miraron con la complicidad de los cuarenta cumplidos, cuando con dos sobreentendidos ya está todo dicho.

—¿Es ahora cuando elogiamos a la mujer madura?

Joana pasó al váter y cerró el pestillo. Habló más alto, para traspasar la puerta.

—Di que sí, Mara, estamos en nuestro mejor momento.

Mara se estaba ahuecando el pelo con las dos manos.

—La belleza pasa, la elegancia no.

—Debe de ser lo único que no se marchita.

—Quien no se consuela es porque no quiere —dijo Joana antes de tirar de la cadena, colgada todavía de una cisterna en alto.

Cuando regresaron a la cena, un camarero las estaba esperando para entregarles unas servilletas limpias y calientes, recién planchadas. En el centro de la mesa, más allá de dulces y quesos, les habían dejado unos saquitos de confeti, collares hawaianos de plástico para todos y unos conos brillantes para usarlos como sombreros. Darín fue el primero en plantarse uno. Ivette le sacó una foto y, si hubiese tenido cobertura, la habría subido a Instagram.

—¿Este año no tenemos el juego de las confesiones?

Ivette preguntó qué era aquello y Darín se apresuró a contarle que consistía en interrogarse sobre cosas que le hacen a uno pensar sobre sí mismo. ¿Si nos conociésemos ahora, nos gustaríamos? ¿A cuál de tus amigos envidias más? ¿Qué defecto has heredado de tu madre? ¿Qué muerte cercana has digerido peor?

—No, perdona... —lo interrumpió Mara—. Esa pregunta no la hemos hecho nunca.

—Y hoy tampoco es el momento.

—No creo que sea una reflexión de fiesta de Nochevieja.

—Oye, que solo era un ejemplo. —Darín se ofendió como si en un texto suyo hubiesen encontrado una falta de ortografía.

Joana se fijó en que, con los labios, dejaba demasiada huella en la copa. Los metió hacia dentro para rebajarlos un poco. Con disimulo, hizo una prueba con la servilleta.

—Yo tengo una pregunta de esas —saltó Ivette.

Fue el último silencio espeso de 2018.

—¿Qué poder os gustaría tener? —Vio las caras de sorpresa—. Me refiero a un superpoder.

Mara fue la primera en mojarse.

—Me encantaría conocer todas las lenguas sin tenerlas que estudiar.

—Buena.

—Por tu trabajo te iría muy bien. Viajar por ahí y entenderte con todo el mundo. Sería fantástico.

—Yo me pido ser invisible. —Darín ya se había puesto en situación—. Poder estar en los sitios y oírlo todo y revolverlo todo sin que me viesen.

—A mí... —Andreu reflexionaba en voz alta—. Siempre he pensado que me gustaría teletransportarme.

—¿Irte a vivir a la Edad Media o a la segunda guerra mundial?

Hubo de matizar su deseo.

—No, no tanto viajar en el tiempo, que quizá también, sino en el espacio. Ahora estoy en Torcello, en un segundo estoy en Melbourne y luego doy el salto a Edimburgo para comprar corbatas.

—Dicen que no falta mucho para poder volar. Puede que en veinte años.

—Eso sí que sería ideal para la agencia de viajes de Mara.

—Al contrario... Sin los billetes de avión, el invento se va a la mierda.

—¿Y tú? —Xavi miró a Ivette—. Si lo has propuesto es porque seguro que ya sabes qué poder...

—Para mí no hay color. Me gustaría poder decidir, en cada momento, si soy un hombre o una mujer. Poder elegir lo que más me convenga en cada ocasión.

—¡Y tanto!

—Se acabarían muchos de nuestros problemas.

Mara y Joana le dieron la razón al cien por cien. Los tres hombres, que deseaban comenzar el año en paz, dijeron que sí, que por supuesto, que ese sería el mejor poder posible. Le pusieron tanto énfasis que, por un momento, ellas pensaron que se estaban burlando.

—Tengamos la fiesta en paz —certificó el abogado antes de coger el teléfono de encima de la mesa y mirar los últimos wasaps.

Todos lo imitaron.

Cada uno con su móvil, hasta medianoche estuvieron felicitando el año a la marabunta de amigos y conocidos que tenían en sus contactos. A medida que se acercaba la hora límite, la marabunta contestaba y entonces tenían que responder a un montón de mensajes de deseos al por mayor y a las bromas gastadas de cada 31 de diciembre.

Llegado el momento, Xavi, Ivette, Andreu, Mara, Darín y Joana hicieron lo mismo que vieron en las otras mesas. Poco antes de las doce se pusieron todos en pie, se tomaron de los brazos entre sí y, acompasadamente, con los pies firmes en el suelo pero balanceando el cuerpo, cantaron por los viejos tiempos. Luego aguardaron a que el repique del campanario de Torcello inaugurase el año nuevo.

Abrieron el *prosseco* espumoso, lo sirvieron en copas de flauta y, antes de un brindis colectivo, cada pareja se dedicó un instante a sí misma. Chocaron las copas mirándose fijamente. A Xavi, al ver la ilusión en el iris de Mara, se le humedecieron los ojos. Les sorprendió el sonido frágil y el momento intenso. Sin necesidad de discurso, sincronizaron la emoción.

—Feliz Año Nuevo, amor mío.

—Feliz Año Nuevo.

—Eres la mejor.

Andreu dejó la copa de *prosseco* encima de la mesa.

—¿Y si preguntamos si tienen alguna de champán? Francés, quiero decir...

—El año pasado, aquella nevada, aquel paisaje... ¿Os acordáis?

—Por supuesto. Pero nosotros éramos distintos —dijo Mara—. Mil veces hoy.

El hotel les puso música y les preparó una sala, sin mesas, donde a quien le apeteciera pudiese fumar. Bailaron. Elvis les hizo levantarse de la silla. No pudieron resistirse al *Love Me Tender*. Las tres parejas, cada una en su mundo, vivieron un balanceo íntimo. El tacto se volvió secreto. El roce, sensual. Luego llegó Roberta Flack con el *Killing Me Softly*, *Più Bella Cosa* de Ramazzotti, y Ed Sheeran, con una canción lenta que Mara conocía por sus hijas. Xavi y Andreu, después de bailar *Moon River*, propusieron iniciar la retirada.

—¿De qué película era esta?

—Ni idea, me suena mucho... Pero soy fatal para la música.

—Yo también.

—¡Buenas noches a todos!

En la habitación de Ivette no pararon en toda la noche, hasta que Darín, en vez de decir basta, se durmió con la cabeza en los pies de la cama.

Joana y Andreu cumplieron con el ritual, íntimo y esperado, de cada cambio de calendario. Si no habían contado mal, la tradición se remontaba veinte años justos. Mayor motivo para una celebración redonda.

Mara y Xavi, abrigados con un nórdico que no pesaba, se durmieron cogidos de la mano. No cerraron los postigos. Ella tenía un plan para recibir el año.

30

Pronto se acabará la noche

Contó las campanadas. Hacía un rato que las estaba esperando. Estaba segura de no haber contado mal.

—Hola. —Lo sacudió—. ¿Duermes?

Al ver que no reaccionaba, le zarandeó la muñeca.

—¿Estás durmiendo?

—¿Qué? —Xavi entreabrió un ojo, lo justo para entender la pregunta, solo por saber si era de día o de noche—. ¿A ti qué te parece?

—Despierta, amor. Tengo una idea mejor.

—¿Ahora?

—¿Qué pasa?

—Mara, nos acostamos muy tarde...

—Venga, vamos... —Le dio tres besitos junto a la oreja—. Te prometo una siesta como Dios manda.

—Pero ¿qué hora es?

—Las seis. Las seis en punto.

—Mara, por favor, si nos acabamos de...

Todavía no le había dado tiempo de hundir la cabeza en la almohada cuando ella ya había arrojado el nórdico a un lado de la cama, se había quitado el camisón y había abierto el agua caliente de la ducha.

—Con un café cargado te espabilarás, venga...

—Pero... —Iba a poner un pie en la baldosa fría pero se lo pensó mejor, como el niño que no quiere ir al colegio.

—En un cuarto de hora tendremos el taxi en la puerta. Date prisa.

—¿Qué dices? Si no has llamado a nadie... Y solo hemos estado sobando tres horas.

—Lo encargué ayer. ¿Tengo que contártelo todo, o qué? —Le tiró de las perneras del pijama—. Venga, vamos. Pronto se acabará la noche.

Cuando el taxi pasó, a marcha lenta, entre las islas de Mazzorbo y Burano, el cielo y el agua aún confundían sus negros. Luego levantó el morro y empezó a correr por la laguna en dirección a Venecia. Las estacas de madera les marcaban el camino. El claro de luna los guiaba hacia el *campanile* lejano, convertido en faro. Al entrar en el Gran Canal, el taxista redujo la marcha. Súbitamente. Como si el motor se hubiese estropeado, como si quisiera que saboreasen cada color y cada palacio iluminado. En realidad no le apetecía pagar otra multa por exceso de velocidad. El *motoscafo* los desembarcó donde Mara le había pedido, al lado del puente de la Accademia.

Antes de poner un pie en tierra firme, se abrocharon la chaqueta y se enroscaron la bufanda. El año nuevo los había recibido a cero grados.

—No sé dónde vamos a tomar el café. Estará todo cerrado.

—No son ni las siete, Xavi. Déjate llevar.

Al amanecer, cuando todo el mundo dormía, el silencio se había aposentado en las calles de Venecia el primer festivo del año. Sus pasos eran mudos. Aún no querían desvelar una ciudad sin día. No había ruido. Ni mercados ni máscaras. Ni mozos con carretillas que se perdiesen por los laberintos de Castello o Santa Croce para cumplir con el reparto de cada jornada laborable. Las góndolas, aparcadas y amarradas, dormitaban bajo un abrigo de plástico. Los cabos gimoteaban en los amarres. Los canales de aguas cansadas se resistían a despertarse. Las callejas escuálidas eran solo para ellos dos. Disfrutaban perdiéndose por rincones sin tránsito que, de repente, conducían debajo de un pasaje que no llevaba a ninguna parte, más allá del laberinto. Solo de vez en cuando se detenían, como ante un escaparate iluminado de una joyería de Mercerie. Los gatos, sin ninguna otra distracción, los observaban subir y bajar las escaleras de los puentes de piedra. Caminaban rápido, cogidos de la mano para no resbalar en la humedad de los adoquines gastados. Cada poco, se miraban como cuando eran jóvenes.

Eran jóvenes, y tenían prisa por pasear antes de que se desperezara el día.

El sol los sorprendió entrando en la placita de San Marcos. Caminaban por la riba de los Esclavos y se detuvieron para contemplar el momento mágico.

—No hay nada como los colores del amanecer... ¿No te gusta?

—Ha merecido la pena madrugar, sí.

La naranja de fuego, gigante y cercana, había aparecido por detrás del Lido y se había vuelto generosa por encima de la iglesia de San Jorge Mayor. Sin prejuicios, el primer sol de 2019 tenía prisa por invadirlo todo.

—No vayas por ahí. —Mara lo paró cuando iban a pasar entre las dos columnas de granito. En lo alto de una de ellas, el león alado de san Marcos. Arriba de la otra, san Teodoro, el antiguo patrón después de matar al dragón—. Los venecianos de raza nunca pasan entre dos columnas. Cuestión de superstición.

Por un momento, Xavi fue el cliente y Mara, la guía que le contaba que, justo allí, durante siglos, ponían el cadalso donde hacían las ejecuciones en la plaza pública, delante de todo el mundo. Respetuosos con la historia y las costumbres, lo rodearon y pasaron por un lado. Por si acaso.

—Y pensar que aquí, por Todos los Santos, el *acqua alta* lo inundó todo... Estuve a punto de anular el viaje. Había más de un metro de agua...

—Hoy va a hacer buen día.

—Nunca entenderé la moda de criticar Venecia.

—Tú lo has dicho.

Las nubes —cuatro y pintadas— eran de un cielo de Canaletto. La luz de primera hora y el reflejo azulado hacían brillar las piedras de la explanada. De pronto se apagaron las farolas de la placita. El palacio Ducal tenía, en los arcos y en la tracería gótica, una blancura inmaculada. La fachada, en cambio, iba tiñéndose poco a poco de rosa. Mara observó cómo los dorados de las cúpulas de la basílica jugaban a crear destellos sobre las azoteas de la ciudad.

—¿Cuántas cúpulas hay en San Marcos?

—¿Qué es esto, un examen de turismo matemático?

—¿Cuántas ventanas hay en toda la plaza?

—Es el salón más espléndido de Europa.

—¿Quién dijo eso?

—Napoleón Bonaparte. Dicen que fue Napoleón, pero yo no me lo creo.

—A mí me sobran simetrías.

—Habló el arquitecto...

—¿Qué pasa? —dijo en defensa propia.

—Hemos venido a relajarnos, a hacer algo diferente.

—Y me parece fantástico...

—Único, que recordaremos siempre.

—Pero no puedo dejar de mirar.

—Tú lo que no puedes es dejar de trabajar... —Le aplastó la nariz con la mano plana—. Que hoy es fiesta, Xavi Vera... Que te dejes llevar, señor almidonado. Es una orden.

Con un dedo, limpió el rocío de la escalera del *campanile*. Necesitaba encontrar un argumento sólido.

—Estoy relajadísimo, Mara Lincoln, pero...

—Dime, no te cortes...

—Cuando Darín viaja no busca noticias. Un abogado como Andreu, cuando viene a Italia, no busca clientes. Un médico, de vacaciones, no busca pacientes... Pero los arquitectos, cuando estamos de viaje, no podemos desconectar... Me has traído a Venecia. A Venecia, la mejor ciudad del mundo. Aquí cada edificio es una distracción. Los de mi ramo tenemos esa suerte. Vemos palacios y casas, y en cada esquina descubrimos las soluciones que supieron encontrar en cada época. ¿No es maravilloso?

No dijo ni que sí ni que no. Prefirió darle un abrazo que la razón.

—A veces eres tan mono... —Con ambas manos lo agarró por la bufanda y le estampó un beso—. Enséñame tu lugar favorito, venga.

—¿Yo? Eres tú la aventurera... La que se traía entre manos esta excursión matinal desde vete a saber cuándo.

—Ahora ya he hecho que salga el sol. Ya hemos tenido Venecia para nosotros solos. La has visto conmigo. ¿Qué más quieres? —Se puso de puntillas para darle otro beso seco en los labios—. Venga, llévame.

—Después de desayunar.

En el interior del Caffè Florian, sobre una mesita de mármol estrecha de la sala de los hombres ilustres, tomaron dos bocadillos vegetales y dos *espressos*, y se protegieron del frío en un establecimiento rococó con trescientos años de historia. De historias.

A la salida, Xavi dudó hacia qué lado de los pórticos debían dirigirse.

—¿Quieres que mire el Google Maps?

—No hace falta.

Dejaron atrás los rótulos. PER RIALTO. PER SAN MARCO. Carteles amarillos con flechas negras, indicaciones para turistas. Desanduvieron el camino hacia el barrio de Dorsoduro. Atravesaron de nuevo el puente de madera de la Accademia y, como si fuesen en dirección a la iglesia de la Salud, en un abrir y cerrar de ojos llegaron al palazzo Venier.

—¿El Museo Guggenheim?

—De Peggy Guggenheim. Ella vivió aquí toda la vida, con sus perritos.

—¿Me lo estás contando a mí? Los tiene enterrados en el jardín, ya lo sé. Incluso impresiona un poco. —Miró a qué hora abrían—. ¿Este es tu rincón favorito?

—Un sitio concreto dentro del palacio. Tendrás que adivinarlo.

A las nueve en punto fueron los primeros en comprar las entradas. En cada sala, obras maestras de la pintura contemporánea. Picasso, Léger, Mondrian, Braque, Duchamp, Miró, dos esculturas de Giacometti, dos mujeres. Una que anda.

—¿Este es tu rincón?

—Frío, frío... Quizá no lo sabes todo de mí...

Continuaron recorriendo el itinerario de la colección de Peggy. Se pararon delante de un Magritte, atrapados por la fuerza de la luz que surgía de una farola y que iluminaba todo el cuadro.

—Es este Jackson Pollock. Lo sé. Te lo noto...

Descubierto, Xavi se encogió de hombros ante un mural enorme, salpicado de gotas, colores y chorreones.

—¿Estás segura?

—Sí.

Él sonrió con astucia.

—Frío, frío...

—Hombre... No me engañes...

—Pero si alguna vez quieres regalarme este cuadro, en casa le encontraremos una pared. *Alquimia*, se llama.

Salieron a la terraza que daba al Gran Canal. No pudieron sentarse. El mármol aún estaba húmedo y el aire que llegaba del Adriático calaba los huesos. Todavía no le daba el sol, y hacía tanto frío que nadie se atrevía a salir a tocar el enorme pene en erección del jinete. Una escultura-provocación de Marino Marini.

—¿No irás a decirme que este —agarró la polla de bronce— es tu rincón favorito de la ciudad?

—No, pero reconozco que me da mucha envidia. —Sujetó a Mara por el hombro—. Aunque desde aquí entenderás por qué me gusta tanto este sitio. Me gusta, sobre todo, porque es un palacio inacabado, de una sola planta. Seguramente les cancelaron la obra a la mitad, por una guerra, o por las quejas de los vecinos, o porque se les acabó la pasta... Según la maqueta, debía tener tres plantas, y se ha quedado así. Me gusta porque es un edificio sobre el Gran Canal de aspecto como decapitado, moderno cuando no pretendía ser moderno. Es distinto a todo lo que está a su alrededor. Pero no desentona, es discreto.

—Se ha integrado en el contexto, como diría un arquitecto que supiese de qué está hablando.

—No te burles, o no te diré cuál es mi lugar favorito. ¿Quieres saberlo?

—¿A ti qué te parece?

—Ven.

Xavi la cogió de la mano. Volvieron a entrar en el palacio, atravesaron el comedor y la biblioteca sin prestar atención al cubismo ni al expresionismo, ni al chirrido de los pasos apresurados sobre un parqué viejo ni al móvil de Calder del vestíbulo de entrada.

Salieron al jardín trasero. De repente, sombras de poeta. Un rincón verde en una ciudad de piedra y agua. Los árboles, con hojas de invierno, dejaban a la vista la tumba de Peggy Guggenheim y la de sus catorce perritos. «Aquí yacen mis adorables bebés.» Alejado de ese rincón macabro, un cenador de cinco columnas revestido de musgo daba la bienvenida al jardín de las esculturas. Era un patio ordenado, rectangular, con cierto aire a Manhattan. Aquí un Miró, allí un Brancusi, más allá un montaje de Yoko Ono y, presidiendo un espacio único de paz y arte, una escultura de Henry Moore que invitaba a acariciarla. Todo en orden.

—Desde aquí vas a ver mi lugar.

Mara plantó los pies con disciplina militar. La punta de sus botas señalaba un muro tapizado de hiedra de donde sobresalían unas letras escritas en neón azul. Alzó la vista y leyó la frase en voz alta. Con cautela, como si pudiera hacerse daño. Su italiano era preciso, académico.

Se la forma scompare, la sua radice è eterna.

—Es muy cierto.

—Déjame que vuelva a...

—Leí esta frase, aquí mismo, cuando comencé a ejercer como arquitecto. Vine con unos compañeros del primer taller en el que trabajé y, aquí sentados, estuve pensando en lo que significaba.

—Si la forma se desvanece, su raíz es eterna.

—Es exactamente eso. Quizá sea el secreto de nuestro trabajo.

—¿Y por eso este es tu rincón favorito?

Xavi miró a un lado y a otro. Le gustó tener todo el jardín para ellos solos.

—Lo es desde este momento porque hemos venido juntos.

—Eres un tramposo...

—Un poco sí, como todo el mundo. Pero ¿me dejas que te diga una cosa?

—Me encantaría... —Cerró los ojos, para saborearlo mejor.

—Es un aforismo de Mario Merz. Eso lo averigüé después. La letra es suya. Siempre trabaja con neón azul.

—Hombre... —Le dio un golpe en el pecho con el puño cerrado—. No era la frase que esperaba.

—¿Y si te dijera que yo este neón lo veo verde?

—Xavi...

—Y si te dijera que en un museo repleto de obras maestras, seguiría mirándote a ti, ¿lo mejoraría?

—Ahora sí. Notablemente. —Mara cogió a Xavi de la mano—. Pues ahora me toca a mí.

Se lo llevó ocho pasos más allá, hasta el cenador. Había una escotadura que permitía entrar. Con la palma de la mano se aseguró de que el banco de piedra no estuviese mojado.

—Siéntate.

—Se nos va a quedar el culo helado...

—Siéntate, coño. Este año mando yo.

Y fue allí, en el jardín donde se cuenta que la familia Vernier tuvo a dos leones campando tranquilamente mucho antes de que hubiese esculturas, neones, cenadores y perritos en la tumba, cuando

Mara sacó un sobre que llevaba en el bolsillo del abrigo.

—Toma.

—¿Una carta?

—Yo no tiro las que te escribo.

—Qué sorpresa.

—Te he escrito una carta de año nuevo.

Xavi rasgó la punta del sobre para deslizar el dedo como un abrecartas. Mara se quedó de pie delante de él.

—Tantas clases de caligrafía tenían que servirme para algo. O sea que, como mínimo, tendrás que valorarme la letra.

—Muy estilizada, ya se ve.

—Blessed Day. Así se llama la fuente.

—Entonces no sé si leerla.

—Venga.

Ella se alejó para dejarlo tranquilo.

—La letra así, redonda, se lee muy bien. —Xavi alzó la mirada—. ¿Dónde vas?

—Aquí mismo... Tú lee.

Mara se acercó al árbol de los deseos. Los visitantes habían escrito su sueño dorado en un papelito blanco y lo habían colgado de las ramas desnudas de aquel tronco sereno. Cada hoja, un anhelo.

> Querido compañero de viaje, padre de mis tres hijos, arquitecto capaz de deslumbrarme, aún, con un refugio para dos personas. No sabes las ganas que tengo de pasar allí un sábado por la tarde para hablar y reír, para beber una copa tranquila, dejar que los troncos se vuelvan rescoldos y contemplar un paisaje nuevo.

Y para estar contigo.

No hay nada que me apetezca más.

Hace un año, en un momento en que yo no estaba bien, nos preguntamos qué haríamos con nuestra vida si fuésemos más valientes. Tú dijiste que te apuntarías a una expedición a la Luna. Yo dije que lo dejaría todo, te cogería a ti y a los niños y nos iríamos a vivir a Australia. ¿Te acuerdas?

Ahora te digo que ya no necesito irme tan lejos. Ya no tengo que huir de nadie. Mejor dicho, ya no tengo que huir de mí. Ya no me doy miedo, ni tristeza.

Tú sabes que odio la autocompasión tanto como tú, y reconozco, no obstante, que ha habido días en que he estado a punto de dejarme llevar. Pero me he esforzado. No me he permitido caer en mi propio pozo y he salido adelante.

Creo, sinceramente, que ya puedo aceptar las cosas que he hecho y las que me han pasado. No ha sido fácil. Seguramente estas cosas nunca lo son.

He tenido que aprender a mirarme dentro y reconocer que en la vida hay cicatrices que, aunque nunca te quejes de ellas, siguen ahí y siempre escuecen. No hace falta que haga mal tiempo para sentir la punzada del abandono de mi padre. O la muerte de Maria. O la rabia que me daba, cuando salía el tema, que me dijesen que, total, ya tenía otros hijos. ¿Tú no has llorado de rabia cuando te decían esas cosas?

Ahora que ya no tengo que fingir ser la Mara risueña y alegre que todos querían tener cerca, ahora sé, también, en qué cobijo he encontrado la calma y la serenidad. La paz no llega cuando te rindes, sino cuando vences tus inseguridades.

La felicidad es, quizá, la ausencia de reproches hacia uno mismo.

Todo esto se aprende, supongo, con los años.

Sé que soy la misma, pero soy distinta.

Y quiero dejarlo por escrito para decírtelo a ti, el hombre que aún hace que me estremezca cuando me susurra algo al oído.

En casa, en un día de desesperación y para saber dónde estaba, tuve la necesidad de hacer una lista de sentimientos. Me salió una especie de inventario de nuestra relación y, al terminar, me di cuenta de una cosa: había conjugado todas las frases en pasado. Sentí un escalofrío. Pensé que, para reencontrar el norte, debía deshacerme de la brújula.

En cambio, ahora que estamos mejor orientados, me apetece decirte cuatro pensamientos en presente:

Me gusta reír contigo.
Nadie me da mejor conversación.
Eres mi mejor amigo.
Nuestros besos todavía son de seda.

Y te lo escribo con esta letra, que me obliga a hacer el trazo muy despacio, para degustar cada afirmación y asegurar que estoy muy convencida de ello.

Tal vez se nos había olvidado que el amor es difícil. Y tramposo. Porque, con los años, el idilio se disfraza de muchas cosas. De complicidad, de respeto, de amistad, de ir tirando y, en el mejor de los casos, de admiración mutua.

Dicen los sabios que el amor es un sentimiento que no se puede controlar. En la práctica, cuando cierras los libros y vas soplando cada vez más velas, te das cuenta de que es mucho más que eso. El amor es una habilidad que se debe aprender.

Y nunca se llega a saber del todo. Por eso es un reto tan difícil y tan apasionante.

Por eso me gustaría que continuásemos practicándolo, los dos juntos.

Esta Nochevieja hemos venido hasta aquí, a una ciudad que se hunde, para darnos cuenta de que nosotros somos la casita que nos estamos haciendo.

Un refugio para estar contigo.

Y para decirte, por si quieres saberlo, que eres el amor de mi vida.

No hay nada que me apetezca más.

—Te quiero.

Mara le leyó la última palabra en voz alta. Se había acercado por detrás y había seguido la lectura por encima de su hombro. No advirtió el palpitar de Xavi, ni vio la emoción en sus ojos. Cuando le puso la mano en la cabeza aterida, notó que estaba temblando.

Sin apresurarse, sin abrir la boca, dobló la carta y la guardó en el sobre.

—¿Sabías que la Casa Blanca tiene un equipo de personas que hacen caligrafía para enviar todas las invitaciones escritas a mano?

—¿Eso es todo lo que tienes que decir?

Xavi se levantó. Se volvió para mirarla, cara a cara. No le daba vergüenza que ella descubriese lo enrojecidas que se le habían vuelto las pupilas marrones.

—No puedo decir nada, Mara, porque la solución ya estaba aquí... —Miró el neón incrustado en la hiedra—. Si la forma desaparece...

—La raíz es eterna.

Sonó su móvil. Darín les preguntó dónde coño os habéis metido, dónde cojones estáis, primero pensábamos que os habíais quedado durmiendo, luego hemos pensado que os habías largado del hotel sin pagar... Mara le dijo que viesen el concierto de Año Nuevo sin ellos, que ya llegarían, y que algún día le contaría todo lo que había pasado el último año, tantas veces como hiciera falta. Daría para un libro, añadió Xavi en segundo plano.

Otro taxi los sacó, poco a poco, del laberinto veneciano.

Cogidos de la mano, de vuelta a Torcello, camino de todas partes, no sabían que compartirían su pedazo del mundo hasta el otoño de 2041. Que una neumonía inesperada apagaría a Mara en dos meses. Que familia y amigos le dirían adiós en una ceremonia laica. En primera fila, Xavi, convertido en viudo contra pronóstico, se apuntalaría en Sergi y Carla. Uno de los tres nietos —el mayor— intentaría ahogar los sollozos para leer un escrito con un montón de cosas bonitas sobre la abuela.

Queremos que nos cuenten historias. Una y otra vez. Con todos los detalles. Siempre con las mismas palabras. Como los cuentos que reclamábamos cuando éramos niños. Cuentos para antes de apagar la luz de la vida.

Otros títulos del autor en Booket: